亡者的复仇

WOLFHUNTER RIVER

静湖

RACHEL CAINE

③

[美] 雷切尔·凯恩　著

陈拔萃　刘诗韵　译

台海出版社

北京市版权局著作合同登记号：图字 01-2020-4887

图书在版编目（CIP）数据

　静湖 . 3, 亡者的复仇 / (美) 雷切尔·凯恩著 ; 陈
拔萃, 刘诗韵译 . —— 北京 : 台海出版社, 2023.5
　书名原文 : WOLFHUNTER RIVER
　ISBN 978-7-5168-3208-0

　Ⅰ . ①静… Ⅱ . ①雷… ②陈… ③刘… Ⅲ . ①长篇小
说—美国—现代 Ⅳ . ① I712.45

中国版本图书馆 CIP 数据核字 (2022) 第 025310 号

静湖 . 3, 亡者的复仇

著　者：	[美]雷切尔·凯恩	译　者：	陈拔萃　刘诗韵
出 版 人：	蔡　旭	责任编辑：	俞滟荣

出版发行：台海出版社
地　　址：北京市东城区景山东街 20 号　邮政编码：100009
电　　话：010-64041652（发行，邮购）
传　　真：010-84045799（总编室）
网　　址：www. taimeng. org. cn/thcbs/default. htm
E - mail：thcbs@126. com

经　　销：全国各地新华书店
印　　刷：大厂回族自治县德诚印务有限公司
本书如有破损、缺页、装订错误，请与本社联系调换

开　本：620 毫米 ×889 毫米		1/16	
字　数：830 千字		印　张：53	
版　次：2023 年 5 月第 1 版		印　次：2023 年 5 月第 1 次印刷	
书　号：ISBN 978-7-5168-3208-0			

定　价：168. 00 元（全三册）

序　言

四天前

　　当埃莉·怀特的老师威林厄姆夫人告诉埃莉，今天她的司机会早点儿来接她放学时，埃莉知道老师对她隐瞒了什么。娄先生从来不会提早接她放学，除非她生病了。

　　"为什么？"埃莉问。每次遇到困惑，她都喜欢问个究竟。虽然她只有六岁，但是爸爸教导她不懂就要问。埃莉这种打破砂锅问到底的性格偶尔会让她的妈妈感到抓狂。

　　"我想……我想应该是你爸爸的命令。"威林厄姆夫人回答。她是一位和蔼可亲的白人女士，棕色的头发中有一抹灰白。她还是位优秀的教师，对所有学生一视同仁：她不会因为埃莉的爸爸十分富有，就给予埃莉特别优待；也不会因为埃莉深棕色的肤色，就区别对待她和班上其他肤色白皙的女孩子。

　　"爸爸不会这样做的，一定有什么事儿不对劲儿。"埃莉追问道。

　　威林厄姆夫人的眼神闪烁不定，她想要回避埃莉的问题。"好吧，是你妈妈生病了，"她向埃莉解释，"所以他让司机早点儿来接你去医院，他和你妈妈都在那儿，知道了吗？"说完，她帮埃莉穿上毛衣。虽然埃莉不喜欢这件毛衣，但她不想就这样将它留在学校。穿上毛衣后，威林厄姆夫人又帮她背上书包。

"威林厄姆老师，"埃莉抬起头问道，"你是在哭吗？"

"没有，亲爱的。我没事儿，去吧，司机在等你呢！"

"爸爸说今天的暗号了吗？"

"嗯，"威林厄姆夫人说，"今天的暗号是**乌鸫**，对吗？"

埃莉点了点头。星期四的暗号确实是**乌鸫**。每天的暗号都是一种鸟类，因为她喜欢小鸟。妈妈常常叫她**小蜂鸟**，因为她总喜欢跑来跑去。不过周日的暗号才是**蜂鸟**。

威林厄姆夫人先走下学校的台阶与娄先生谈话。娄先生将车停在台阶与大理石喷泉之间的路上，他正坐在车里等着。按照校规，埃莉在威林厄姆夫人同意之前绝不能上车。威林厄姆夫人和娄先生谈了很长时间，其间她一直在哭。

今天很湿热，但喷泉看起来还是一如既往的凉爽悦目。泉水从外围的贝壳状喷水口喷出来，涌入中间的大贝壳里。妈妈告诉她，贝壳里曾经住着一位美丽的女士，但一些家长要求学校带走她，所以她现在被关在一个储藏室里，埃莉不禁为她惋惜。

威林厄姆夫人回到台阶上，握住埃莉的手，埃莉抬头看着她。"一切都会没事儿的，"老师的声音颤抖着，眼眶也红红的，"对不起，宝贝儿。但我不得不这样做。我也有家人要照顾。"

埃莉为老师感到难过，问："老师，你的家人还好吗？"埃莉并没有想过这会把老师弄哭。"埃莉，他们会没事儿的，你可以帮我确保他们的安全吗？"

埃莉并不清楚要怎么做，但她还是点点头。她一向乐于助人，尽管她不明白**为什么**威林厄姆夫人认为她能帮上忙。

威林厄姆夫人打开车门，将埃莉抱上车，这通常是娄先生的工作。然后她抱了抱埃莉，说："你一定要坚强，埃莉。一切都会没事儿的。"

"那你的家人怎么办？"埃莉困惑地问，"你不和我一起去帮助他们吗？"

威林厄姆夫人捂住嘴巴，泪如雨下。她只是摇摇头，关上了车门。这时，埃莉知道一定是出事儿了。威林厄姆老师说谎了，但她并不明白老师为什么要说谎。

随后，她意识到事情远比她想象得要糟糕，因为这辆车看起来虽然没有什么异样，但是车里的气味却有点儿反常，以前她能在车里闻到她最喜欢的淡淡椰子味。"娄先生？"埃莉朝司机喊了一声。车门的锁重重地落了下来。坐在后座的埃莉可以看到娄先生的头，他是个大个子，还戴着一顶帽子。埃莉感觉今天的他格外瘦小。车子开始移动时，埃莉迅速地系上安全带。娄先生**从来**不会在她系好安全带之前发动汽车。"娄先生？妈妈怎么了？威林厄姆老师对我说……"

埃莉的声音戛然而止，因为在开车的司机并不是娄先生本人。那双透过后视镜看她的眼睛并不是娄先生的。"系好安全带。"他说，这也不是娄先生的声音，而且娄先生会说"**请**"。

"系好了。"埃莉感到害怕，但她竭力掩饰，"你知道今天的暗号吗？"

"乌鸫，"他回答，"对吧？"

"你是谁？"

"我是来接你去一个安全的地方的人，"他说，"就像娄先生希望我做的那样，还有什么问题吗？"

"我要打电话给爸爸。"说完，埃莉就打开书包翻找手机。

手机并没在她平时放的地方，她知道不能随意乱放手机，毕竟手机昂贵、重要，因此她总是将手机放在同一个口袋里。泪水浸湿了眼眶，但埃莉告诉自己不能哭。那些拿走她手机的人就是想让她哭，不论玩儿这场恶劣游戏的人是谁。"你到底是谁？"

"谁也不是，"司机说，"现在，给我坐好，保持安静。"说完，他将越野车开到了一条大路上。埃莉试图记住路线，但很快她就糊涂了，她从来没有尝试过记住路线。学校消失在一座山后，司机接着又拐了好几个弯儿，埃莉根本不知道他们现在在哪儿。

她不知道该怎么办。爸爸常常告诉她世界上有坏人，如果他们不知道暗号的话，她就不应该跟他们走。这个司机却知道他们的暗号，她现在没有手机，也无法拨打紧急电话求救。

"我要下车，"埃莉模仿妈妈冷静自信的语气说，"你可以在这里停车。"

"闭嘴，"司机不耐烦了，"安静点儿。再吵我就用胶带把你的臭嘴封上。"

司机的话比坐在一辆陌生的车里和丢失手机更让埃莉感到害怕，但她不想让他看出她的恐惧。埃莉忍住眼泪，环顾四周，思考着其他办法。车门和车窗是打不开的。和娄先生的车一样，这辆车有着深色的车窗，既能遮阳也能保护隐私，外边的人无法看到车子里面。

埃莉意识到一个糟糕的事实：在深色车窗下她只是一个影子，没有人能看见她，她不知道下一步该如何是好。

在埃莉试图对过往的车辆大声求救时，司机下了高速，将车停在了一座桥下，旁边都是绿树，让人感觉一阵凉爽。他用胶带封住她的嘴巴，并绑起她的双腿和胳膊，然后将她抱到越野车的后备厢里。

后备厢里只有一个印着迪士尼公主的睡袋，埃莉的尖叫被胶带封在了嘴里，她挣扎着试图挣脱捆绑。司机摇摇头，把她放在睡袋上。

"睡吧，"司机擦了擦脸上的汗水对埃莉说，"我们还有很长一段路要走。你最好给我安分点儿，几个小时后我会给你吃饭。过几天你就可以回家了，到时你再向你的家人好好分享这次旅程吧！"

爸爸常告诫她："**如果坏人抓住了你，永远不要相信他们。**"她一点儿也不相信这个男人会带她回家。

埃莉开始流鼻涕，她害怕极了。嘴巴被胶带封着，呼吸也变得困难起来，她镇定下来，调整呼吸，使呼吸缓慢而均匀。她仍然感到害怕，同时也感到筋疲力尽。最后，她忍不住合上沉重的眼皮，幻想着她在别的地方，幻想着她正和妈妈待在家里。

埃莉在幻想中睡着了，睡梦中她蜷缩在妈妈的大腿上。醒来时，她想对司机说她要小便，她有点儿尿急。但他正在打电话，而且他们正在一片森林中行驶，周围一片漆黑。

他看到她坐起来了，于是他转过头。就在此时，埃莉透过挡风玻璃看到转弯处有一束灯光。一辆车正向他们驶来。她想要冲他尖叫，提醒他注意安全。但他只是皱皱眉，说："不是和你说了闭……"

那辆车撞上了他们的车，天旋地转，埃莉在混乱中似乎听到了那个男人的尖叫声。

帮我。埃莉想求救，但她太害怕了，身上也受了很多伤，一点儿声音也发不出来。忽然，她听不到男人的尖叫声了，周围一片寂静。

第一章

格温

电视摄像机宽阔、黑色的镜头让我想起了不好的事情，非常糟糕的事情。我竭力提醒自己我为什么坐在这里：我是来向大家讲述我的故事的，真诚、坦率地向大家讲述我的故事。因为一直以来讲述我的故事的都是别人，他们捏造有关我和我孩子们的谎言。

新闻报道已经持续了几个月：**"在逃连环杀手绑架了前妻！凶案现场发生枪战！"** 记者总是喜欢夸大其词，唯恐天下不乱。他们还不止一次地提及我曾被当作我前夫的共犯遭到逮捕。

有时他们会报道我被无罪释放了，但大多数情况下，他们都直接忽略这一细节。曾有一段时间，我的邮箱塞满了数百封记者邮件，以至于我只能直接关上邮箱，看都不看它们。这些记者中至少一半儿会长途跋涉来到静湖，试图采访我，让我"说出自己的故事"。

但我还不至于愚蠢到没有弄清楚自己首先应该做什么之前就答应他们。这次上电视接受采访的准备工作进行了将近一个月，工作人员与我协商确定采访内容。我选择了《豪伊·哈姆林秀》这档节目，因为这档节目声誉良好。主持人同情犯罪被害人，而且富有正义感。

但当我坐到演播厅的椅子上准备接受采访时，我才发现自己并没有准备好。我并没有想过自己的恐慌会加剧，也没有想过自己的后颈会大汗淋漓。椅子太深了，正襟危坐的我感觉自己不堪一击。一定是因为摄像机。我本以为我已经不再畏惧镜头，然而事实并非如此。或许我永远也无法摆脱对镜头的恐惧。

摄像机一直在盯着我看。

演播厅里的其他人都很放松。唯一一位摄像师在远离那不会眨眼的镜头的地方和其他人闲聊。在灯光昏暗、电线遍布的舞台边缘，主持人正在和工作人员对台本。我感觉自己被钉在了座位上，无法动弹。每眨一次眼睛，我就看到那台摄像机，路易斯安那州那个废弃种植园的小木屋里三脚架上的那台摄像机。

我看到了我的前夫和他那令人发怵的微笑，还有血。

忘了他。

演播厅要比我想象中小。舞台不算高，正中央有一张干净整洁的小桌子，桌子旁放着三张扶手椅。桌上还放着几本书，但我太紧张了，并没有心情去翻阅那些书。相反，我在想为什么会有三张椅子，以前的节目也是三张吗？我不知道，也不记得了，尽管上节目前我看了几集，以做准备。

你可以做到的。我不断深呼吸，给自己打气。**面对两个连环杀手你都熬过去了，上节目又算得了什么，只是一个采访罢了。为了孩子们的安全，你一定可以做到的。**如果我任由媒体大肆渲染关于我的报道，而不站出来为自己解释，事情只会越来越糟。

这种心理暗示没有用。我还是想逃离这个地方，并且再也不回来。唯一支撑着我继续的是我的两个孩子——兰妮和康纳，他们正在休息室等我。那是一间装了隔音玻璃的旧房间，在里面能看到演播厅。兴奋的兰妮为我竖起了大拇指，我勉强向她挤出一抹笑容。我紧张得一直出汗，妆都花了。化妆品的味道闻起来就像是乳胶漆，让我感到窒息。

忽然，有人拍了拍我的肩膀。我吓了一跳，回头看去，发现一个戴着鸭舌帽的胡须男正站在我身后，手里拿着不知道什么东西。我几乎就出手打他了，但随后我意识到他拿着的是一个有线麦克风。

"拿着。把它放到你的衣服里，然后夹在你的衣领上，清楚了吗？"

大概是被我的一惊一乍吓到，说完他往后退了一步。我把麦克风塞进衬衫下摆，拉到脖子上面，然后夹在衣领上。见状，他点了点头，然后在我的椅子后面放了一块电池，说，"行了，你的麦克风能用了。"我言不由衷地对他说了声谢谢。我感受得到冰冷的电线贴在我的皮肤上，我不禁想它会不会录到我浅浅但又急促的呼吸声。保险起见，我不断地调整麦克风的位置。

"还有两分钟。"黑暗中有人喊了一句。我一下子把腰挺得直直的。主持人还在台下。暴露在聚光灯下，我感到孤独万分、不知所措。闪亮的聚光灯让我睁不开眼，我尽力控制自己不伸手去遮挡灯光，只是双手交叉，以掩饰自己的坐立不安。

距离开场还有一分钟时，主持人豪伊·哈姆林站上了舞台。他是个身材结实的中年白人男子，一头黑发，但两鬓已经变白。他穿着一套上好的深蓝色西装，我不禁担忧自己的穿着是否太随便或是过于正式了。这一点儿也不像我，通常情况下，我并不太在乎穿着。但我从来没有为电视观众现场直播过，至少在自愿的情况下没有过。

"嘿，格温，你还好吗？"主持人和我握了握手，和我冰冷的手指相比，他的手很温暖，"听着，不用担心，我知道你第一次上节目很紧张，但我们会帮助你，好吗？相信我，我会好好引导你的。"

我点了点头，这是我唯一能做的。他的笑容很温暖，就像他的双手一样。对他而言，这不过是又一个平常的工作日。

我再次深呼吸了一下。又过去了三十秒钟，节目进入开播倒计时，最后三秒钟导演用无声的手势倒数。正式开播后，主持人以微笑开场，他面朝摄像机的方向，身体稍稍向前倾，"观众朋友们好，欢迎大家来到《豪伊·哈姆林秀》的这一期特别节目。稍后我们会为您报道震惊全城的埃莉·怀特绑架案的最新进展。但在那之前，先让我们把目光聚焦于人人都在关心的梅尔文·罗亚一案上。众多媒体的报道都忽略了一位重要的当事人，但今天我们节目有幸邀请到了这位当事人：格温·普罗克特，曾用名吉娜·罗亚。她是臭名昭著的连环杀手梅尔文·罗亚的妻子。梅尔文不久前在路易斯安那州被击毙，那是一场难以置信的暴力袭击，发生在他的……"

我听不下去了，于是我打断他，"前妻，"哈姆林不得不停下他精心排练过的开场白，"主持人，很抱歉打断你。但我是他的前妻，我们很久之前就离婚了。"

他顿了顿，继续说："对对对，你说得没错，是我口误了。在这次骇人的枪击案发生时，他已经是你的前夫了。因此你更愿意被称呼为格温·普罗克特，而不是吉娜·罗亚，对吗？"

"格温·普罗科特是我的法定名字。"我正式更改了我和孩子们的名字。再也没有吉娜·罗亚这个人了。回首过往的一切，她仅仅出现在故事的开头。

"好的。那么，格温，我们先帮观众朋友们回顾一下这起案件……几年前，梅尔文·罗亚在一栋房子里被逮捕，警方在屋内发现了一具年轻女子的尸体，而你当时正与梅尔文住在一起。警方指控你是绑架罪共犯，对吗？"

"是的，"我承认道，"但我被无罪释放了。"

"是这样没错！"听起来他很赞同我的说法，"但自你被释放后，你就消失在公众视野中，多次更改姓名与住处。如果你是无辜的，你为什么要那样做呢？"

我有种不祥的预感，事情有点儿不对劲儿。我感觉接下来的采访并不会像他们承诺的那样一帆风顺。"我的确是无辜的。但我和孩子们每天都受到死亡威胁，我们常常受到网络骚扰、强奸威胁和暴力威胁。为了保护我的孩子们，我不得不这样做。"我没有提及梅尔文也找过我们。他曾给我写信，那是一个我不想打开的潘多拉魔盒。

"你没有报警吗？"

"警方通常不愿意对匿名威胁的案子采取行动，那些跟踪狂正是抓住了这点。因此我只能出此下策以确保孩子们的安全。"

"了解。不过，你为什么一直变换住所呢？"

"因为键盘侠十分擅长一件事，他们会团结起来进行人肉搜索，不断给无辜者造成二次伤害。对他们来说这只是一场无伤大雅的游戏。刚开始我并没有意识到这一点，可后来我发现我收到的骚扰信和邮件都是精心策划过的。我敢肯定，现在也是如此。"

"那你为什么要冒险来参加节目呢？"

我顿了顿，思考着。我想把这件事情说清楚。"因为这样的事情每天都在发生。不管是名人还是像我这样受到大众瞩目的人，每一个人，甚至孩子都会受到网络骚扰，但我们的执法部门却没有办法解决。我上节目并不是为了帮助大家解决这个问题，我只想保护我的孩子们。"

"究竟是谁要伤害你的孩子们呢？"

"不实的报道。那些报道经过传播，不断煽动公众的愤怒情绪，间接给我们带来了更多骚扰，因此我想上节目告诉人们真相。"单单说出这番话，都让我内心紧张不已。过去那么长时间里我一直在躲避大众，但说出刚刚那番话，从很多方面来说，却是我做过的最困难的事情。我感到……脆弱无比。

"接下来，我们将话筒交给你，"豪伊说，"希望你可以帮助大家还原事情的真相。"

我对着镜头娓娓道来。我对镜头叙述我和前夫的早期婚姻生活：刚开始时，不管是家务还是房事，他都对我很苛刻。但那时候的我太年轻了，被保护得好好的，完全没有发现他有问题。我从小就被教导要温柔、贤惠，遵从丈夫，因此我丝毫不觉得他的要求过分。后来我们有了孩子，我意识到事情不妥，但已经太迟了，我无法想象真相是什么，也不敢去想象。

直到有一天，我发现了梅尔文的工作间，他从来不让我去那里。是一位醉酒的司机开车撞开了那里，那是我第一次见到梅尔文恐怖、残忍的一面。

说到这里我沉默了，我想起那天发生的事情，试图忘记那血腥的场面。哈姆林的身子向前倾了倾。"格温，我们直奔主题吧。你肯定知道的，不是吗？你怎么可能会不知道他将那些女人带回了家呢？"

我试着解释："他锁上车库，不准我进去，还常常在深夜外出。"哈姆林似乎在听我的叙述，但我看得出来他只是在等我结束发言。我一说完，他就向我提问："你知道人们为什么会怀疑你，不是吗？你每天和梅尔文同床共枕，怎么可能会不知道他是凶手呢？"

"你可以问问泰德·邦迪[1]的女朋友，"我反驳他，"问问加里·里奇韦[2]的妻子，问问丹尼斯·雷德[3]的家人。或许是有那么一些蛛丝马迹，但我从来不会往那方面想。我从来没有想过他会做出那些事儿，不然我一定会想办法制止他。"

"想办法？"哈姆林重复道。

"他本可以连我都杀了，"我说，"那样他就可以任意处置我们的孩子们。我完全无法想象那种场景，也不愿去想。不管怎样，我最终逃离了他的魔爪。哈姆林先生，我做的一切都是为了我的孩子们。不管未来多么困难，我都会一直坚持下去。"

我对自己的发言相当满意，但我也警惕起来：为什么他这么咄咄逼人？我们先前商量好的台本并不是这样的，他应该帮助我，而不是来审问我。

"我们来谈谈你的丈夫梅尔文·罗亚吧。你声称他在坐牢期间一直联系、威胁你，那也是你受到的一部分骚扰吗？我相信他和网络上那些匿名陌生人并没有关系。"

声称。听到他的措辞，我差点儿忍不住大声斥责他。我感觉自己就像是坐在椅子上受审的犯人。我看都不敢看摄像机一眼，但我知道它正在录影，因为我余光留意到代表"直播中"的红色指示灯亮着。我试图将注意力集中在哈姆林身上，却无法看清他，我看到周围的人一直在动。我讨厌这种感觉，我厌恶这种感觉，我不喜欢人们鬼鬼祟祟地靠近我。

"格温？"

---

[1] 美国连环杀手，活跃于 1973 ~ 1978 年，犯下超过 30 起谋杀案。

[2] 美国连环杀手，被称为"绿河杀手"，自己供述曾杀害 71 人。

[3] 美国连环杀手，有"BTK 杀手"之称，"BTK"意为"绑、虐、杀"（Bind, Torture and Kill），至少曾虐杀 8 人。

发呆的我回过神来，回想主持人刚刚问我的问题。**梅尔文，他在说有关梅尔文的事情。**"我前夫给我写信，"我告诉他，"监狱里会有人帮他偷运出来。我认为他把信分散在全国各地让人们寄送，甚至他死后也有人寄送。据我所知，这方面的调查仍在进行中。"

"那你保留了那些信吗？你将信交给狱警了吗？或者交给警察了吗？"

"第一批信给了，"我感到口干舌燥，手指也在抽搐，"但他已经被判死刑了，警方还能对他做出什么惩罚呢？"

"也是。"主持人摆出一副若有所思的样子，继续套问我，"你保留了那些你收到的网络威胁信和邮件的记录吗？"

为什么他在质疑我？这算哪门子采访？"当然，也包括警方和联邦调查局记录在案的那些骚扰。主持人，我认为我们不必再继续直播了，如果你……"

"你的意思是那些恐吓你的人是梅尔文·罗亚受害者的亲属，对吗？"

我猛地站起身，想要离开，但最终还是坐下了。事实上，我并不希望采访往这个方向发展，我也给节目制作组打过预防针，我不会回答有关受害者或其亲属的任何问题。我要停止这个话题。"我不想谈论受害者的亲属。"

"为什么不呢？他们是最先迁怒于你的人，不是吗？"

我不想怪罪受害者亲属，我不能给观众留下这种印象。"他们承受了巨大的伤痛，对我感到愤怒是无可厚非的，我不怪他们。我只怪那些为了满足一己私欲而不断骚扰我的陌生人。"

"你带来那些骚扰信了吗？可以给观众看看吗？这样更利于你自证清白。"

我几乎怒形于色，**自证清白？**我来这里是接受审讯的吗？"没有，"我试图让自己冷静下来，淡淡地说，"我没有带来，也不会带来。信件的内容太不堪入目了。"

"我记得制作组提醒过你带那些信件来的，对吗？"

我记得。我打开了存放那些骚扰信件的文件抽屉，试图找一封不针对个人、言辞不那么骇人的信件，找一封不会让我的心提到嗓子眼儿的信件，但是我一封都找不到。我想拿出不那么偏激的证据，这样他们才不会认为我在夸大其词。信件的内容暴力血腥，一点儿都不适合在节目上公开。

"我决定保护我的孩子们，"我只能这样说，"很多信件都是有关他们的，我不想公开那些信息。我不想将他们的痛苦变成大家茶余饭后的谈资。我上节目是为了讲述事实，而不是将谎言公之于众。"说完这番话时，我感到片刻的平静。我是无辜的，我深知这一点，我相信观众也一定会相信我的。

主持人却突然开始攻击我。"格温……"坐在椅子上的他往前挪了挪，正对着我，演播室仿佛一下子变成一个忏悔室，"你知道纪录片的事情吗？"

我觉得坐着的椅子正在融化，我心一沉，仿佛整个人都在往下坠。"**什么纪录片？**"我意识到自己在说这个词语时的紧张，但我就是不能控制自己，"你在说些什么？"

我注意到他眼神当中一闪而过的兴奋。"我们稍后讨论这个。不过此前就曾有一条视频，里面似乎有证据表明你和你前夫的案子有关。"

去他的纪录片！我深呼吸，冷静下来，然后说："你说的视频是某些专业人士伪造出来的，联邦调查局已经调查过了，你可以看看新闻发布会。事实上，那条视频恰好证实了这点——我和我的孩子们每天都要面对无穷无尽的骚扰。"我尽最大的努力阻止这次采访朝着对我不利的方向发展，除此之外，我不知道我还可以做些什么。

"好，那我们就来谈谈案子本身。网上似乎有越来越多梅尔文·罗亚的支持者，他们认为要么梅尔文与这一系列的凶杀案都没有关系，要么你就是他的共犯。难道你不认为他们也有权利表达自己观点吗？"

我真想一拳打在主持人的脸上。此刻，我想尖叫，想撒腿就跑。"如果他们说我应该被生吞活剥，亲眼看着我的孩子们在我面前死去，那么不，我不认为他们有这个权利。"我生气地说，咽下一口口水，强压住自己的愤怒，"你刚刚说的是什么纪录片？"

"说到纪录片，让我们马上请出今天的另一位嘉宾。泰德维尔夫人，欢迎您。"

我这才意识到那些一直在台下走动的人影是那个控制麦克风的胡须男和导演。我轻轻转过头，看到一个人走上舞台，我认识她。看到她的那一刻，我感觉自己已跌落至世界的边缘。

米兰达·泰德维尔，她富有而且人脉广。同时她也极度愤怒，她的愤怒是有原因的：她的女儿薇薇安是我前夫的第二个受害者。自她女儿受害以来，她就一直坚持认为我要对她女儿的死负责，她认为我本可以发现那一切并阻止梅尔文的，除非我是帮凶。自梅尔文被逮捕后，她就一直咬着我不放。我被逮捕和审讯，很大程度上就是因为她的穷追猛打。尽管她收集到很多证据，但都很单薄，而且还是基于一位邻居的伪证。

米兰达希望我和梅尔文一起被判死刑。原来第三张椅子是为她准备的。她走上舞台坐到那张椅子上，从她看我的眼神里，我看出她依旧渴望我被判死刑。

我们的外表对比鲜明。尽管我们都是白人女性，但我的头发是黑色的，衣服是朴素耐穿的款式。米兰达则将她浅金色的头发往上梳，戴着名贵的珠宝首饰，身穿一套量身定做的高级西装，精致的妆容使得她格外上镜。

虽然我一直盯着她看，但她根本没有正眼看我。她和豪伊·哈姆林握了握手后优雅从容地坐了下来。"感谢你邀请我参与今早的节目，哈姆林先生。"她说，"谢谢你愿意聆听我们的声音，梅尔文和吉娜·罗亚一案的受害者家属感谢您对我们的帮助。"

我恨不得马上起身，转身离开。

她丝毫没有留意到我的存在，我却无法忽略她。此时此刻，我仿佛置身海底，耳中嗡嗡直响，周遭的环境变得怪异起来，一切都是那么的不真实。

"再次欢迎你的到来。你似乎代表了一个小组……"

"'失落的天使'，"米兰达说，"我们希望以这个名字纪念那些永远离开我们的孩子、姐妹、妈妈以及亲朋好友。"

"据我了解，'失落的天使'还设有基金，用于纪录片的拍摄。你声称这部纪录片会为公众揭露事实真相。但梅尔文·罗亚已经死了，而普罗克特女士也被无罪释放，你为什么还要坚持纪录片的拍摄呢？"

我想尖叫，想扔东西，想要马上逃离这个鬼地方，但是我不能这样做。**我要听下去**。不管豪伊·哈姆林是否有意为之，他的确让我知道了"失落的天使"仍在活动，仍在运转——我已经很久没有听到过这个名字了，豪伊帮了我一个大忙，他使我警醒。我一度以为他们解散了，不再沉浸在悲痛中，重新开始了新的生活。显然，事实并非如此。

"是这样的，我们并不希望重开一场刑事审讯。罗亚夫人之所以被无罪释放，是因为陪审团同情她。"米兰达解释，"我们相信舆论的力量，在正义得不到伸张、罪犯逍遥法外时，舆论的力量总是强大的。在这一部全新的纪录片中，我们会向公众深度展现吉娜·罗亚的生活，还原事实真相。"

"那拍摄结束了吗？"

"拍摄才刚刚开始。"说完，米兰达突然将注意力集中到我身上。她愤怒地盯着我，眼神和那天她在法院听到我被无罪释放时一模一样。自那以后，我就再也没有见过她，但时间好像停止了，永远停在了宣判的那一天。

这一切实在是太荒谬了，以至于有那么一瞬间我都怀疑自己是否听错了。我动弹不得，无法思考，只能盯着眼前这个看起来与常人无异的女人，想不出为什么会有人这么执着。**已经过去这么多年了**。"你不能这样做，"我说，"我的生活、我孩子们的生活，并不是可以任由你拍摄剪辑成一集一集的纪录片的。你不能再次毁掉我们的生活。"

"我没有那样做，"米兰达淡淡地说，"我只不过是投资了一部纪录片，拍摄结束后会在互联网和世界各地的电影节上映。你可以认为这是一个……有关爱的故事。纪录片是为了纪念你丈夫的受害者，我们的孩子。到时，我很乐意听到你的影评，罗亚夫人，我想你应该会喜欢上在这部戏剧化的纪录片中扮演你的女演员。"

她想大闹一场。她在刺激我，试图让我情绪爆发，让我在豪伊·哈姆林面前，在田纳西州的一半人口眼前，在舞台上掐她的脖子。好，那我奉陪到底，绝不能让她得逞。

于是我往后靠了靠，说："我很期待你的纪录片，"我冷静地回应，"如果纪录片有错误的地方，我也很乐意指出来，向大家诉说我的故事。你应该知道，并非所有家属都站在你那边。"

"没错，"米兰达表示赞同，"有些人很相信你那番受害者论调，他们真可怜。"尽管她并没有明说，但她指的应该是山姆。在节目上诽谤山姆是她最不应该做的事情，不仅会大大损害她客观理性的形象，还会让人们以为她做的一切都是为了报复。

"我很遗憾你没有找到一个更加积极的方式去放下你的悲痛，泰德维尔夫人，"我对她说，我真心觉得她很可怜，"对于你女儿的遭遇，我感到很遗憾。但与此同时，我也希望你可以接受法院的判决。杀害你女儿的凶手已经死了。"

"其中一个而已，"她厉声说，"还有一个凶手在逃。"她意识到她有点儿失态了，于是故意挤出泪水，用手捂住嘴巴，坐在电视机前的观众一定会被她这副楚楚可怜、悲痛欲绝的模样打动，只有我知道她这副模样是装出来的。"抱歉，哈姆林先生，现在情景比我想象中的要困难。"

"泰德维尔夫人，你还好吗？"豪伊问，好像他真的在乎一样。他给米兰达递了张纸巾，她轻轻地擦了下眼睛，小心地避免破坏她精致的妆容。"如果你觉得太困难的话，我们可以休息一下。"他说。

"如果是**我**觉得太困难呢？"我问豪伊。我感到生气，但我也知道自己无法与米兰达·泰德维尔比谁更柔弱：她天生就懂得如何牵动人们的情绪，而我则完全没有这种天赋。"这个女人曾带头煽动公众，将我和孩子们的生命置于危险之中。她试图控制舆论的力量。现在又想故技重施！"

"我并没有将你们置于危险之地。"米兰达说，她的声音越发颤抖了。**米兰达真勇敢啊**——在家观看节目的观众一定会这样想，而我则是一个怒火中烧、冷血、报复心强的婊子。"我只是想拍一部纪录片以纪念我们逝去的至亲，并以这一形式还原案件现场并调查真相罢了。"

"两位女士，我要提醒你们，我是不会偏袒你们任何一个人的。"豪伊的语气让我想起了祖母放在火炉上的油腻的猪油桶。

我再也忍受不了了，我爆发了。"我不需要任何人的偏袒！我说的就是**真相**！"我几乎是对着豪伊喊出这番话的，我再也无法保持冷静，"你邀请我上节目时，说是让我分享我和家人所受到的骚扰。然而事实却是，你邀请了一个会千方百计毁灭我和孩子们生活的女人上节目，并把焦点都放在了她身上。你根本就不需要假装自己是中立客观的。我上节目并不是为了这个。"

"普罗克特女士……"

"别说了，"我站起身，解下麦克风，把它从衣服底下拉出来，然后扔到椅子上，尽管我更想将麦克风扔到他的脸上，"我不录了。"

摄像机录下了我冲下舞台、离开聚光灯的全过程。我想推倒那些挡路的、由电脑控制的机器，但我知道后果会是交付罚款或是面临起诉，于是我只能绕过它们，径直走向休息室。我"砰"的一声打开门，看见我的孩子——我两个美丽、可爱的孩子，他们张大嘴巴，目不转睛地盯着我。休息室还有三个人：一对非裔美国夫妇和一位白人女性，他们妆发整齐，正在候场。那对黑人夫妇看上去心烦意乱，并不知道刚刚发生了什么。而演播厅内，豪伊·哈姆林正向观众道歉，并表示等泰德维尔夫人情绪稳定后会继续采访。随后，他便切进广告，往后靠了靠，又看了看台本，然后说："表现不错，泰德维尔夫人，您还有两分钟的时间。之后我们会邀请怀特夫妇。艾琳，让他们准备好。"

怀特夫妇，我记得他在节目开始时介绍过，他们一定是埃莉·怀特的父母。埃莉·怀特是个失踪了的六岁小女孩儿，已经失踪好几天了。一个人假冒司机接走了她。很明显，那是一场精心策划的专业绑架案。

"抱歉。"我对孩子们说，想着他们是否想从我口中听到些什么，也许是安慰。经过刚刚那场恐怖的节目后，或许他们已经不想知道些什么了。他们没有回答，我甚至都不确定他们是否听到了我说的话。

"到底发生了什么事情？"兰妮还是问我了。她的眼睛瞪得大大的，尽管化了她喜欢的淡妆，但她看上去还是脸色苍白，"妈妈？刚刚那个女人是那些……"

"没事儿的，宝贝。"我安抚她，"我们走吧，现在就走。"

康纳一句话也没有说，他向我走来，抱住了我。过去几个月他长高了不少，现在都已经到我肩膀了。兰妮还是比他高，但他们之间的身高差已经没有那么明显了。

我想趁着米兰达还在录制节目，不能纠缠我们的空当带孩子们离开。我朝那对黑人夫妇点点头，与他们一起的女人也向我点点头，她是一位留着干练发型、穿着商务套装的中年女性。我带着孩子们离开休息室，走到门口时拿起我的包。这期间，她一直盯着我看。

我一边走向大门，一边打电话。一位工作人员试图拦住我，大概是想劝我回到那个愚蠢的演播厅，继续与他们争辩。我伸直手臂，一把推开他，无视他说的每一句话。

走到门外时，山姆接了我的电话。"结束了？"他的声音听上去有点儿惊讶。

"你没看吗？"

"我去买咖啡了。怎么了？"

"到车上再和你说吧，我们在车道尽头等你。"说完，我和孩子们快步沿着斜坡走下去。

途中，我看到广播大楼外墙上的巨大屏幕，上面正播放着《豪伊·哈姆林秀》，屏幕下方有一行字幕。节目应该是延时了，因为屏幕上哈姆林正在为我的突然离场道歉。我知道接下来的内容是什么——节目组的工作人员一定提前做好了功课——他们会让米兰达分析我可疑的行为，分析那具于去年发现的漂浮在我家门前的静湖上的女尸。分析我是如何逃脱谋杀罪名的。他们始终不相信我不是凶手。实际上，那起案件的犯人是一个按照我前夫的命令行事，想陷害我的男人，但大家是不会相信的。

我根本不应该为我的存在辩护，可怕的过去给我肉体上和心灵上都带来了巨大的创伤。

真不敢相信我居然参加了这个节目，我让孩子们失望了。我全身颤抖，强忍泪水。我原本以为我可以结束一切问题，结果却弄巧成拙，给大家造成了更多麻烦。

拐弯儿时，我的电话响了。我看到山姆的卡车开着危险警报灯停在人行道的尽头，我接了电话，眼睛一直看着前方。"喂？"

"普罗克特女士，我是达纳·雷叶斯，《豪伊·哈姆林秀》的助理制片人。很抱歉出现了这种意外的情况，我并没有想到你们之间的火药味会这么浓。"骗子。"希望您可以回到演播厅继续进行录制。下一部分会有您的专访，我们承诺这次会将焦点放在您身上。"我听到她翻看笔记的声音。"比如，跟踪您和您家人的跟踪狂。如果刚刚您感到有所冒犯的话，我们诚挚地向您道……"

我挂了她的电话，和孩子们挤进小卡车。山姆关掉警报灯，驾车汇入车流。这是田纳西州诺克斯维尔一个美丽的下午，虽然天气有点儿热，但碧空如洗，万里无云。山姆一脸严肃地看着我，不想问我问题，而我也不愿主动提起这个话题。孩子们坐在后边，一反常态，格外安静。和我一样，他们感到震惊，好端端的一天就这样被毁了。

我刚刚都做了些什么？ 我不禁问自己。豪伊先是提起了网上的相关舆论，那是米兰达发起的话题，已经有一段时间了。记者的穷追不舍分散了我的注意力，让我忽视了外界的潜在威胁，是我疏忽了。我没有意识到这一切都是一个针对我的圈套，针对**我们**的圈套。我本该意识到的。

过去几年，阴谋论甚嚣尘上，且变得更加荒谬、牵强。化学凝结尾 [1] 相信者、反疫苗者、气候变化否认者出现了，和某些恐怖袭击、校园枪击的阴谋论者一样，他们认为人们的痛苦与悲痛不过是捏造出来的假象，他们会把幸存者的生活弄得支离破碎。

米兰达·泰德维尔一定是意识到了这是个好机会：只要花一点点功

---

[1] 相信该说法的人们认为，当飞机飞过天际时，天空中的航迹线中含有有毒的化学成分。

夫就可以摧毁我们的生活。拍摄一部带有私人感情的纪录片，声泪俱下地发表控诉，展现能让受害者家属产生共鸣的内容，不断向观众灌输这种情感，以引起观众同情。患有被害妄想症和情绪紊乱的人们会从中得到慰藉，懒于思考的人们则不会尽信纪录片，但也不会细究其真实性。一两年内，人们就会说服自己"宁可信其有，不可信其无"，并将纪录片的情节当作事实传播开来。米兰达的做法很聪明。一部纪录片——即使是半真半假——也有一定程度的可信度。

人们之所以会选择相信纪录片，是因为在同样的思维模式下，他们会认为我的无辜、恐惧和悲痛都只不过是在演戏罢了，他们认为我早就知情，并且是帮凶之一。因为如果他们选择相信我，那就意味着他们在面对同样令人害怕、一系列像铁锤般向我袭来的毫无缘由的意外时，会和我一样不堪一击，无能为力……这实在是太过骇人。与其面对真实的魔鬼，不如与假想敌斗争。

我越想越懊恼，恨不得马上就折回演播厅，大声痛斥那个自以为是的主持人，挫挫他的锐气。但这恰恰是我不能回去的原因。

"嘿，你还好吗？"山姆轻声问，将我的思绪从愤怒中拉了回来，我冷静下来。"没事儿，"我说，"这次直播就是个圈套，你应该知道米兰达·泰德维尔吧？"

他整个人都僵硬了，眼睛睁得大大的，震惊地看向我。"天啊，"他一脸惊讶，"**她也在演播厅？和你一起录节目？**"

"没错。她说'失落的天使'团体正在拍一部纪录片，"我告诉他，"关于我的纪录片，恐怕你也会在纪录片里出镜。"

"我的天。"山姆看上去似乎崩溃了。我不禁思考他是否见过米兰达，他从战场上回来后应该见过。他错过了我的审讯，没有看到我被无罪释放的场景，因此他应该在那部可怕的纪录片的后半部分才会出现。米兰达应该想过拉拢山姆站在她那边……事实上，山姆也曾经相信过她一段时间，想到这里，我内心就一阵刺痛。至少，他曾经认为我是有罪的。"好了，我们赶紧离开这儿，回家吧！"我十分感激他没有对我说"早提醒过你了"

这种话。他警告过我不要相信那些电视明星所谓的善意，他是对的。

我答应过孩子们，节目结束后他们可以在诺克斯维尔玩儿一天，但是现在这个承诺已经不可能实现了。我最不想看到的就是他们受到公众的攻击。在刚刚那场灾难般的直播后，至少会有一小部分市民对我们提高警惕。一些混蛋的情绪也肯定会被煽动起来，我绝对不能让我的孩子受到骚扰。

"嗯，"我说，"孩子们，抱歉。我知道我说过我们下午会留在这里玩儿，但是……"

"你在保护我们。"兰妮说。而康纳一如既往地没有说话。"我们明白。不过妈妈……我们可以处理好这些事情。"虽然只有十五岁，但她说这句话时，脸上有种莫名的自信。看到她一脸认真，我心里一沉。

"好吧，可我现在不能处理这里的事情，"我说，这种说法不会忽略他们也曾从地狱般的折磨中幸存下来，并且不会伤害到他们的感情，"我知道这是一场徒劳无功的长途旅行。对不起，我真的没有想到会发生这种事儿。"我应该要想到的才是。如果我能再谨慎一点儿，认真地看网上的舆论……

"没关系，"我儿子终于开口了，"我们理解。"

他的善解人意我受之有愧，但也让我更加生气了，还有人们将我们看成靶子，不断攻击我们。可我的孩子们还是那么真实，那么不可思议。不论发生什么，我都会为他们奋战到底。

山姆问道："我们在路上买个冰激凌怎么样？"

"冰激凌！"康纳一下子激动起来，"奥利奥冰激凌可以吗？"

"你想要什么都可以，小家伙，"山姆说，"兰妮呢？"

我看了看后视镜。兰妮皱了皱鼻子说："好吧！"她让步了，"妈妈？我们又重回一级警备状态了吗，还是……"

"我不知道，"我对兰妮说，"亲爱的，我真的不知道。但是就目前而言，我认为我们得万分小心。"

我们一路上草木皆兵，但最终顺利回到静湖，安全到家，没碰到任何插曲。冰激凌很好吃，康纳狼吞虎咽地吃完自己的一份儿和姐姐剩下的半份儿后，心情舒畅起来。我有点儿担心他的饮食习惯，不过甜点并不是每天都有，而且他的新陈代谢让他瘦得皮包骨。他正在长身体，虽然过程缓慢，但我知道很快他就会长大。很好。这是我们生活中一个不幸的事实：我需要孩子们快速生长。自我们的生活被毁灭后，这就成了事实。下十八层地狱吧，梅尔文。

虽然过去的几年对兰妮、康纳还有我来说都很艰难，但我总觉得，我们的生活终于慢慢步入正轨，重归平静。我们有山姆，他和我一样十分爱护孩子，他陪我走进荒野，找回孩子；我们有了一个家；我们赢得了朋友们和一些邻居的初步信任。但发生了今天的事情……我不知道，真的不知道。

"我在这儿下车，"我告诉山姆，"我去拿邮件。你们准备晚饭，可以吗？"

"好的，但这样你就不能决定晚餐吃什么了。"

"你帮我决定，"我说，"吃点儿健康食品吧！"

孩子们给我一片嘘声，我翻了翻白眼，朝他们挥挥手，便向山上走去。

拿邮件只是我的一个借口。走到山上时，我拿出手机拨号。电话接通后，我对接线人员说，我需要马克斯医生立刻给我回电话。那些专业的办公室人员遇到过各种各样的情况，因此说话的声音总是冷静，官方的。我想我应该在留言时表现得更加痛苦才对，不过马克斯医生了解我，她会体会到我的痛苦。

只过了几分钟，我就收到了凯瑟琳·马克斯的回电。"格温，"她的声音清脆，冷静，一如既往，莫名地让我觉得安心，"今天的节目怎么样？"

"你看了吗？"

"没，我没有时间。我有别的病人。"

"哦……"我支支吾吾，不想承认我竟然主动给她打电话，"不太好。我好像……我好像旧病复发了。"

"你又被镜头刺激到了？"

"嗯。"矛盾的是，当我承认这一点时，回忆就像是洪水一般翻滚着向我袭来。我原以为我已经痊愈了，尽管马克斯医生提醒过我，这种创伤后应激潜伏得很深，会时不时反弹。在种植园的那一夜里，我一度绝望地以为我就要死在梅尔文·罗亚的手下了。有观众付钱观看我被折磨致死，所有的那一切，**所有的那一切**都被摄像机不会眨眼的镜头记录下来。"我不断地看到我被杀害的事重演，一遍又一遍。我……我无法控制自己。"

"你想到我这儿看看吗？"

"不。"我说。我不想去，我只想和我的家人躲在这里，躲在我们的家里，"我希望你可以……"

"在电话里和你谈谈？"她的语气有些无奈，"你总是不愿意深入讨论这个问题。你认为你现在准备好了吗？"

"嗯。"我说，但其实我并没有准备好。或者说，**我不知道自己准备好了没有**。我闭上眼睛，温暖又湿润的微风吹拂在我的脸上，我缓缓地吸了一口气，然后迅速呼气。

回忆的大门敞开。我看到的第一个人就是我的前夫，梅尔文·罗亚。他躺在我身边，在我醒来时微笑着看我。我就在**那里**。我又感受到了路易斯安那州浓重的湿气，闻到那间房子腐朽的木头味，想起我身上那件湿湿的、发硬的睡衣，它的女主人已经死掉了。我仿佛又感觉到那副手铐在咬着我的手腕。

不。不。

"格温？"

我张了张嘴，却一个字也说不出来。我转身狠狠关上回忆的大门，将其远留身后，用一把大锁锁住往事。但我依然可以看到他咧嘴笑的样子，还有一直监视着我的那台摄像机死气沉沉的镜头。

我亲眼看着他打死一个女人，一直到她断气，他才停手。我不能回到那里。

"抱歉，"我声音微弱，沮丧地说，"我还没有……"

"没关系，"马克斯医生打断我，"这种事儿急不来的，顺其自然吧！

现在往后退一步，倾听自己的心跳声，然后深呼吸。我们可以等你准备好后再开始治疗。等你准备好时，你会感受到的。在此之前，你要保护自己不受往事的折磨。记住，这并不是可耻的事情。"

我差点儿喘不过气来。但我照着她说的做了，随着我慢慢调整呼吸，我意识到我现在是在家旁边，我回到了静湖。周围是我熟悉的空气，新鲜树叶的气味让我忘记了那令人作呕的尸臭味，我睁开眼睛，看着平静的湖面泛起层层涟漪。

我不再在那间小木屋里。但在某种程度上，我从未离开过，或许我还无法彻底忘记那段往事。"对不起，"我又对她说，"我只是……我以为我准备好了。可是我差点儿挺不过去。"

"差点儿而已，"她安慰我说，"你还是挺过去了。每个人都会有脆弱的时候，没有人会一直坚强，你要学会原谅自己。"

虽说如此，但我不得不时刻保持坚强。我现在四面楚歌，敌人的数量从没有减少。要保护我的孩子不受那些键盘侠的威胁，我只能坚强起来。

我和她约了两个星期后见。到时，我们会坐下来聊一小时，我希望可以摆脱这个心魔。我今天还没有准备好。

挂断电话时还未到日落时分，这只是一个平常的凉爽午后。我静静地站了一会儿，然后向车道尽头的邮箱走去。邮箱是让人愉悦的黄色，盖子上有花朵装饰。孩子们曾想在邮箱上写上我们的名字，但我坚决地拒绝了。不过我做出了让步，让他们写上我们名字的字母缩写。我则负责上边的图画，它代表着一种平静。我相信我会熬过一切艰辛的。

我拉开邮箱，隐约看到了什么，随后就听到嘶嘶作响的声音。我条件反射般往后跳，及时躲过了蛇的攻击。我又跟跟跄跄地往后退了几步。蛇在攻击时会伸长它们的身体。差几英尺这条蛇就要咬到我了，失败后它又气呼呼地爬回邮箱，蜷缩成一团。

我的邮箱里，有一条蛇。

我浑身颤抖，心脏怦怦直跳，但我试图冷静下来。这条蛇攻击性很强，它的身体是森林植被的那种斑驳的灰棕色，一看蛇头就知道是某种毒蛇。我不了解蛇，但我知道，如果它们嘶嘶作响的话，情况一定不太妙。我不知道我刚刚有没有尖叫，应该有。

我打给了我在诺顿最熟悉的警官——凯姿·克莱蒙特，我只会放心把孩子们交给为数不多的几个人照看，她就是其中之一。她接电话时一定是在开车，因为她的声音很小，我还听到了马路发出的噪声。"嘿，格温。怎么了？"

"我的邮箱里有一条蛇，"我听起来极其镇定，"应该是某种响尾蛇。"

"什么？"

"我说，我邮箱里有一条响尾蛇。"我环顾四周，捡起一根落下的树枝，检查附近还有没有其他蛇。我用树枝关上邮箱，将蛇关在里面。我不禁开始思考之前把蛇放到我邮箱里的人是不是就用了这根树枝。就算他在这根粗糙的木头上留下了指纹，但现在琢磨这个问题也已经晚了。"本来应该是我的孩子来拿邮件的，凯姿。幸好他们没来。"

"它有毒吗？"

"它嘶嘶响。"

"它咬到你了吗？"

"没有，应该没有。"我肾上腺素开始减少，我感到恶心头晕，我检查了自己的手和手臂，确认没有伤口，"我没事儿，不过我需要人过来赶走它。"

"好。接下来按我说的去做：关紧邮箱。有必要的话，用胶带把邮箱封起来。我会派一个专家去帮你的。"她顿了顿，马路发出的噪声减少了，"你认为是有人故意放在里面的？"

"凯姿，我来的时候邮箱是关着的。信件在最里面，很明显，那条蛇是在邮差送完信后被人放进去的。除非毒蛇懂得如何关门，否则它肯定不能把自己关在里面。"

凯姿沉默了几秒钟。我听到她打字的声音，她在发信息。她回答我时，我听出了她的分神。"好，接下来这样做，我已经派了一位蛇类专家和侦查员过去，只要蛇一走，侦查员就会检查邮箱，收集证据。运气好的话，我们也许可以采集到罪犯的指纹。"

我不相信会有人愚蠢到留下指纹，但凯姿说得对——试一试未尝不可。"好的，"我告诉她，"我在这儿等他们。"

"我在路上了。"

湛蓝的天空逐渐变成橙黄色，兰妮来到了坡下。天色暗下来，树木不再是白天时的绿色，黑色的阴影笼罩了它们。风停了，湖面变得平静，大多数船也不见了。我站得离邮箱六尺远，目不转睛地盯着它。

"妈妈？"兰妮喊了一声。

"回到房子里去，"我对她说，眼睛依然死死地盯着邮箱，像着了魔似的，"我等下就回去，我在等人。"

"哦，好吧，"她不太清楚我在做什么，也不知道要怎么问我才好，"那我先回去做鸡肉吗？还是……"

"嗯，"我告诉她，"去吧，谢谢，亲爱的。"

"好。"她并没有离开，"妈妈，你没事儿吧？"

"我没事儿。"我说。她皱了皱眉。"亲爱的，我……我只是需要一些时间，知道了吗？我要处理一些事情。你继续准备晚餐吧，告诉山姆我没事儿。"因为我知道山姆会是下一个出来找我的人。

兰妮非常清楚我没有告诉她全部真相。我确实没有，因为我要保证她的安全。不过最后她还是离开了。我喜欢她质疑一切的性格，这对她的未来大有裨益，即使她也会质疑我。我很开心她没有留下来陪我。我十分清楚我现在独自一人站在外面，完全暴露在了敌人眼皮底下，夜幕降临，而威胁我的远不止邮箱里的那一条蛇。如果那些放蛇进箱的人突然折返怎么办？如果他们现在就在我身后怎么办？

我不敢再想。兰妮往坡上走时，我迅速环视四周。一个人也没有，我看不到任何威胁。但这并不意味着没有危险。他们只是在等待时机。

第二章

格温

　　十分钟后，一个男人首先到达。他是个不修边幅的家伙，看起来就像在森林里待了好几周。我不喜欢这种感觉，我不喜欢他，不喜欢这一切。他向我打招呼："嘿，我是来这里处理那条蛇的。"

　　"身份证。"我说。他眨了眨眼。"什么？"

　　"给我看你的证件。我不认识你，我可是有武器的。"我进入战斗姿态，调整重心，放松膝盖。我不知道他有没有留意到，但他警惕地看着我。我想他可能认为我有妄想症。或许，他是对的。

　　"好好好，"他举起双手，"当然，别激动，我现在要伸手拿身份证了，可以吗？"

　　"动作慢点儿。"

　　他照做了，其间一直盯着我。他将手伸到后面。我说我有武器只是虚张声势，因为我把枪落在了那辆该死的卡车的杂物箱里了，我后悔极了。不过当他再次慢慢地举起双手时，手里只拿着一个钱包。他打开钱包，从里面抽出一张厚厚的白色名片。

　　"放到地上。"我告诉他，他半蹲下来，将卡片放到我们中间，那是他可以放得到的最远距离。

　　我快步上前，迅速捡起卡片，然后举高卡片，这样我就可以在看卡片的同时盯着他。

这是一张干净、简约的白色卡片，上面有凸印的黑色字体：格雷格·梅纳德教授。他在田纳西大学教书。事实证明，以貌取人是行不通的，他是一位生物学的终身教授，真是与他的外形一点儿也不搭。

"蛇在哪里？"他又问了一遍。

我指指邮箱。"抱歉刚才对你那么无礼，"我对他说，"我只是……我不知道是谁干的，希望你可以理解。"

"或许只是一个恶作剧？"

"打开邮箱吧。"

他拿出一个麻布袋，用一根末端带有钩子的木棍打开了邮箱。蛇直起身子，嘶嘶作响。但站在一个绝对安全的距离内的梅纳德教授并没有被吓到。"哇，真酷，"他说，"是一条森林响尾蛇。你真幸运，这绝对不是一个恶作剧。至少不是一个善意的恶作剧。"我入神地看着他：他慢慢地引诱蛇爬出邮箱，蛇沿着支撑着邮箱的金属杆爬到泥土上。蛇一落地，教授就迅速按住它的后脑勺，以我想象不到的冷静徒手抓住了它。蛇发出嘶嘶声，猛烈地摆动，不过最终还是被抓进了麻布袋。然后教授紧紧地绑住了麻布袋的束绳。

我差点儿就放松了警惕，直到我意识到，只有专业人士才能把这样一条森林响尾蛇放到邮箱里。"这些蛇常在这附近出没吗？"我问他。

他点点头。"嗯，它们常在森林里出没。有时我也会在这附近发现几条，不过这种情况不常见。在湖边棉口蛇和铜头蛇更常见。"梅纳德很仔细，他用手机的闪光灯又检查了一遍邮箱内部，然后说，"好，现在你安全了。我会将这个小美人带回我的实验室。"

"实验室？"我重复他的话。

"我是爬虫学家。我提取蛇毒，这也是我们制作抗毒蛇血清的方法，"他解释道，"总是会有人需要这种血清的。如果你再看到这种蛇，或是其他毒蛇，可以给我打电话。我做完实验就会把它们放归森林，保证它们不会再打扰到人们。"

我点了点头，依然注视着他。不管他是不是教授，他仍然是现阶段的头号嫌疑人。虽然我不知道他为什么会想把我吓得屁滚尿流，或者希望看到我被咬。他这副与我没有私人恩怨的表现不像是伪装，我在他面前完全没有感到异样。

正当他把蛇放到他的卡车上时，侦查取证团队——好吧，一个穿着宽松风衣的中年男子——开着一辆老式吉普车到了。他主动给我展示了他的证件，动作十分自然，就像他经常做这种事。说起来，他看上去筋疲力尽，不过他问我的问题却很有技术含量，而且会一一做记录。几分钟后，凯姿·克莱蒙特也到了，那时侦查员正在清扫邮箱的灰尘以收集指纹。她开的是自己的车，没有引人注目的警灯和警笛，让我很高兴。否则我的邻居肯定会围观这一场闹剧。我可不想再让他们逮住机会对我们三道四。

"嘿，贝托。"凯姿向侦查员打了声招呼。他没有抬头，只是向她招招手。凯姿仍然穿着那套我认为是工作服的衣服：一条简单的深蓝色长裤和一件白色女士衬衣，腰带上别着一枚警徽，夹克下藏着一支枪。她应该还没有回过家，否则她就会换上一条牛仔裤和一件舒适的 T 恤再过来。"我看蛇已经清理掉了。"

"它找到了一个幸福的落脚之地，教授……"我又看了看名片，"梅纳德教授这样说。你对他了解多少？"

"为什么这样问？"她反问我，但她随后明白了原因。"哦，他是爬虫专家。"她摇了摇头，"别怀疑他了。附近有许多乡下人都是蛇类专家，而且他们的嫌疑更大。"

追问并没有意义，但我还是问了："你认为有什么特别原因吗？"

她耸耸肩膀，说："这样说吧，首先你是个外地人。"

"我在静湖已经住了……"

"我也是个外地人。虽然二十年前我就和我爸爸搬到了这里。"她打断我，"如果你不是在这里出生的，你就不属于这里。对于一些人来说，这就足够了。再加上那些谣言和互联网上乱七八糟的报道……我也不怕和你说实话，我觉得每一个人都有嫌疑。"

"好极了。"我还想着今天不要再节外生枝，谁知道事与愿违。

凯姿往邮箱走去，仔细地观察它。"你锁紧邮箱了，对吗？"

"嗯。"

"那条蛇一定不是个意外。"

"是的。而且它很有可能会咬到山姆，或者是孩子们，幸好今天打开邮箱的是我。如果是兰妮或康纳的话……"

"他们没来，"她打断我，"我们还是将注意力集中在已经发生了的事情上吧，不要纠结那些有的没的。最坏的情况就是，有人想杀你，尽管我预计县级的地方检察官会将这起事故判定为犯罪性恶作剧。毕竟，他并不会站在你这一边。"

"说真的，"我说，"我都有点儿惊讶检察官没有因为我待在这里的时间太长而起诉我。"

"你知道人们是如何评价一个好的地方检察官的：他可以让陪审团把无罪都判成有罪。幸运的是，我们的地方检察官并没有那么'称职'。"

我笑了起来，因为凯姿很少会讽刺政府机关，不过她和我一样，特别看不惯地方检察官埃尔罗伊·康普顿。他是有着一头白发的白人男子，主要处理黑人案件。尽管这些案子几乎都发生在饱受兴奋剂和处方药交易困扰的县城里，而且罪犯通常是白人，但他都会判定黑人有罪。不管白人犯的罪多么暴力、残忍，他都会为他们辩护，高喊"他们骨子里都是好人"之类的屁话。他会说"他们的教会成员可以为他们做担保""他们的父母是高尚的基督徒"，老调重弹。

这让我想起了过去那痛苦的几年，我盲目地相信了我那恶魔般的前夫，不能面对或者说不愿意面对摆在眼前的真相。有时候我觉得大概世界上有一半人都会像我这样自欺欺人，这让我感到愤怒。

"你觉得谁会这样吓唬你呢？"凯姿问。

"问这个有什么用吗？首先，诺顿的大多数人都认为我逃脱了谋杀罪指控，还没算上键盘侠、跟踪狂，以及梅尔文受害者的家属……"

"还有阿布萨隆创造的攻击部队中钻法律漏洞的黑客，"她补充道，

"好的，我知道了。我本想着你可以缩小范围，因为我说的'差不多每一个人都有嫌疑'范围实在是太大了。"

"我知道。不过我目前能想到的就只有这些。"

她用笔头在笔记本上戳了几下，做了一些记录。"对了，你今天的节目怎么会搞成那样？那个女人有嫌疑吗？就是和你一起接受采访的那个。"

我不想去考虑那种可能性，但事实摆在眼前，有一段时间，那些固执的狂热骚扰分子就是梅尔文受害者的家属，这当中就包括米兰达。"米兰达·泰德维尔？她倒是有可能会在酒里给我下砒霜。但是放蛇进我的邮箱？我觉得她没那个胆儿。"我说，"不过……她也有可能雇人做这件事儿，吓唬吓唬我们。"

"不过她好像下定决心要证明你是……"

"一个怪物？没错，自审讯以来，她一直都想证明这点。我以为……好吧，是希望，我希望她已经向前看了。"

"现在的社会，总会有那么些偏执狂，"凯姿说，"特别是面对复杂又愚蠢的事情时。对不起，我也不想这么说。不过，格温……"

"没错，我自己也要小心点儿，我懂。我会当心的。"

她打量着我，说："但是你把枪落下了，不是吗？"

"我没有落下。只是来拿邮件时，我把它放到卡车里了。"

"卡车在上面，"凯姿说，"你现在就是个活靶子，你知道吗？"

"谁让我被蛇困住了呢！"

她点了点头。"好吧，下次不要再这样了。这附近有很多混蛋，我希望他们可以把枪放在保险柜里。但你不行，你真的需要一把枪。所以，你最好随身携带。"

我对她微微一笑——无奈的笑，因为她说得没错，这样的事实让我感到一丝难过。"知道了。"我对她说。现在已经很晚了，她往往都会在天黑前陪她父亲回到山上的小屋。于是我问，"你已经送以西回家了吗？"

"嗯，所以我才没第一个到，"她说，"抱歉。但我要确保他安全。"

"没关系，那你要回家吗？"

"去哈维尔家。"她说。哈维尔是她的交往对象，尽管我没有问过她，但他或许是她的长期伴侣，不过他们仍然分开住。"嘿，贝托。你搞定了吗？"

"搞定了。"侦查人员贝托一边说一边关上他的工具箱，"没有找到很多指纹。采集到了几枚完整的，不过可能是你家人或者邮差的，也可能是嫌疑人的，希望我们好运。"

"希望吧，"凯姿说，"谢谢啦，伙计。回去时注意安全。"

"你也是。"

贝托上了卡车后，她突然望向山上，我跟随她的目光，看到山姆正下坡朝我们走来。"你大概要向他解释一番了，"她说，"祝你好运。我要走了，哈维尔等着我吃晚饭呢！"她在山姆来到山脚下前就走了。

在离我只有几步远时，山姆停下了脚步，目送凯姿开车离开。"所以，"他开口问，"兰妮说你撒谎说没事儿，但我一来就看到凯姿，还多了两辆车……到底发生了什么？"

我叹了口气，这正是我极力希望避免的。"回去再说吧，"我告诉他，"我最好一次性把情况都告诉大家。"

我又折返回到卡车那里，拿回我的枪。拿到枪的那一刻，我立马感到安心多了。我知道这是不对的，枪支并不会让我变得更加安全，它只是能让我更好地应对敌人的攻击罢了。创伤后应激障碍，我不应该再以它为借口，我也不能再依赖兵器，把它们当成舒适的毯子般的平常物品。这是我难以摆脱的心魔，却并不意味着我需要它。

"格温？"山姆有点儿担心我。我挤出了个微笑。"可以回家了。"我说，但其实我并没有准备好。

一到家，我就锁上门，打开警报器。兰妮双手抱胸，叉开腿站着，就连本来在看书的康纳也抬起头来，他们在等着我的解释。

"晚饭准备得怎么样啦？"我问道，装作什么都没有发生的样子，不过他们并不买账。兰妮依然皱着眉头，康纳则摇了摇头，而山姆的表情让我意识到，我实在是不会安慰人。"好吧，"我最终妥协，"我们的邮箱里有一条蛇。"

"有什么？！"兰妮的惊呼脱口而出。令我惊讶的是，她不再皱眉了，山姆听到后也不再搅拌黄豆。

"是什么蛇？"康纳问，"是铜头蛇吗？我之前看到过。"

"不是铜头蛇。我不想让你们担心……"我的声音慢慢减弱，但我意识到我要把真相告诉他们，"好吧，我说谎了。我**确实**需要你们担心一点儿，提高警惕。你们要明白，自从**那件事儿**发生后，我们的生活就再也不可能恢复原样了。你们要格外小心，并且从现在起，只能由我和山姆去拿信，知道了吗？"

"妈妈，我们一直都很小心。"兰妮说，"拜托，你知道的。"

但他们没有，他们并没有**格外小心**。一想到要是康纳、兰妮或山姆去拿信，我就又感到一阵恶心，尽管山姆的反应可能会比我迅速。

我的孩子们认为他们已经够疑神疑鬼的了。可他们永远也不会做到格外小心，至少不足以阻止一切可能发生在他们身上的事情，他们的过度自信是致命的。

山姆一直看着我。"好了，孩子们。我想和你们的妈妈说点儿事儿，可以吗？康纳，去搅搅黄豆吧，你还欠我一份沙拉没做。"

"好的。"如果是我吩咐康纳去做事儿，他一定会重重地叹气，仿佛世界的重担都落在了他的身上。但如果是山姆吩咐他，他反而会乖乖顺从，立刻答应。我羡慕山姆。

兰妮看了看手机，说："鸡应该快煮好了，还差三分钟左右。"

"那等它煮好就端出来吧！"山姆对兰妮说，然后他放松下来，打开前门，"格温？"我跟着他出去。我不是很想站在门廊上。我把灯关上，眼睛逐渐适应周围的一片黑暗。"怎么了？"他问我。

"我不知道，"我说，"显然，邮箱里的那条蛇，还有今天发生的事儿，这一切都让我感到紧张。我只是觉得……"

"敌在暗你在明？"他问。他双臂环绕着我，安慰道，"对不起，真的很对不起。我知道你一开始就不想上那个该死的节目，我很抱歉我没有更加坚定地阻止你。我有种不好的预感，不幸的是我的预感成真了。不过我还是觉得他们不该那样做，毕竟他们和你是有协议的。"

"我也是这么想的，否则我根本就不会去录那个节目。"在他温暖的怀抱中，我逐渐放松了下来。即使不在我们安全舒适的家中，他的力量也能让我感到安全，和他在一起，我可以稍微放松警惕，"或许我们这次能有个好运气，能找到那个人在邮箱上留下的指纹。"

"你还没有回答孩子们的问题。"说完，他抬起我的下巴，虽然天色已暗，但我仍然可以看清他的眼神。"那是一条什么蛇？"

"森林响尾蛇。"

"天啊，格温！"

"所以我才没有告诉他们。"我把头靠在他肩膀上，"我没事儿，那条蛇也没事儿。没有人受伤。"

我感觉得到他还有许多话想说，不过他忍住了。我知道他让我出来是想讨论某些事情，而不是邮箱里的那条蛇。真奇怪，如果是在平时，他要和我说一些不好的事情，他是从来不会犹豫的。

奇怪的感觉让我不由得开始思考。每隔一段时间，这种感觉就会浮现在我的脑海中：山姆是梅尔文其中一个受害者的哥哥。从逻辑上来讲，他根本就不应该在这里，而我们也完全不应该……像现在这样。事情最开始不是这样的：以前我不信任他，他也坚信我是有罪的。我们花了许多时间，经历了很多痛苦，才换来现在的互相信任、和平共处。然而尽管我们已经构建了信任的桥梁，我们之间的信任依然很脆弱。那不是一座钢筋桥，而是一座玻璃桥，偶尔也会出现裂缝。

安静了很长一段时间后，他终于开口了。"我问你，关于米兰达·泰德维尔。她……她具体说了她的计划吗？"

"就说了纪录片的事儿。反正她会让纪录片在尽可能多的地方上映，反正应该不是一部会夸赞我们的片子。"我试图轻描淡写，但事实并非如此。米兰达家财万贯，她已经被愤怒蒙蔽了双眼。即使无法对我的生活造成实际伤害，她也一定是想毁掉我的声誉。她知道舆论的力量。

"格温。"山姆把手从我腰上拿开，温柔地抚摩我的脸，我屏住呼吸，"我们要怎么做？我们怎样才能保护孩子们不受纪录片的二次伤害？"

"我不知道。"我坦白道。泪水浸湿了我的眼角，我努力眨眼，不让眼泪落下来，"也许我们什么都做不到，只能让他们学会接受现实。"

"唉，"他说，"我真希望你是错的。"他亲了亲我，是甜蜜又温柔的一个吻。从他的吻中，我感受到一丝热情，还有一丝绝望。我们总是站在悬崖边缘，旁边就是不见底的万丈深渊。此时此刻，我们的处境更是岌岌可危。

"晚饭应该准备好了，"他说，"我们应打起多少分精神呢？"

"打起十二分精神，"我说，"我需要你和孩子们提高警惕。"我讨厌这样，讨厌将孩子们仅有的一点点正常生活都夺走，可他们必须意识到可能发生的事情会带来什么后果。

我们回到房间把菜一一摆在餐桌上，准备吃饭。孩子们贴心地准备了我最喜欢吃的迷迭香鸡。鸡肉很美味，黄豆也焖得刚刚好，沙拉就一般般了，不过他们的厨艺算是有进步。但我知道我们当中并没有人真正地在享受晚饭。我们谈论静湖的人们对我们敌意增加的可能性。我们提到警惕心，提到孩子们要和信得过的朋友和大人待在一起，还商量了如何处理突发情况。这不是一次轻松的谈话，却很有必要。

孩子们没有反对。可我观察到兰妮的愤怒，她这个年纪当然希望可以扩大自己的生活圈，而不是越来越小。康纳倒还好，之前他就一直很内向，短期内应该不会有什么变化。不过我得好好看着我的女儿才行。

孩子们想回房间，我让他们把还剩一半食物的碟子送到厨房后再离开，我和山姆留下来收拾。我不停地瞄向门那边，以确保警报器是开着的。山姆留意到了我的眼神，但他没有说什么。我把洗好的碗递给他，他负责擦干放好。一切都那么流畅、默契。但我的脑海里不停地回放着演播厅里发生的事情，那种让人身子一僵的恐惧，还有我情绪爆发的一刻。这就像是触碰一个热的火炉，我无法自已。

座机铃声响起时，我几乎感到庆幸，因为它让我暂时忘却了那些事情。

出于安全考虑，我安装的是有线座机。十次来电中有九次是录好的骚扰电话。但在遇到危险时，座机不会像手机那样耗电快，而且也不依赖电池或是房屋的电力。把它当作一道保险，能让我稍觉安心。

我把手伸向听筒，然后又收了回来。我不认识这个号码，所以我只会开启答录机的录音。虽然做法很老套，但这种办法可以让我屏蔽骚扰电话，也可以在真的有紧急电话时第一时间接听。我把音量调小，准备继续做之前的事。在开头的寒暄后，那头的人说话了："啊，那个，你好。我想……请问格温·普罗克特在吗？"

我一阵反胃。当然，我接过许多辱骂我的电话。匿名陌生人想要在我脆弱时攻击我、侮辱我，他们会事无巨细地告诉我他们的幻想——他们是如何强奸和杀害我和孩子们的。还有一些让人毛骨悚然的人向我表白，表示他们对我一见钟情，我们命中注定会在一起。

然而这个听上去有点儿迟疑的女人继续说："拜托你，请回答我一下。我真的不知道我还能找谁帮忙。"我知道这又是**那种**来电。

第一个这种电话来自一个随机号码，来电者是一个知道我电话号码的警察的朋友。几个月前，她打来向我哭诉，让我给她建议，因为她不知道该如何活下去。她十四岁的儿子绑架、强奸并杀害了邻居五岁的孩子，藏尸于床底。三天后她才察觉到不对劲儿，随后她报了警，亲手将自己的儿子送到警方手里。她并没有做好准备面对残酷的事实：公众不止会谴责她的儿子，也会谴责她。谴责她养了一个杀人犯，谴责她不知情，谴责她没有阻止她儿子的恶行。

我和她在电话里谈了一个小时，告诉她应该怎么度过这一艰难的时期。最后，我还帮她找了一个庇护所，至少她可以在那里暂避风头。我不知道她后来怎么样了。不过应该是有人向她问了我的事情，她也告诉了他们我是如何帮助她的。

过去三个月，这些伤心欲绝、失魂落魄的人们一直给我来电，乞求我的帮助，询问我的意见，然而我已经自顾不暇。对他们大多数人来说，我能做的顶多是给予他们理解，安慰他们，让他们知道我们都是同病相怜罢了。

山姆正看着我，他用表情警告我不要接那个电话。无疑他是对的。我们自己的问题已经够多了，不需要再节外生枝。我几乎要忽略这通来电了，但我可以听到她的呼吸声，听到她的哽咽声。

"好吧，既然你不想见我，"她语气沉闷，丧气地说，"对不起，打扰你了。我会把电话挂掉……"

我拿起话筒，说："我是格温。有什么事儿吗？"

电话那头的女人深吸了一口气。"抱歉，"女人说，"我原本以为我可以渡过这个难关的，不会弄得像现在这么一团乱。我想我可能不像你吧。他们都对我说，你就像钢铁侠一样，没有什么可以打败你。"

我还是不知道这个人是谁，不知道这通来电用意何在，但直觉告诉我应该听下去。"不，我没有那么坚强，真的，"我告诉她，"一切都会没事儿的，慢慢来。请问你是？"

"玛……玛琳，"她说，"住猎狼河镇的玛琳·克罗克特。"她的口音是纯正的田纳西乡村口音，"啊，就在……就在猎狼河往后一点点的地方。"她紧张地笑了起来，听起来就像是玻璃碎裂的声音，"你应该没有听说过这个小镇吧，对吗？"

我诚实地回答："没有。你想从我这里得到什么呢，玛琳？"

她没有开门见山。我了解套路，她会先顾左右而言他，在过程中慢慢鼓起勇气。她向我介绍她的小镇，分享工作上的挫败感，抱怨木地板上无法刮走的一大片油脂，我静静地听着。山姆洗好了碗，他递了张纸条给我，写着：**我要去工作了。**然后朝我们的办公室走去。在办公室里，我们共用办公桌，各有各的办公区域。山姆既是一个做建筑工程的自由职业者，也在为诺克斯维尔外的一家公司管理一些小的商业项目；我则在网上做会计工作，每天工作几小时，还兼职一些平面设计。如果我有一份全职工作，经济会更有保障。但话又说回来，我喜欢在家陪孩子，特别是在这个漫长而又炎热的夏季。而且我喜欢一察觉到不对劲儿就可以抛下一切逃跑的感觉，即使是在现在。我可能需要花上一段时间才可以压制这股冲动，也可能永远做不到。

终于，她的语气平静了些，于是我打断她，"玛琳，你到底是怎样得到这个号码的？"

"一个女人在社交媒体上说你并不像某些人所说的那样是个怪物。你帮助了她。于是我问你是否也可以帮助我，她说可以，还给了我你的电话号码。"

"她是在公众场合说的？在她的社交媒体上？"

"是通过邮件。"玛琳听上去更紧张了，"这样做有什么问题吗？"

至少那个人没有把我的号码公布在网络上。话虽如此，但也是时候换掉这个号码了。也许应该直接取消座机。"她是谁？"我问。

"我不知道她的真名，不过她说自己叫梅丽莎·索恩。"

我要和梅丽莎谈谈才行。"好的，"我说，"你可以告诉我你的问题是什么吗？"

我原本以为她会说一些有关她男朋友、丈夫或家人，甚至是朋友的烦心事儿，她却说："其实，严格来说，不是**我的**问题。是……是这个镇子的问题。应该说……是这个镇子里的一些人有问题，尽管这个小镇从来就不是什么好地方。这是一个被鲜血浸染了的小镇。"

这让我完全摸不着头脑，我开始担心我是不是被耍了。也许她只是无聊想打发一下时间。"我再给你一分钟，告诉我，我可以为你做些什么，不然我就挂了，并且我不会再接你的电话，明白了吗？"

她顿了顿，说："好。"但她并没有继续说下去。一阵沉默之后，她重新开口，声音急促，"就是，如果我身边发生了一些不好的事情，我要怎么做？我不能报警。不可以报警。如果你不信任镇上的人，你会怎么做？"

"如果你愿意的话，我可以帮你联系州政府。不过你得告诉他们你的问题到底是什么，"我告诉玛琳，"首先，你现在有人身危险吗？"

"没、没有。不过……我也不能确定。我不知道该怎么办好，也不知道该向谁求助。我现在的情况已经够糟了，我不想让事情变得更糟糕。"她重重地叹了口气，"我是单亲妈妈，我的女儿很调皮。我在镇子里孤立无援，没有人可以帮我。我得异常小心，总之一言难尽。"

对当事人来说，遭遇总是一言难尽。局外人往往认为想要断绝关系很容易，只要转身走人就行，但事实上人们往往有很多苦衷：孩子、亲戚、朋友、工作、金钱、责任、愧疚，还有恐惧，无穷无尽的恐惧。和伴侣，特别是和有虐待倾向的伴侣分开，对一个女人来说往往是最危险的。尽管她们从来没有见过血淋淋的统计数据，不过女人本能地知道这一点。有时候和熟悉的魔鬼待在一起似乎更加安全。

"我了解你的感受，你觉得自己被困住了，无路可逃。"我告诉她，"但事实并非如此，解开牢笼的钥匙就在你的手上，而且一直都在你自己的手上，知道吗？你只是缺少了一些勇气。是有关你丈夫的问题吗？"

她抽了抽鼻子，感觉要哭了一样。"不是，他已经不在了。"

"男朋友？你的约会对象？"

"不是。"

"好吧！"这倒是蛮新鲜的，因为我接到的大部分来电都是有关丈夫或是家庭伴侣，偶尔是关于匿名的跟踪狂。"那么具体地说，到底是谁在威胁你呢？"

"不是……不是威胁。事情不是那样的，我不能透露任何名字。"她说，"只是……如果我说出去了，恐怕我和我的女儿就会遭到报复，那样情况就非常糟糕了，你明白吗？但是，如果我对谁都不说的话……我真的不知道该如何活下去。"

"对不起，"我尽可能温柔地说，"可我不是心理治疗师，也不是律师。如果你在从事非法活动的话，你今天所说的话在将来可能会引起法律问题，希望你明白这一点。如果你面对的不是犯罪，只是想找人倾诉你受到的恐吓，我可以帮你联系心理学家或者精神病专家……"

"我才不要看什么**精神病专家**！"她像是被冒犯了。乡村小镇对谈话疗法接受程度还不算太高。

"好吧，如果你认为那可能是一起犯罪，玛琳，为什么你觉得你不可以报警呢？"电话那头的她沉默了，没有回答我的问题。"你害怕他们吗？"

"我什么都怕。"她说。

"那州警察呢？"

她吸了一口气，然后呼气。"也许吧。我想应该可以，就是不知道他们是否会相信我，但我可以试试。"

"那你赶紧给他们打电话吧！有时候就是因为我们的犹豫不决，才导致生命的逝去，那样我们一辈子都要背负这种愧疚感。"我的大脑飞速运转：她是在谈论一个受到威胁的邻居吗？一个朋友？还是其他事情？我毫无头绪。

"嗯，"她说，我听到她正在焦躁不安地踱步。"嗯，我也知道。不过我家这边是个小地方，镇上一半的人之间都有血缘关系。我想我最好先自己查清楚，然后再……"突然，她不说话了，我也听不见她的呼吸声和脚步声。当电话那头再次传来她的声音时，她慌慌张张地低声说："我得走了，抱歉。"

"玛琳，如果你不告诉我发生了什么，我是不知道该如何帮助你的。"

"到这儿来，"她说，"到这儿来，我就可以告诉你所有事情。这距离他们埋葬残骸的地方不远，你到时再决定怎么做吧！"**残骸？埋葬？她在说些什么？**

"你的意思是，去猎狼河小镇吗？抱歉，我不能去那儿。"无论如何，我是绝对不可以去一个与世隔绝的穷乡僻壤的。不管我是否有武器，是否准备好战斗……不，这个险不值得冒，我不能再冒险了。"给州警察打电话吧，可以吗？"我说。

她没有回答。伴着"咔嗒"声，她消失了。这通电话就这样结束了。放下电话时，我摇了摇头。这通来电让我心烦意乱，但如果她再打来，我也不知道我可以说或做些什么不同的事情。不管她正在经历的是什么，都太离奇了。我忍不住起了疑心：我才在邮箱里发现了一条蛇，现在又有一通神秘电话竭力诱导我开车去一个乡下小镇。我才不会上当，我有很多敌人，早已身经百战。今天的事情更证实了这一点。

我守在电话旁，等着她给我回电，可什么也没有等到。最后我只好向办公室走去。经过走廊时，我停了下来，探头看了看康纳的房间。和我想的一样，他正在看书，我不想打扰他。不出我所料，兰妮正在发信息。我敲门时，她头都几乎没有抬一下。

"嘿，"她问，"电话是谁打来的？"

"一个想寻求建议的人。"我回答。

她打字的手指停了下来，将注意力转到我身上。我的女儿长得很漂亮，不仅如此，她的五官、性格也很有特点，她有一点儿倔强，真不知道她从哪儿学来的。"她为什么打电话？"

"说实话，我也不是很清楚。不过我觉得她并没有遇到多大麻烦。至少她的生命没有受到威胁，还没到需要接受帮助的程度。"

"好的。"她的注意力又回到亮着的手机屏幕上，两只大拇指快速地敲着字。我喜欢她处理事情的方式，带着生死攸关的紧张气氛。我美丽的亚特兰大[1]，她一直是个雷厉风行的孩子。"你知道的，我讨厌这种事情。"她说的是威胁、限制，以及她不断缩小的生活圈。

"我知道，"我说，"我们会努力让事情好转的。"

回到办公室时，桌子上放着一瓶开了的红酒和一个斟满酒的杯子，山姆也有一杯。他侧头用肩膀和脖子夹住手机，在抽屉里翻找着文件。我拿起杯子，用口型对他说了句"谢谢"，然后坐到我的椅子上，查看邮件。

真是不堪入目。其实我也预料得到，毕竟我在豪伊·哈姆林的节目上失控了，但我没有想过会一下子多这么多辱骂我的匿名邮件，我差点儿把刚吃的晚饭吐出来。现在我只能忽略它们；毕竟很多邮件的内容都是重复的，就像是参照同一个模板写出来的一样。**"你怎么还不去死，你这个丑陋的婊子。""算帮大家一个忙吧，快点儿去地狱和你的老公团聚吧。爬进一个熔炉，下十八层地狱去吧。"**诸如此类。

只要把邮件一一清理、整理到一个名为"待评估"的文件夹里，我就摆脱了那一大堆想让我对那部即将开拍的纪录片发表评论的记者。还有人

---

[1] 兰妮的全名。

帮我报名加入"失落的天使"新闻小组，想得真周到。

除此之外，还有四封邮件，来自一个我自己编写的自动搜索程序。这个程序每个月都会把报告发送到我的邮箱。我已经很久没有进行反侦察调查了。最开始是因为我的伤还没有痊愈，后来是因为……我说服自己，梅尔文已经死了，阿布萨隆也消失了，事情一定会……慢慢好转的。我让自己相信我再也不需要那样提心吊胆了。

我真是个白痴。现在，我就得为我那短暂而愚蠢的过度自信付出代价。

我打开最早的一份报告，它只是一份网络链接的存档，这些链接都是包含"格温·普罗克特""吉娜·罗亚"，还有其他我为了隐藏身份而用过的假名的网页，日期是我被绑架的几天后。

如果肢解、强奸和死亡威胁是正常的，那么这些网页看上去没有什么异常。当然，这种链接还有很多，数以百计。

我有种不好的预感，每打开一个网页，这些病毒般的链接就不断增加，不断出现新的视频、论坛，以及讨论如何跟踪我的脸书群组、推特话题，这还没有算上暗网上的内容。我下载了洋葱路由器，可以让我匿名进入暗网。暗网上鱼龙混杂，充满了神秘联系人和幕后机构。我以前依赖那个叫阿布萨隆的黑客团队去浏览暗网，那时我还不知道阿布萨隆是什么人，也不知道我要查找什么信息。没有了他们的帮助，我能在暗网上找到的信息也十分有限了。

不过我还是可以浏览网站，看到键盘侠日益增长的攻击。恐惧、偏执、仇恨，还有不经思考的随意审判滋养了这些评论家。最终，我找到了"失落的天使"小组的网页链接。我点开链接，但是我只能浏览网站的公开主页，上面有梅尔文受害者的照片合集。看到那些平静的、微笑的、眼神里充满希望的年轻女性的照片，我感到压抑，她们的人生才刚刚开始。我看着那些天真烂漫的婴儿和孩子的照片，那是她们遭我前夫毒手前的样子。我滑动鼠标，在这些令人心碎的照片下方有一个留言板，"失落的天使"小组的成员——大多数是受害人家属，有时也有她们的一些朋友，会在这个板块发布他们认为重要的最新消息。

最新留言不是回忆某个生日会或毕业典礼的帖子，而是一篇完整的新闻报道，更新日期是几周前。报道如下：

> 《失落的天使》纪录片正在拍摄中。纪录片不仅仅会记录受害者，还会记录凶手梅尔文·罗亚。值得留意的是，我们还会记录逃脱谋杀罪名的女人：吉娜·罗亚。

我感到一阵恶心。我理解他们的痛苦、愤怒，理解他们需要某种形式的解脱。我从来没有因为他们憎恨我就仇视他们。唯一让我庆幸的是，至少到目前为止，他们没有提到这部纪录片的制作与山姆有关。

许多人对纪录片的拍摄表示支持，人数大概有一万，他们提供了几十万美元资金，几乎比得上米兰达·泰德维尔为纪念她被谋杀的孩子所建立的非营利组织的资金。看着这条报道，我感到更加恶心。这只是开始，**还有更多麻烦在等着我**。他们是认真的。他们是真的冲着我来的。

山姆的电话结束了，我听到他喊我的名字，但我没有立刻回应，我做不到。为了让自己不再想"失落的天使"，我点开了另一条链接，屏幕上出现了这样一条信息：**"凶手的狩猎季节。"** 标题下面是一张监控器画面的截图，我、兰妮和康纳正一起站在我们的门廊上无所顾忌地大笑。有人处理了这张照片，煞费苦心地在我们身上加上了弹孔。

山姆绕过办公桌，我快速地将图片最小化，隐藏在桌面任务栏下——但他还是发现了。他弯下腰，夺过鼠标，又打开了图片。他看着图片，一言不发。我知道这种沉默意味着什么。山姆的思维运转得很快，他的想法有时甚至是危险的。

"你在想些什么？"我问他。

"我想着要将这张照片打印出来，然后直接交给警方还有联邦调查局。"值得庆幸的是，我们在这两个地方都有朋友。"我认为拍下这张照片的人就在这里，一直监视着你。我要找出这人究竟是谁。"

"原始照片可能是记者拍的。"我告诉他，"自从梅尔文入狱后，他们就一直跟着我们。"由于我不愿意接受采访，他们只能拍摄大量的照片，这种不太清晰的照片他们有很多。"这并不意味着这位修图大师就一直在我们身边。"

"但也不能意味着他不在，"山姆说，"对不起，可我觉得这件事儿很严重。"

"难道我不这样觉得吗？这还不是最让我糟心的一张照片。"

"那也是我所担心的。"他没有看我。

我得让他知道这一切。我犹豫了一下，因为我的反侦察记录中有一些可怕的事情。我认为我和山姆目前还没有亲密到这个程度，但他有必要了解情况。"那好，"我说，"你要来看看其他资料吗？"

我看到他打了个冷战。他将椅子拉过来，身子前倾，手肘放在膝盖上。"好，"他说，"我看。"

他觉得他准备好了。但随着我滑动鼠标，我看到他眼里的反感与恐惧。没有人真正准备好面对这一切。

第三章

山姆

今早得知米兰达·泰德维尔在节目上给格温设下陷阱就已经够糟了，随后我又得知她要拍摄纪录片，这消息在我的脑海中掀起一场白色风暴。我完全想象不到格温·普罗克特和米兰达·泰德维尔在同一空间相处的情形，尽管她们只相处了很短的一段时间。一直以来，我都将她们两个放在不同的记忆盒子里，从来不会将她们两个联系到一起。

但生活又岂能尽如人意。格温对我说了"失落的天使"纪录片的事儿后，我感觉自己仿佛开始跌进一个又深又暗的枯井。纪录片一定会影响我们的生活，而且是致命的影响。

我现在能做的就是假装这一切都没有发生。我会尽可能长时间地继续我的正常生活，**真正的**生活。我告诉自己，米兰达所代表的一切……对我来说已经是过去式了，就像格温逝去的婚姻一样，都不复存在了。然而即使化作鬼魂，梅尔文从来没有停止骚扰我们两个，死亡并不等于消失。

我看着键盘侠的恶毒言论，他们伤害格温的手法层出不穷，阴险黑暗……他们让我感到惊讶。但更准确的说法应该是，这一切都让我感到熟悉，熟悉得让我触目惊心。

看到一半时，我已经对大部分资料麻木了。我很确定这些就是她前些日子积攒下来没处理的邮件。最后我们同意挑选出言辞最激烈的那些打印，并在明天带到诺顿警察局。至少凯姿·克莱蒙特会帮我们。还有普雷斯特警长，尽管他不是我遇到的最温柔的男士，但他为人公正。他对格温的遭遇抱有一丝同情，这就够了。我们要尽全力使执法机构人员站在我们这边。

在静湖这一小片地方，我们的社区并没有自己的警察部队，只有凯姿·克莱蒙特能算得上一个，她搬到了山上的街区，就在静湖的对面，离她爸爸住的地方不远。以西结·克莱蒙特——他的朋友叫他以西——人老心不老，是个精力充沛、极具魅力的家伙。他需要帮助，尽管他坚称自己不需要任何人帮忙。我每隔一天左右就会去探望他，在他临时搭建的、很可能是违章建筑的甲板上喝上一两瓶啤酒，给他带点儿他需要的东西。他已经在山上住了很多年，也难怪他会被他富有的白人邻居讨厌。这种情况一直持续到经济衰退，大多数富裕白人搬走之后。在那之后，我们就搬了进来……格温重新装修了一间破房子，将它变成了自己的家。我也搬来静湖，为了监视她，也为了证明她不是她自己说的那种人。

我原来的假设错了。格温就是表里如一的人。她是我遇到过的最有闯劲儿、最诚实的女人之一。认识到这一点后，我花了很长的一段时间去适应。不过适应之后，我感到……自由，就像是我长久以来的愤怒消散不见了。

想到愤怒并没有离去，只是一直环绕着我，我就觉得害怕。或许我认为我已经放下的怨恨其实从未离开，现在它又卷土重来，要侵蚀我。

第二天早上，我们去了警察局。

诺顿是一个典型的南方小镇，距离静湖只有几英里。小镇的经济摇摇欲坠，众人都在祈祷。用木板封起的商铺和坑坑洼洼的道路就是很好的例证。没有人会傻到相信这个小镇前途一片光明，镇上的居民却异常有决心，坚信他们能改善小镇的情况。就我个人而言，我是喜欢诺顿的。尽管大多数房子都空置了，但仍然被保存得很好。这是一个有自己风格的地方，即使格温常常认为这个小镇已经回天乏力。她倾向于看到事物消极的一面，而我倾向于看到事物积极的一面。鉴于最近的情况，我得时刻保持积极的心态。

诺顿警察局总部自二十世纪八十年代以来就没有大幅改建过，这也不难想象，不过停车位还是很充足的。走进警察局时，我们第一时间就留意到了坐在办公桌后面的女职员的表情，应该说只有格温留意到了，女职员的脸上写满了茫然与怀疑。并不是因为她不认识格温，而是因为来的人是格温。女职员对格温的过去了如指掌。

我向前一步，打断了她们这场对视比赛。"你好，请问普雷斯特警长或克莱蒙特警长在局里吗？"

这位女职员转过头看向我，眼神不再那么犀利。"您找他们有什么事儿吗？"

"抱歉，不能透露。"我对她笑了笑。这似乎起了作用，她拿起电话拨号。格温朝我翻了个白眼，我耸耸肩。并不是所有事情要以戏剧化的对峙开场，特别是对方是我们想要极力拉拢的盟友时。

不到一分钟，凯姿就打开了门，看向接待处，招呼我们进去。她是一位优雅年轻的非裔美国女性，最近留着一头浓密蓬松的自然非洲卷发，看上去十分抢眼，特别是在这种乡村小镇里。她极具个性的发型与她传统的褐色长裤套装形成了鲜明的对比，她的衣服几乎挡住了她的手枪套。转身时，她腰带上别着的勋章闪闪发光。格温跟着凯姿走进办公区时，我帮她们扶着门。

办公区并没有给我留下深刻的印象。这儿没有什么让我感到意外的东西，毕竟诺顿是个小地方。但就像所有乡下小镇一样，这里也在打击制毒贩毒及相关犯罪。不过这与我们要跟凯姿谈论的事情毫不相关。

"你们这次应该不是来探望我的吧！"凯姿示意我们坐到办公桌另一边的破旧椅子上，"是关于那条蛇？"

格温叹了口气，说："不完全是，你也看了《豪伊·哈姆林秀》。"

"嗯。"凯姿说，"他们在直播时为难你。他们不该这样做。"

"我也这样认为。"

"他们提到的那个纪录片，"凯姿往后靠了靠，纠结着怎么开口，"摄制组会来这里取景的，你应该猜得到。他们肯定会拍一些小镇的镜头，采访当地人的看法，还很有可能是一些对你不太友好的人。我没有办法阻止他们。或许你可以到市里申请禁令，不过恐怕作用不大。"

"好，不过我们不只是为了这件事儿来的。"格温没有说话，于是我开口了。

"我们确实掌握了一些线索。我们找到了一个指纹，是一个叫杰西·贝德纳的人的。杰西是我之前说过的那种乡巴佬，擅长抓各种家畜。问题是杰西说他没有做过，而且单凭一个指纹我们也不能以犯罪性恶作剧的罪名起诉他。"凯姿摇了摇头，"贝德纳一家人十分狡猾，而且他们好像不太喜欢你。你知道为什么……"

格温说她不知道。而我没有立即回答这个问题，因为……我觉得我好像知道答案。我觉得这件事儿因我而起。我清了清嗓子，她们看向我，感觉就像是有两盏聚光灯同时照着我。"这个杰西，"我问，"经常去射击场吗？"

"只去过一次。"凯姿说，"然后他就被禁止入场了。几个星期前，他喝醉之后又去了。在射击场里，有人拿走了他的枪，他在抢回枪的过程中被打倒了。他没有提出指控，不过我听说他好像要去补牙。为什么这样问？"

我慢慢举起手。"是我把他脸朝下摔到柜台上的，"我向她解释，"他那天发了疯似的，对我们的安全造成了极大的威胁。哈维尔当时在其他地方，否则他一定会更妥善地处理这件事儿。我想杰西应该是对我怀恨在心。"

"等一下，"格温说，"你的意思是……他不是冲着我来的？"

不是所有事情都是针对你的。我皱了皱眉，没有将这句话说出口。不过她应该领会到了我的意思，她用手捂住脸上的笑。事情发生的那天，我告诉过她这个插曲。但这个乡巴佬贝德纳匆忙逃离射击场时，我并不知道他的名字，也不知道我打掉了他的牙齿。

凯姿大概是意识到格温松了一口气，她接着说："即便是这样，山姆，我也不会轻易放松警惕。贝德纳一家人很擅长制造麻烦。有了第一次，就一定会有第二次。"

"你有什么办法阻止他们吗？"

她摇了摇头，"只能当场将他们抓获才行。你有监控，对吗？"

"家里有而已，邮箱那边没有。"

"那我建议你在那边也装一个。如果他们真的再来捣乱，至少我们也有证据。"

我赞成这个建议，不过这并不能解决我们当下的问题，"谢谢你的建议，不过……这不是我们今天来的主要原因。我们今天是为了那些威胁来的。你认为贝德纳有可能是幕后黑手吗？"

凯姿又往前坐了坐，"说吧！"

格温拿出了文件夹，递给凯姿。凯姿翻开文件夹，立马注意到那张被修改过的照片。她认真地研究了一会儿，又小心地翻到下一页。格温之所以受到死亡威胁，就是因为她曾是梅尔文的伴侣。她收到的信件内容很长，里面详细描写了他们伸张正义的计划。

下一封信件是对我和格温的控诉，指责我们两个是执行政府阴谋、满口谎话的大骗子，企图让公众相信连环杀手是真实存在的。写信的人还威胁说，如果我们不站出来供出政府的秘密计划，就要杀害孩子们（那些人认为他们也是演员）。之后，他还痛骂一切都是超级富豪的阴谋，我们的借记卡上还有赃款。很明显，写这封信的人有严重的精神问题。

格温还收集了很多封恐吓信，凯姿静静地查看每一封信，最后合上了文件夹。"嚯，"她试图轻描淡写，一笔带过，"这些都是什么时候的？"

"我只收集了上周的。"格温说，"随着那期节目在互联网上线，网民自由转发传播，我预测这样的邮件会激增。他们会加倍疯狂。"

"嗯。"凯姿表示同意，她又往后靠，"我可以向上级申请追查这些 IP 地址。不过你也知道，这些人通常不会使用公开账号，并不是那么容易查得到的。而且，即使查得到，也不一定可以找到罪名控告他们。即使真的有罪名，也很有可能不会开庭审讯。那么到头来……"

"这些全部是无用功。你们花了大量时间和金钱调查，到头来很可能什么结果都没有。"我说，"那你的意思是……我们只能干等着他们杀死我们，或者等真正发生了命案时，你们才会着手调查吗？"

"我不是这个意思。"凯姿说，这只不过是她用来安慰人的官话罢了。我想我刚刚的语气一定很冲。"这样吧，我来帮你们，我会跟进的。这段时间，我会安排多点儿警力在静湖周边巡逻。不过事实是，这些事儿没有一件看起来像是当地人干的，更不像是贝德纳一家人。"

"也就是说，你们没有办法阻止事情发生。"我说，"我们下半辈子都要提心吊胆地活着，孩子们也得在恐惧中长大。"

"山姆……"她开口了，但我不想再得到她的安慰。

"凯姿，不要试图安慰我了，我知道情况有多糟。**人人都想要格温和她的孩子们死**，你却什么都不做，任由他们置身于危险境地。"

"那把话说得明白一点儿吧：你想要我做什么？24小时巡逻？让联邦调查局介入？他们确实是有一个专门处理网络恐吓的部门，不过他们忙得很，全年无休，而且只有不到一千名员工，还要服务整个国家。等他们注意到你的案子时，孩子们都已经长大了。我不是不帮你，我只是实话实说。我的天，法律的修改速度是追不上层出不穷的犯罪手法的。我只是一个执法人员，只能跟着法律走。"

我很生气。我并没有想到自己会生气，但是我想让警方有更多作为。然而在另一边，格温却异常冷静。

"山姆，"格温说，"凯姿也是实话实说。我也没想着今天来这里会让事情好转。而且你也知道互联网让人们变得多么放肆，毕竟键盘侠什么责任都不用承担。"

我们的目光相遇，我看向别处。我以前也是他们当中的一员，被愤怒蒙蔽了双眼，只会躲在屏幕后面发表过激言论攻击、中伤她。但是我们从来没有仔细谈论过这些问题，没有具体分析过网名或恐吓信件，没有讨论过我在那段极其阴暗的时期做的事情。我们都假装没有事情发生过，不去主动提起那些伤疤，这样就能更容易地忘记过去。"不管怎样，谢谢你今天愿意见我们，衷心感谢你，凯姿。我今天来只是想告诉你这些情况，这样，意外发生时，你也可以有所准备。"我说的是"意外发生时"，而没说"如果"。

凯姿又翻到第一张照片，那张格温和孩子们被子弹射穿的照片。"这张照片，"她说，"最让我担心。"

"为什么？"我问。文件夹里还有其他被修改过的照片，很多都比这张血腥。

"不一样，这张照片并没有过多威胁和妄想。"她抬起头，仔细研究照片，随后又将它拿起来，皱起眉头，"你们看，大多数混蛋都只会画上许多伤口，对吧？而且越血腥越好，目的就在于吓唬、恐吓你们，但是这张呢？"她将照片转向我们，"你们看到了什么？"

我们沉默了几秒钟。最后，我说："致命一击。"

"没错，"她说，"标记的位置是头和胸，都是头和胸。如果细心观察的话，就会发现中弹部位都是几乎可以瞬间夺命的。这人是专业的，目标也很明确。我担心的是这个。"

"我也是。"我说。没有什么比一个知道自己目标在哪儿的狙击手更加危险。

"凯姿说得不无道理，"在开车回去的路上，我说，"他们也许只是逞口舌之快罢了，不过我还是想联系麦克，给他看看那张照片，问问他有没有看到类似的情况，或许他能发现什么线索。我真的很想知道那个人是认真的，还是又一个只会当键盘侠的白痴。"

格温不是一个只会纸上谈兵的人，她经历过的困难超乎常人的想象。我也不畏惧与那些人正面较量。不过，力量和勇气并不能抵挡狙击手的子弹。

"去射击场问问哈维尔。"格温说完，我立刻为没有先想到这一点而懊恼。"狙击手必须练习，对吧？或许他认识当地人，可以帮忙预定时间？"

"我现在过去，"我说，"在卡车那儿让我下车就行，我顺便去看看工地的情况。"

"你会回来吃晚饭吗？"

"看情况。晚饭是肉馅儿糕吗？"这是我们家里最近流行的一个玩笑。

不知道为什么，康纳最近很喜欢肉馅儿糕，怎么吃都吃不腻，每顿饭他都会问我们有没有肉馅儿糕。格温不想一味地放纵他，但孩子们经历了那么多，如果一点点肉馅儿糕就能让他们感到幸福，又何尝不可呢？

"今晚不是。"格温说。

"那我就回来吃。"

她停下车，下车前，我倾身吻了她一口。这是一个长而甜蜜的吻，以致我犹豫着要不要下车去射击场。但我担心如果不追查的话，每过一秒钟，她的危险就会增加一分。我最终还是下车了。

我的卡车在颠簸的乡村小路上行驶着，它马力十足，是一头真正的悍马。我很喜欢它，除了接电话时。它的引擎会发出"咔嗒、咔嗒"的噪声，总让我觉得有不好的事情在等着我。

我开上山，向射击场的停车场驶去时，一个陌生号码给我来电了。不过我认得区号，是从华盛顿打来的。我接通电话，提高音量，以让对方可以在嘈杂的引擎的噪声中听到我的声音："喂？"

"我换号码了。"麦克·鲁斯提格说，"谢谢你没有挂我的电话，兄弟。我的天，你开的是什么？F-15[1]吗？"

"一辆破旧的雪佛兰，"我告诉他，"听起来没什么差别，对吧？"

"什么？我、听、不、见、你、说、话！"他一字一顿地说，不过他只是在和我开玩笑罢了。

"那你一定听不见我骂你混蛋，已经很久联系不上你了。"我说，"有多久来着？"

"我看看我的通话记录。差不多四个月了。"

"看我说什么来着，你还真够'朋友'。"

"少给我来这一套，我有一项卧底任务。你一定会喜欢的，我得学会怎样印钞票。"

"这是你新的退休计划吗？"

---

[1] 美国空军一型超音速喷气式第四代战斗机。

"我们怀疑这里有制售假币团伙。"他说，"政府工作从来就不是什么有趣的事情，现在的情况棘手得很。"

"上帝会说一切都会过去的。"

"上帝可没这样说。"

"那……你为什么给我打电话？你无聊得受不了了？"

"不是。"麦克说，语气严肃起来，"格温总是让自己成为新闻热点，不是吗？你知道这意味着什么。丧心病狂的人们又会想要伤害她，伤害你和孩子们了。我的天，要她保持低调就这么困难吗？"

"你知道媒体逼得多紧吗？她只能站出来，希望一切有个终结。"

"那成效如何呢？"他顿了几秒钟后说，"该死的米兰达·泰德维尔也在节目上，你看到她了吗？"

"没有。"我很庆幸我没有看到她，而且我也没有兴趣去网站看相关视频。我做不到。

"不用我说，你也知道不该蹚那摊浑水吧？"

"不需要你告诉我。没想到你把我看成一个一等白痴，多谢。"

"二等白痴而已，"麦克说，"别抬举自己，你这个廉价的飞行员才不会升级呢！"

"滚吧，你轻轻松松拿到的工资就是我交的税，你肯定不知道吧！"

他的笑声比他的声音还要低沉，以至于扬声器都振动了起来。"兄弟，有时候你真的别那么愤世嫉俗。听着，我是认真的，你和格温的这件事情……"

"别，我不想听。"

"山姆，这件事儿很难有个好结果。你得知道这一点。早晚会有人受伤，并且很有可能是她。我们都知道原因，不是吗？"

这时，我已经到了射击场。我从卡车里下来，靠在了建筑外墙上，沉默了一会儿。停车场很拥挤，不过外头却没有多少人，只有我和一些在树丛里"呱呱"叫的青蛙。"嗯，我知道。"我说，"我知道你想说什么。只是，现在她遇到了麻烦，我不能就这样……一走了之。"

"格温·普罗克特能挺过去的。"

"我不能吗？"

"我曾经觉得你能，但你现在放松了警惕。"麦克犹豫了几秒钟，然后叹了口气说，"听着，我把你的电话号码给了别人。如果他们打给你，你就接吧。那通电话很重要。"

"你到底想让我干什么？"

"做你力所能及的事情。"他说，"注意安全，山姆。我会一直关心你的。我永远都不会知道这是为什么。"

"说得倒挺好。但我还是要举报你造假币。造假币有什么后果来着？在联邦监狱监禁 20 年吗？"

"瞧，你现在就是在刁难我。"麦克挂断了电话。我保存了他的新电话号码，在原地站了很久。他说得没错，麻烦又找上我和格温了，米兰达的出现就是一个征兆。我真的有必要考虑她的现身意味着什么，但不是现在。我逃避问题的时间越长越好。

我走进射击场，问哈维尔有没有看到什么可疑人物。他说没有，可这并没有让我放下心来。想找我们麻烦的人太多了，我却什么也做不了，对付不了他们。射击场人满为患，每一个隔间都有人，因此我只能随便逛逛。我喜欢哈维尔，他是一位退休海军，但还很年轻。人们都很敬重他，因此不管他说话声音多小，人们都会留心听。他只要走进射击场，就能缓解紧张气氛，不管有什么样的争执，人们只要一看到他，就会冷静下来。

如果贝德纳发酒疯时我喊了他来帮忙，而不是自己逞强处理的话，那么事情一定可以和平解决，不必使用武力。

"你想让我留意一下陌生人？"我准备离开时，哈维尔忽然问我。墙另一边不断传来枪声，不过我们都没有太关注。如果射击场一点儿枪声都没有，我们才要当心，因为那意味着大家都在关注别的事情，可能是有人受伤了。"我会留意的。孩子们怎么样了？"他问道。

"挺好的。"我告诉他。我知道他一直感到内疚，因为格温拜托他照顾康纳和兰妮，但是他没看好他们，让康纳从小屋溜走，陷入麻烦中。"他们没什么事儿，还挺期望你去看他们的。"

他点了点头，表情却流露出了一丝不情愿。

"格温没有怪你。"我说，"没事儿的，你已经尽了最大努力去保证孩子们的安全了。"

"对啊，但还不够好，不是吗？"哈维尔说，"她没有怪我，让我更内疚了，兄弟。"他看了我一眼，然后又迅速转移目光。

"我抛下了他们。"我安慰他，"你觉得我心里会好受吗？你至少还在他们身边，而我没有。"

"他们爱你，"他说，"你让他们相信他们可以再次拥有一个父亲。不要摧毁他们这个信念，对他们来说很重要。"

是很重要，但同时也十分骇人。我不想伤害他们，永远也不想。但现在……现在，我实在不知道有什么办法可以避免对他们的伤害。

就在这时，我的手机响了，我没想到麦克提过的那通电话会那么快打来。我走到外面，这是一个来自佛罗里达州的陌生号码，感觉像是从迈阿密打来的。我接了电话，说："山姆·凯德。"

"凯德先生，"电话那头一个女人平静地说，"请等一下，我为您转接温斯顿·福斯特先生。"

我不认识这个人，不过他的名字听起来像是个大人物。大约沉默了三十秒钟后，电话那端传来声响，一个有着伦敦西区口音的人说话了："山姆·凯德先生，你好。很高兴和你谈话，谢谢你今天接听我的电话。"

"不客气，"我说，"有什么事儿吗？"

"鲁斯提格先生对你说了我会打给你吗？"

"他说了有人会打给我。"

"好的。是这样的，我最近有幸碰见了鲁斯提格先生，他听说我正在为我们的公务机寻找一位飞行员。他说你可能会对这一机会感兴趣，我知道你休假已经有一段时间了，所以……"

飞行。我感受到了我跳动的脉搏。这不是我想要的反应。直到这一刻，我才知道我是多么想念飞行的日子。"肯定还有很多飞行员为这个机会争破头，"我说，"你却选择一个素未谋面而且远在田纳西州的人？而且是一个你连飞行记录都没看过的人？"

"你怎么知道我没有看？"

"说实话，我记录上的飞行时长并不是最新数据。"

"听上去你好像不太想重新当飞行员？"

我想，我只是在说谎而已。我想当飞行员的欲望比其他欲望都要强。**比想拥有一个家强吗？比想要一个家庭的欲望强吗？比与格温一起生活的欲望强吗？**

我难以抉择，甚至只要一想到这个问题就心如刀绞。

"我再联系你吧！"我说，我知道这句话通常意味着拒绝。我希望他痛斥我不珍惜这次机会。但他说："没问题，我理解你需要时间考虑。毕竟你要搬到迈阿密随时待命。年薪大约是 15 万美元，有常见的全部福利待遇。我们不赶时间，而且我们需要重新审核你的资质，你还要花时间再次接受训练。这对我们来说不是问题。训练结束后，我们会很乐意雇用你。"

年薪高得让人怀疑，我甚至都没有真正的私人飞机飞行经验，不过我可以轻松地完成训练。"我会是你们唯一的飞行员吗？"

"不是，我们一共有三名飞行员，全天候待命。此外，如果你一天的飞行时间超过八小时，你会有加班费。因此，无论飞行时间长短，你的报酬是有保障的。"

我顿了顿，看向远方。"你们是什么公司？"

"什么？"

"什么样的公司才会要求三个飞行员随时待命，起薪还这么高？"

"一个能盈利的公司。"电话那头的人说，"当然，你也可以搜索我和我的公司。接下来几个星期里，我的助手会和你联系，你可以告知她你的决定。谢谢你抽出时间接听电话，凯德先生。"

"谢谢你的来电。"我说。他应该已经挂电话了，我一直盯着手机，直到它黑屏。麦克推荐给我的到底是什么人？我要怎么办才好？去面试吗？和格温说谎吗？**离开静湖吗？** 说实话，此时此刻，我真的不知道。只有一件事儿我是确定的：我要调查这个男人。

我坐在卡车的驾驶座上，花了五分钟时间用手机去搜索温斯顿·福斯特。他是福斯特实业公司的首席执行官。福斯特实业公司是一家大型建筑公司，工厂遍布世界各地。总部设在伦敦，在迈阿密开了第一家分公司，随后在其他国家也开了。网上他的照片到处都是，主要是一些出席慈善活动的照片。也有人批评他，但他干的似乎是正经生意。

我给麦克发了一条信息，他没有回复我，至少没有立刻回复我。我想确切地知道麦克是怎样认识这个男人的，以及他对温斯顿·福斯特有多少了解。我甚至还回拨了电话，温斯顿·福斯特的号码转接到了迈阿密的办公室，不是空号，那个说话冷冰冰的助手接听了我的电话。我对她说了"谢谢"，然后挂了电话。

遇到格温以来，我碰到过许多富有的商人，福斯特并不是第一个。但该死的，他提供的是一个稳定的工作，有丰厚的收入，**而且是飞行员这个职位。** 我竭力控制自己不去想那份工作，可事实是：我做不到。

第四章

兰妮

我盘腿坐在床上，开着笔记本电脑，等待戴丽雅接我的视频通话。铃声响个不停，但无人接听。我开始担心起来，我总是因为一点儿小事儿就紧张。**如果她今天醒来，发现不再喜欢我了怎么办？所以她才不和我说话吗？**

我知道这样很傻。我接受过很多心理治疗，知道自己有些心理问题。定期复诊，声嘶力竭地与医生谈话……我总担心自己受到伤害，尽管根本就没有人想伤害我。这也是为什么我之前十分不愿与人交往，我正试着改变自己。我喜欢上了戴丽雅。一想起她，我的心就怦怦直跳，和她分开时，我难过得直想哭。我想永远和她在一起，但我不傻，我知道那是不可能的。

我取消了视频通话，看了看她的社交媒体。她在照片墙更新了，原来她去参加别人的生日派对了。照片上的她摆出各种姿势，但她看上去很无聊。至少我知道了她没有躲着我，至少今天她没有。**别当个黏人精**，我告诉自己，**要酷一点儿**。可我不知道怎样才能表现得很酷。我已经试着不关注她很长一段时间了，因此想再远离她一些似乎是不可能的。我不嫉妒，对吗？

前门开了，我听到警报声，还有快速按下警报器的声音。门又关上并且上了锁。妈妈回来了，山姆似乎没有和她一起回来，因为他们进门时通常会谈话。"晚餐是照烧鸡哦！有人要帮忙吗！"她喊道。

我坐着不动，盯着屏幕。戴丽雅和那群女孩儿一起摆造型，她开心吗？另一张照片中，她搂着一个男孩儿。我们曾经偷听到戴丽雅的妈妈说我们两个正"经历一个特殊阶段"。也许在戴丽雅看来她妈妈是对的，我却不这么认为，爱一个人并不只是"一个阶段"。

"嘿。"妈妈站在门口问我，"怎么了？"

"没事儿。"我说，然后关上了电脑，"我刚才准备去跑步。"

"你不能一个人去。"她说。

"妈妈，现在天还没黑，我就在湖边跑跑。"

"不行，你不能单独行动。我和你一起去，正好打发一下时间。"

"你会拖慢我的。"我拒绝她，她对我翻了个白眼。"我是认真的，你会拖慢我的速度。"

"好好好，我知道我老了。"她说，"但我还是要和你一起去。"

"那谁来做晚餐？"

"我来做吧！"我弟弟说。他走出房间，穿过走廊，耳机还挂在脖子上。妈妈搂他入怀，他没有僵住。要是以前，他一定会愣住的，不过现在情况已经好转了点儿。至少我是这样认为的。自从我发现他偷偷溜出去给爸爸打电话后，我就很少跟他交流了。我不知道应该怎么做，或者说不知道该怎么和他讨论这件事情。他给爸爸打电话真的很让我生气，我甚至都不想去想他为什么会这样做，也不想问他。

"帮我准备一下大蒜和姜，还有大葱。"说完，妈妈顺了顺他后脑勺翘起的发尾，"把大蒜和姜切小点儿，知道吗？对了，在切之前记得先把食材洗一遍。"

"知道了。"他说。我有点儿担心他对厨刀的喜爱，也许是我多虑了。他应该只是想当一个厨师，除此之外别无他想。厨师就得使用刀具。

我们的爸爸也使用刀具。

妈妈回到房间换衣服。我又打开笔记本电脑，看着屏幕中的自己，纠结要不要发一张照片。我喜欢我今天时髦的发型，夹在黑发中的蓝绿色夹子闪着光。我抓抓头发，摆了个造型，希望照片可以让戴丽雅想起我，但我有些心不在焉。我合上电脑，穿上运动文胸、特大衬衫和两边有血迹图案的紧身裤。妈妈来找我时，我正在系鞋带。她看了一眼我的紧身裤，我知道她肯定又想要我换裤子了，但她忍住了。

妈妈以前试图要求我换个穿衣风格。不过慢慢地，她知道我得用自己的方式去处理糟糕的往事，她不能将她的那一套强加在我身上，至少她不可以一直那样做。而且我喜欢这些紧身裤。

我扬起眉，她叹了口气，摇摇头。"好吧，"她说，"出发。"

我们走的时候，康纳在厨房里准备食材。他正拿着菜刀和砧板准备切菜，妈妈提醒他不要随便开门。他摆摆手，我们都知道该怎样做。

"待会儿见，小矮子。"我说。

"说什么呢，你这个怪咖，我可是有刀的。"

我朝他竖了中指，然后出了门，这是我们之间的一个玩笑。但我内心仍有一小部分觉得这个玩笑一点儿也不好笑。

在湖边跑步时，我是主导节奏的人，不过我放慢了速度。我一直在锻炼身体。以前妈妈才是跑得快的那个人，我完全跟不上她。现在我可以跟上她了。我长高了，因此当我迈开腿加速时，她得努力跑才能跟上我。我可是很仁慈的，我不想让她感到难堪。

跑完一圈儿大概需要半小时，时长简直完美，我们今天选了最佳的跑步时间，太阳渐渐下山，在树荫的遮挡下，斑驳的阳光照在湖面上，波光粼粼。经过山姆的旧小屋时，妈妈放慢了速度，我也放慢脚步，"怎么了吗？"山姆已经不住在这里了。小屋经过重新装修，现在成了背包客短暂落脚的地方。我对那些**可以**安定下来却偏偏不这样做的人有着重重疑虑。我想起搬到静湖前居无定所的那段日子，那时我每晚都是哭着入睡的。我现在不再哭了。不会为了**那件事儿**哭。

"你在想什么？"我问。妈妈摇了摇头，回过神儿来，又大步地迈开腿，不过我很轻易就追上了她。我们又跑了一圈儿，影子拉得长长的。转弯儿时，一个背包客正把一艘破烂的船拖进湖里，船上还有一个冷藏箱，我猜是用来放鱼的。

显然，妈妈不想说话。我们只是静静地跑步，迈着相同的步伐。我开始喘气，今天的训练目标又达成了，一股兴奋感与满足感朝我袭来。围绕着湖边跑半个小时不是件轻松事儿，但我们仍没有停下脚步，直到看到了以西结·克莱蒙特，他坐在临时搭建的湖边甲板上，甲板是用他捡来的货板拼凑而成的。他是一位上了年纪的体弱老人，满脸皱纹，肤色比他的女儿凯姿还要深一点儿，留着一头短短的银发。他有一张折叠椅和一张脚凳，如果天气好，而且他的髋关节炎没有发作的话，他就会带上它们到甲板上坐一坐。严格地说，在湖边上搭建这些是违法的，但据我所知，人们都没有什么异议。或许是因为几个月前他打"911"救了一个女孩儿吧。她的独木舟在波涛汹涌的湖里翻了，可她却决定——愚蠢的决定——脱掉救生衣，往岸上游。如果当地巡警没有及时赶到，她很可能就溺水身亡了。

"嗨，以西先生。"我说，和妈妈一起放慢了脚步。我喜欢以西，也喜欢他女儿凯姿。他并不有趣，但聪明，好相处，也很健谈。当我想找人聊天时，他总是很乐意陪我。我有时候会来这边和他谈谈我爸爸。大部分时间他都是静静地听着，偶尔点点头。"听说你妈妈那天早上在电视上惹了些麻烦，"他说，"你没事儿吧，格温？"

"没事儿。"妈妈说，"我都见怪不怪了，以西。"

"真的吗？"他打量着她，摇了摇头，"那个女人说了好多话。人们会被影响的。"

"或许吧，"妈妈表示赞同，"但我以前也经历过。"

"不一样。"他说，"摄制团队已经在镇里了，正在诺顿外的一所酒店熬夜策划呢！"

我倒吸一口凉气。纪录片意味着摄像机，意味着无穷无尽的采访，他们会入侵我们的生活。我原本以为那一切都会……都会在《豪伊·哈姆林秀》之后消失，以为那位仇视妈妈的金发女人会停止她所做的事儿。我之前看过她的照片，她是爸爸其中一个受害者的母亲。她有很多钱，可以将我们的生活弄得一团糟。

"他们在这里？"妈妈的声音很尖，我眨了眨眼，她听起来很慌张。她很快镇定下来，但已经太迟了，我注意到了。"我的意思是，我没有想过他们会在这里待上很长时间，甚至没想过他们真的会来。"

"来了两天了。"以西说，"我女儿也这么说。不过她应该早就知道了，留意陌生人也是她的工作。"

"真有趣。"妈妈说，"我今早去找她的时候，她完全没有向我提起这件事儿。"

"你去见凯姿了？"我有点儿惊讶，妈妈什么都没有和我说。"为什么？"

她没回答我，注意力全在以西身上，"你见到摄制组了吗？"

"是的。他们今天来这儿了。"说着，以西用粗糙的手颤抖地指向附近一个为游客准备的停车场，"他们架好摄像机，已经对着湖拍了一阵子了。"

"那边吗？"妈妈指了指，以西点点头。"湖……还有**我们的房子**。"妈妈听起来很生气，我不能怪她。"他们在拍我们的房子。"

我和她一样感到震惊，感到被侵犯。我的卧室正对着湖。他们会拍到我吗？我的窗户是开着的吗？天啊，我刚刚换衣服时有没有拉上百叶窗？我不记得了。我习惯在换衣服前拉窗帘的，不是吗？人们会再次关注我们。这不是第一次了，但上一次我还只是个孩子。现在我觉得……很脆弱。我一点儿也不喜欢这种感觉。

"啊，应该吧！"以西说，"不过你们那时候不在家。你和山姆在他们摆好设备前就走了。等到你们回来时，他们又走了。"他"咯咯"地笑着，可我并不觉得这听起来有什么好笑的。"那些蠢货还想向我打听你的消息。"

"你说了什么？"我问道，因为妈妈不会问。以西浅棕色的眼睛望着我，眨了好几下。"我告诉他们，我才不管闲事儿。兰妮，你觉得我会和他们说什么？他们要想知道更多自然会想办法。"

妈妈一脸沮丧。"以西，你竟然没有给我打电话？我知道手机就在你的口袋里。"

"好了，我不想再老调重弹。"他笑了笑，说，"我没有打给你，是因为我不想你和山姆又赶回来，再次惹祸上身。摄制团队来了又走，把他们痛打一顿或许会让你很满足，但你们两个会被逮捕，他们那该死的纪录片也会有更多素材。因此最好的做法就是忽略他们。"

以西没有考虑到我可能也会跟着去，然后踢倒一台摄像机。我敢肯定自己会那样做。下一次他们再出现时，我就会这么做。不过我不会告诉妈妈我的计划，因为以西说得对：她和山姆会被抓起来。但如果这样做的是我，是没有什么大不了的。我又不会坐牢，我只是一个傻小孩儿罢了。

"你的冷藏箱里面是什么？"我问以西。冷藏箱在他椅子旁边，很小，他可以拿着它上山下山。

"怎么，你也想来瓶啤酒吗，小姑娘？"

"我知道你不会给她的，而且她也不会要。"妈妈说。以西拿出一瓶小小的水扔给我，然后又递给妈妈一瓶。"做人要有点儿信念。"他说，"消消暑吧，格温。这将是一个漫长而炎热的夏天。"

我们很快就喝完了水，其间又闲聊了一下。停止跑步和以西谈话是值得的。他是个有趣的人，我很喜欢他。

妈妈终于留意到天色，她看了看时间。"抱歉，我要回家准备晚餐了。你一个人在这里可以吗？再过一个小时天就要黑了。"

"我知道。凯姿就快回来了，她会帮我上山的。"

"好，那如果你有什么要帮忙的，就喊我们一下。"

"多谢了，"以西说，"你们也小心点儿。"

"谢谢你，以西先生。"我说。走的时候，我听到他开了一瓶饮料。我回头看，他正在喝啤酒，沉浸于静湖的景色中。快步跑上山时，我问："妈妈，你知道他以前是个名人吗？"

"什么意思？"

"克莱蒙特先生，他以前很有名。"

"因为什么？"

"他得过很多勋章。"我说，"他向国会作证，揭发了一些腐败的事情。很多人都因为这个讨厌他，但同时也有很多人因为这个而喜欢他。我想他应该知道被追捕是什么感觉，就像我们一样。"

我看得出来妈妈并不知道这点，我承认我很惊讶。如果背景调查是一项奥林匹克赛事，她肯定会比迈克尔·菲尔普斯[1]拿更多金牌。而我的弟弟，那个书呆子，肯定是银牌得主。我给了她一个惊喜，感觉还挺好的，而且这一次惊喜多过惊吓。

从以西的"湖边迷你度假村"出发，我们又加速跑了起来，从路程最后四分之一的弯道开始比赛。我们跑上坡，离家越来越近，我感觉我的小腿和大腿燃烧了起来。我看得出来妈妈累坏了，我在想她是不是没有睡够。事实上，她已经累到忘记去拿邮件了。也许她是想着今天山姆会去拿，我不知道。当她发觉我没有跟上她时，她停下脚步，回头看我。

"你先走吧。"我告诉她，"我想和戴丽雅谈谈。"

"五分钟。"妈妈说。

我点点头。她沿着斜坡往家里走去，我坐在路边的一块石头上，打开了视频通话。铃声响了一遍又一遍，戴丽雅又没有接听。已经连续三次了，我焦虑极了。**为什么她不想和我讲话？她在干什么？我做错什么了吗？天啊，难道她和别人在一起了？**

我一直想着这件事儿，都忘记了妈妈是不允许我打开邮箱的。我想起来时已经打开了，太迟了。我往后退，以防里面有蛇。没有。我又用手机闪光灯照了照，虽然没有发生意外，但妈妈肯定会杀了我的。她才说过我不可以打开邮箱。

现在担心那些已经太迟了，我不安地翻着那些邮件。垃圾邮件、政治垃圾宣传单、一些账单，还有两封信件：一个马尼拉纸信封，封面的印刷字体显示收件人是山姆·凯德，回信地址是弗吉尼亚州的里士满，信封上贴满了邮票；还有一个白色信封，上面也贴着邮票，收信人是妈妈，但

---

[1] 美国职业游泳运动员，到 2016 年里约奥运会为止，共获得 23 枚奥运金牌。

是没有回信地址。

我整个人僵住了。我认得那些字迹，是爸爸的。

爸爸死了，怎么可能给妈妈写信？有那么几秒钟，我一阵恶心头晕，差点儿连信都拿不稳了……我深呼吸了几下，把信塞到紧身裤里。

我知道我应该将这封信给妈妈……但是这么多年来，她一直不让我们看爸爸的信，自己把信收起来。我只见过其中一封，就读了那么一次。妈妈正试着忘记爸爸，我知道这封信会伤害到她。不管内容是什么，**他就是**想要伤害我们。我不能让他继续折磨妈妈。她一个人承受得太多了，从来不让我和弟弟知道那是怎样的痛苦。现在我知道了。

我已经长大了。我可以帮她分担，特别是在看到那个愚蠢的电视节目对她造成的伤害后。我讨厌人们不停地伤害她。她肯定不喜欢我这样做……可我已经足够坚强了。我会直接把信撕碎扔掉。她永远也不会知道这封信的存在。

我回家，把其他信放在橱柜上，然后对正在和康纳说话的妈妈说我要去洗澡。她让我不要洗得太久，因为她也满身大汗。其间康纳说话了，但我没有留心听，因为藏在紧身裤里的信就像在灼烧我的皮肤。锁上卧室门时，我听到外面卡车的声音。山姆回来了。我把爸爸写的信拿出来放在床上，然后退后几步盯着它看。我没有出现幻觉。这封信就在我的床上。要么就是我疯了，要么就是我死去的连环杀手老爸在地狱里拿到了纸笔写信。还有邮票。

我来回踱步，接着检查了一下窗帘——已经拉上了——然后脱下脏兮兮的运动服，把它们扔进洗衣篮。我换上柔软的棉裤和衬衣，上面刚好印有骷髅头图案，挺应景的。

我打算把信撕掉，我确实动手试着撕了。我双手拿着信，想把信封抓成一团，但就在它变皱时，我住手了。**如果里面有重要的内容呢？** 妈妈的警告在我脑海回响：**你爸爸所说的一切都不重要，他很残忍。**

万一……如果里面有他犯罪的线索，我却将它撕掉，不就错过了吗？不行，我得打开看一下。就只是快速地浏览一遍，以防万一，仅此而已。

我坐在床上，还没来得及说服自己不要这样做，就已经撕开了信封。里面是一封几页长的对折起来的信。我记得妈妈以前在拆爸爸的信时，都会戴上乳胶手套，但我没有手套。我是直接用手拿出信的。

"亲爱的吉娜，"这是信的开头，我觉得我嘴唇都干了。爸爸想把妈妈也杀死，他差点儿就得手了，要不是她杀了他。现在，他又用她讨厌的旧名字称呼她。就像是什么都没有发生过一样。但可惜，事情发生了就是发生了。

我的手止不住地颤抖，浑身发冷。看着他的字迹，我几乎可以听到他的声音。我想象得到他坐在监狱里写信的画面，然而我已经记不清他的样子了。他在我脑中只是一个模糊的影象，大部分时候我想起的都是他的眼睛，那双总是能在瞬间从温柔变得残忍无情的眼睛。

我放下信件，双手在裤子上摩擦，想把上面的汗擦干，我的手不停地颤抖着。**如果信有毒怎么办？**不过这种担心是多余的，碰到有毒的信就会死掉这种事情只可能发生在狗血的肥皂剧里。但从某种程度来说，爸爸碰过的每一样东西都是有毒的。

"随着我的处境发生变化，我最近常常想起你。"他写道。是指他越狱的时候吗？逃跑的时候？我不知道。只读了一句话，我就不敢再看了。我很害怕，非常害怕。"我一直在想，我曾经以为你可以拯救我。但你没有，这不是你的错。没有人可以拯救我。"

还不算太糟糕。他好像在道歉，我差点儿就信以为真了。

不，吉娜，我不是因为这个责怪你。我甚至都不怪你带着孩子离家出走，你还改名换姓了，假装从来没有认识过我。我明白你为什么这样做。可你知道我不明白什么吗，你这个毫无信仰的婊子？

我不明白你为什么会觉得自己独一无二。不，你一点儿也不特别。甚至在那些事情发生以前，你对我而言就不再特别了。你只是我这一切计划的一个方便的道具，就像孩子们一样。

我感觉我的床一下子变成了黑洞，我整个人都在往下坠，一阵头晕恶心，但我却无法停止阅读。

我在想要不要杀了你。每一次我将新的客人带回我们的家，带回我们的避难所时，我都会想这个问题。每当有人上钩时，我都幻想把你带去那里，向你展示这一切，看着恐惧将你吞噬，然后让你取代她的位置。不断更换客人是我的乐趣。

我停住了，一下子……停住了。信件从我手里滑落，掉到床上。**这就是你的爸爸，他就是这样冷血的人，这就是他脑袋里想的东西。**我想哭，但是我要忍住。

我环顾卧室，看那些可以让我变得开心的装饰品：康纳去年在学校游园会为我赢下的毛茸茸的粉色独角兽玩偶、海报，还有我自己在墙壁涂上的颜色。但这一切现在感觉就像是一场噩梦一样。就好像在这间房里，除了床上那封信，没有东西是真实存在的。

你真是个十足的荡妇，而且还那么理直气壮，真让我搞不懂，勾搭的还是我最后一个受害者的哥哥。我不明白他为什么不在你睡觉时勒死你，然后开枪自杀。或许会有这么一天。如果他知道他妹妹是怎样死的，知道她受了多少苦，知道她哀求了多久让我结束，他就会产生这个念头。或许我应该给他寄点儿特别的礼物。

山姆，他说的是山姆。我的天啊！我用手捂住嘴巴，继续看信，已经要结尾了。谢天谢地，快点儿结束吧！

吉娜，你不知道他是谁。你不知道他可以做什么。只要一想到你引狼入室，我就忍不住哈哈大笑，你活该。

爸爸说山姆是怪物。这不是真的，一定不是。

总有一天你会得到报应的，或许都不用我动手。他们中的一员，那个你信任的人就会做我想要对你做的事。他们人手可多着呢！

代我向孩子们问好。

你亲爱的

梅尔文

读到末尾，我才意识到自己在大口喘气，我不停地揉着我热辣辣的眼睛。我很难过，非常难过，他的声音不停地在我脑海里回荡，我不想听。我的爸爸，我的父亲，是个怪物。他就是个怪物，过去是，一直是，永远是。

以前我不认为自己还对爸爸抱有什么幻想。但此时此刻坐在床上，我浑身都在颤抖着。那封几页长的信摊在我面前，我还是忍不住抱有幻想。接着，我就在想：**如果妈妈说谎了呢？如果爸爸还活着呢？**

我被这一想法吓坏了，我抓起枕头，牢牢地捂住自己的脸，闷声大喊，试图摆脱这一可怕的念头。

突然有人敲了敲我的房门，我把枕头放下来，大口喘着气。有那么一瞬间，我有种可怕的感觉：是**爸爸**在门外，他拖着腐烂的尸体在门外咧嘴笑着，他要来带走我了，要把我带回去当他的**客人**。

门外是妈妈。"嘿，你不是要去洗澡吗？你准备好了没有？"她隔着门板问道。

我不知道自己能不能回答她。我听到她扭门把手的声音。我清清嗓子，说："我在换衣服了！"我希望我的声音没有颤抖，希望她没有听到我对着枕头闷声大喊。

"好的。"她说，但她终究是我妈妈，好像察觉到一丝不对劲儿，"兰妮，你没事儿吧？"

"走开！"我生气地喊道，这是当下唯一的办法了。可她并没有走开。

我想象得到她正忧心忡忡地在门外站着，手紧紧地按在门上，想不明白我为什么会这么生气。然后她问："是因为戴丽雅吗？"

谢天谢地。我忍住不哭，把信拿起来，塞回信封里。"对。"我撒谎了。**爸爸真的没死吗？**我想问，但如果我问了，我又怎么知道妈妈是否在说真话呢？

"我们可以谈谈吗？"

"不可以！"我把信封放进最顶层的抽屉，用纸板压住，然后"啪"地关上抽屉。"别烦我！"

她终于走了，我听得到她离开的脚步声。

我紧紧缩成一团，拉起被子盖住头，一遍又一遍地捂着脸大喊，直到感到头痛，感到全身疼得像烧起来一样才停止。爸爸让我恶心。

我告诉自己，即使妈妈真的说了谎，山姆是不会说谎的。不会的，爸爸已经死了，一定死了。然而当我闭上眼睛时，我仍然止不住地幻想，觉得他就站在我床边。他在对着我笑。

我要把这封信给妈妈，我应该这样做。我还要向她坦白我看了信。但不是现在，我还做不到。我把所有的精力都花在让自己喘过气上。当妈妈来告诉我晚餐准备好时，我还要花更多的精力假装若无其事。假装我与常人无异。

就像我爸爸一样……我擅长伪装。

第五章

格温

　　我一直认为戴丽雅和兰妮这段太亲密的关系会出现裂痕。她们爱得热火朝天，我觉得这种情况不会持续太久，不过在她们的年纪又有什么感情会持久呢？可我们现在面临的压力已经够大了，我又担心如果再来一场分手，我女儿会崩溃。她很坚强，但并不是刀枪不入。我也一样。

　　如果那该死的纪录片是真的，如果他们真到这儿来取景，我就要仔细考虑我们在静湖的未来。倘若我的邻居可以团结一致对抗摄制组，那当然最好不过，但我认为机会渺茫；他们当中有很多人一开始就不喜欢我，而且有更多人因为当地警察朗赛尔·格雷厄姆的结局对我抱有成见，尽管那是他自找的。摄制团队的到来恰好可以让他们发泄怨恨。

　　我不能再让孩子们置身于这种危险境地。

　　康纳、山姆和我一起享受着烹饪时间，尽管照烧鸡就快要做好了。我经过山姆旁边放米饭时，他偷偷亲了我一口，放完米饭后，我也亲了他。康纳朝我们翻了翻白眼，他切好了做甜酸沙拉用的卷心菜。"应该是兰妮做这个的。"他抱怨道。

　　"她心情不太好，"我告诉他，"你不介意的，对吗？"

　　他说不介意，但其实不然。

　　山姆说："我问了哈维尔。他说过去几个月除了平常的背包客，没有在射击场看到陌生人。还有，除了和他相熟的猎人外，也没有人预约长距离射击训练。"言下之意是，没有证据表明有狙击手来到我们的小镇进行训练，以对付我们。这是肯定的，如果真的有一位职业杀手来到这儿，他又怎么可能会去哈维尔的射击场呢？他可以在其他地方训练，然后潜进小镇，完成任务，开车走人。我们都清楚，我们不能从这个消息中得到多少安慰。

鸡还在煮着，山姆走出厨房，他看到了兰妮放在桌子上的信件。他翻了翻，从里面抽出一封马尼拉纸大信封并拆开。他朝里面看了看，拿出一本薄薄的黑色日记簿，翻开了第一页。

然后他就……僵住了。他突如其来的沉默引起了我的注意。他转身时，我注意到他的眼神不太对劲儿，我不想让康纳看到山姆这个样子。于是我挤出一个笑容，说："嘿，康纳？饭还要再煮五分钟。山姆，我想我有些事要和你谈一谈。"我朝他做了个手势，他心领神会，手里还拿着信封和日记簿跟了过来。

他一进来，我就关上办公室的门，靠在门上，"这是什么？"

"一本日记簿。"他说，"我认得这些字迹，是考利的。"

是他妹妹的日记。我屏住呼吸，问："是检察官办公室那边寄来的吗？"我从他手里拿过信封，看了看回信地址。我只看到邮政编码，说明这信是从里士满寄来的，没有看到寄信人的名字。我脖子后起了一层鸡皮疙瘩。**不对劲儿。**

"他们从来没有说过有什么日记簿。"山姆说，"我猜应该是有人发现了它，然后就寄给我了。"他打开日记簿，翻看起来，然后停在某一页，"这里讲到她在找我，但是发现我正在执行任务。她寄给我的信我都保存了下来，所有的。"我可以从他的声音中听出他的痛苦。曾经有着大好前途的妹妹就这样被残忍杀害，消失在人间，我无法想象山姆看到她的遗物时是一种怎样的心情。

"山姆……"我不知道该不该告诉他我很抱歉，也不知道他是否感到难过。或许这是一件好事儿，或许这本日记簿可以帮他疗伤。"山姆，别看了。我们还不知道是谁寄的。"

他没有听我劝，而是边看边笑。"我的天，她真的不会写日记。她几周没有记录，然后写了一大段话描述她的晚餐。接着又是隔了两周没写，再写到她的工作面试。"他又翻了几页，时不时抬头看我，泪水在他眼眶里打转，"她记录了我们第一次视频通话。我真是个白痴，还以为找到她就没什么大不了的了。我本应该……"

"别说了，山姆。"

"这伤害了她。"他说，坐在了离他最近的椅子上，那是我的办公椅，"天啊，我没有意识到我的不在乎对她造成了多大的伤害。我把她弄哭了，格温。我让她伤心了，只是因为我想表现得酷一点儿。"

我向他走去，拍拍他的肩膀，亲吻他的头顶。"但你们都挺过去了，不是吗？"听着山姆说话，我一阵难过。这一刻，他想的是他的妹妹，一条活生生的生命；我想的却是她的死亡，想她是如何在我家的车库里死去的，想我的前夫是罪魁祸首。他们两个是我和山姆之间永远的隔阂。

山姆深吸了一口气，然后吐气，又翻了几页，静静地看着，我就在旁边陪着他，因为我知道他不想一个人看这本日记。"嗯，"他说，"我和考利都挺过去了，我们还是很亲近。"他停在了某一页上，他妹妹那双温柔的手用紫色的墨水写下了这一页。从字迹上看得出来，考利是个勇敢、自信、乐观的人。"该死，这……这是我们最后一次通话了。她说她要给我写一封信，但是我从来没有收到这封信。格温……就在她写完这篇日记的四天后，他把她杀了。"

我突然有种冲动，想要从山姆手里夺过日记簿。这太揪心了，我想让他就停在这页，让他把日记簿留在这里。但我没有这样做，他又翻了一页，还是同样的紫色墨水，字迹却不一样。

山姆整个人一僵，就像是突然被电击了一般，我立刻认出了这字迹。然而还是晚了一秒钟，太晚了。

"是他。"山姆抢先说。不用他说我也知道。我知道发生了什么，知道这是谁的字迹。山姆的声音变得不一样了，低沉、沙哑，他的情绪随时会爆发——或许就在下一秒钟。我已经感受到了他的震惊，我自己也惊讶不已。**"我的天。这是他写的，写在她的日记簿上。"**

"别看了。"我边说边夺过他手里的日记簿，我早就应该这样做了，但他转过身，死死盯着那一页。"山姆，别看! **他就是想让你看!**"

梅尔文喜欢操纵人的心理，喜欢玩游戏。我不知道他是如何做到的，但我能大致猜到：他有同谋帮他保管这些东西，然后吩咐他们按顺序、按时间寄给对应的人。他就是这样的人。尽管身处地狱，他也能制订周密的计划去伤害、控制我们。

赢得这场游戏的唯一办法是置身事外。但我知道山姆做不到，他需要这本日记。他还没有经历过这些。他觉得他需要知道日记的内容。这是自作自受。

"你走吧!"他对我说。

"不，我想在这儿陪着你。"

"我知道。但是……你在这里我不会感到好受。请你……走吧!"

"你还是不要看了，"我告诉他，"山姆……你这样做只是给他机会伤害你，你知道的。"

"我知道。"说完，他转过身来看我。我想分担他的痛苦，但我做不到。"请你走吧!"

于是我离开了办公室，关上了身后的门，就这样把他留在了梅尔文用日记创造的地狱里，让他一人承受苦难，因为他不让我陪在他身边。

但是我要找到给山姆寄这本日记的混蛋。弗吉尼亚州的里士满地域广阔，看似是个完美的藏身之地，但当我下定决心要找人时，它就只是个弹丸之地。我要找出这个得到梅尔文信任并帮他寄出这些糟糕的东西的人。我要阻止寄信人继续这样做。

我十分灿烂地对康纳笑了笑，一起煮好饭，然后给沙拉拌上自制的亚洲甜醋汁，摆盘，拿出饮料。我给自己和山姆倒了些红酒，康纳则像往常一样给自己倒了一杯水。兰妮还没有从房间里出来，我去敲她的门。几分钟后她出来了，和往常一样，几乎没有什么异常。几乎。

她喝水。坐下时，她问："山姆呢？"

"他马上就来。"我告诉她，内心却没有底，这只是我的希望。我把米饭和照烧鸡盛在盘子里，香味让人食欲大增，但我一点儿胃口也没有。它仿佛打结了，绞着痛。盛山姆那份时，我一直看向走廊。我们等了一两分钟。孩子们垂涎欲滴地盯着食物，蠢蠢欲动。"你们先吃吧，我去叫他。"我说。

我还没离开桌子，他们就开吃了。我穿过走廊，来到关着门的办公室门前。我的手在门把手上停了好几秒钟，最后决定扭开。我朝里看了看，山姆正背对我坐着，日记簿放在办公桌上，已经合上了。他极其平静地说："我再待一会儿，格温。"甚至平静得有点儿不自然。

问他是否还好已没有意义，于是我只是轻轻关上门，回到饭桌前。当康纳问我山姆在哪里时，我勉强一笑，说他在打电话。孩子们说了说他们这周末的计划：康纳想再去一趟镇上的图书馆，他喜欢书，兰妮则想去看电影。他们说起周末湖对岸将会举办的一个家庭聚会，可我很清楚我不会让他们参加。我不想吓到他们，不想扰乱他们好不容易才稳定下来的生活，但是我不知道我要怎么做才能保证他们的安全。感觉就像是我们正站在一个温暖的小光圈下，却时刻感受得到黑暗在向我们袭来，逐渐包围我们，慢慢吞噬我们。

我们应该逃跑，马上离开，赶紧走。多年来这些念头可以舒缓我的焦虑，但是现在……它们却失效了。我们可以逃跑，搬家，改名。可这样做可以永远保护我们吗？人们还是找得到我们，他们总是找得到我们，将来也一定会。让孩子与朋友告别，扰乱他们的安稳生活，只是又一次错误的决定。

山姆从办公室出来了，他坐到饭桌旁。我们对视，我看到了他眼神中的阴郁。我不确定梅尔文写了什么，只知道他写的东西是故意针对山姆的。我不知道自己是否真的想知道那些内容，或者山姆会不会告诉我。但现在那些难过烟消云散，他对孩子们笑了笑，调侃他们的周末计划，吃起饭来。我也吃起饭来，尽管每一口都难以下咽。

我们都在尽最大的努力伪装。我犹如一个旁观者般观察着这一切……可我们不可能永远伪装下去。

第六章

山姆

那两个已经不在的人将永远是我们之间的隔阂。我不想承认这一点，然而现在一切都那么真实，我感到内心的伤痛，感到**愤怒**。梅尔文从坟墓爬出来，再次用刀刺向我。还有米兰达，她就在那里，像秃鹫一样在我头上盘旋，阴魂不散。我知道她冲我们而来，冲格温而来。

一想到梅尔文有考利的日记，我就忍不住颤抖。米兰达也不怀什么好意，但至少她不是一个危险人物。我从来也不是她的爱人，但从某种程度上来说却更加糟糕。她的仇恨就像是一口有毒而深不见底的枯井。仇恨是一种会让人越陷越深的感情，我们两个在一起时，它让我们人性中最丑陋的一面暴露出来。

我从来不想让格温知道我做过的事情，尤其是在那段时间里我对她做过的事情。她知道的已经够多了，不必再面对那些残忍的事实。

我们吃完晚餐，一起洗碗。为了孩子们，我们假装一切安好。直到他们坐在沙发上看电影，我们才走到门廊外。

她转身抱住我。"明天早上我就会去查那个地址，"她告诉我，"应该在几个小时内就可以得到答复，说不定还能查到寄信人的名字。"

我没有说话。对一个任梅尔文差遣、帮忙寄信的闲人生气似乎……毫无用处。但我知道我们要找出那个人，以阻止其他事情的发生。只要我们知道他的名字、地址，我们就可以向联邦调查局报案。我希望如此，可我还是感觉这像是一场无用的反抗。梅尔文已经赢了。

我感受得到格温挥之不去的恐惧与担忧。我把头埋在她的头发里，闻着她的味道，让我平静了不少，同时也让我感到温暖，让我镇定下来。这种反应让我有点儿害怕。我认识很多坚强、有能力的女人，但格温很特别，她既依赖别人又很独立。为了心爱的人，她可以像老虎一样去战斗，这是我们共有的基本信念。

我们站在门廊上，相互拥抱着，享受着片刻的安静。最后，我开了口："我知道你想问我……但我实在不想提起那本日记。"

"好吧！"她说，我知道她理解我。"不过你真的没事儿吗？"

我往后退，凝视她，抚摩她的脸，温柔地亲了她一下。"我一点儿也不好，所以我才需要时间。"

她点点头，额头轻轻地抵着我的额头。"我真希望我能再杀死他一次。但有时，我又希望……希望我没杀他。你说是为什么呢？"

"当然。"杀人并不像电影演得那么简单，并不是说几句话或者用一杯酒就可以忘掉的。即使被杀的那个人迟早会死去，这种想法还是会吞噬她。这就是她对梅尔文的感觉，从深层次来说，她对他的感情是复杂的。正如我对米兰达那样。

我感觉得到考利和梅尔文的鬼魂正越来越近，誓要将我们分开。

格温挣脱我的怀抱，拉住我的双手。她领着我走到走廊上的两张椅子旁，我们坐了下来。桌子上放着塞着木塞的半瓶红酒和两个杯子。我为我们两个倒了酒。她叹气，抿了一小口，转头凝视着幽暗的湖面。在月光的照耀下，粼粼的波光就像是黑色的丝绸。门廊上的灯是关着的，我们默契地没有开灯。

"我一直在想着那个给我打电话的女人，猎狼河镇的玛琳。"她又喝了一口红酒，"我在纠结我到底要不要去那里和她谈一谈。"

"别去。"

"山姆……"

"**不要去**。现在不能去。实在是太危险了，而且她连原因都没有告诉你，不是吗？我不想你离开小镇，离开你所熟知的一切。你还有……"我差点儿就说出口了，**你还有孩子要照顾**，但我忍住了。因为我知道如果说出这句话，我就无意识地将自己置身事外，就像兰妮和康纳不是我的孩子一样，就像我不需要爱护和保护他们一样。**你真是个混蛋**，我在心里骂自己。我不能让梅尔文、米兰达或者是我内心深处的仇恨得逞，不能让这些离间我和格温的关系，我得试着维持我们的关系，"风险太大了。如果她明确自己需要什么帮助，你可以帮她。但如果连她自己都不愿意那样做的话……你要先为自己着想。"

格温喝了一大口红酒，终于把目光转回我身上。我不喜欢看到她的眼睛，就像湖面一样，幽暗且深邃。"你变了，今晚你比我还多疑。"

"嗯。"我一口气把红酒喝完，根本就没有细细品尝，就又倒了一杯，"从坟墓里爬出来的人渣就会让人变成这样。"还有米兰达，我得告诉她米兰达的事儿，我真的需要坦白，"我又不是刀枪不入。"

"但我还是有能力抵挡的。"

"如果你一定要做这么愚蠢的事儿，我不能让你自己一个人去。"

"因为这样做会让你觉得自己不够'男人'？"

我试图缓和气氛，"拜托，我的日常工作就是锤钉子、建墙，我已经很有男子汉气概了。"她笑了，正如我期待的那样，我的话转移了她的注意力。我又严肃起来，"或许我们应该考虑离开一阵子。就去……别的地方。如果我们走了，米兰达和她的摄制组也会离开。"

"那……"

"工作吗？"我耸耸肩，"建筑只是一天中需要花些许时间的工作而已，有需要的话，我随时都可以工作。"

"可是那也不意味着他们会再次雇用你。"

"亲爱的，我是他们最好的工人之一，他们会重新雇用我的。"我往后靠了靠，喝了口红酒，继续说，"不过，我确实在考虑做出改变。"

"改变什么？"

"我也不知道。"这几乎是个谎言，几乎。我要和她说实话，告诉她那个工作机会，告诉她我对飞行的渴望与热爱。静湖是个好地方，因为她在这里，因为我爱她，因为我爱孩子们。但与此同时，我的生活好像止步不前了。

我内心感到挫败与不安。米兰达的纪录片和梅尔文在我脑袋里阴魂不散，让它乱得像一团糨糊。而且我感觉得到格温也在疏远我，防御性地疏远，她已经在拉开我们之间的距离。因此最简单的答案就是：**或许我们应该给各自一些空间**。我先离开一阵子，找到自己的方向。

但这不是我想要的。我爱眼前这个女人，我想留在这里，成为这个家庭中的一员，而不是一个疏远的、可被取代的、来去随意的闲人。

"我想向你求婚。"我说。这句话就这样脱口而出，我甚至不知道我为什么会这么说。我一下子慌了，立刻想要收回这句话，当成一个笑话一笑了之。但我沉默了，因为我是认真的。我想和她在一起。

格温转过头来凝视我。"什么意思，你想做什么？"她问。

"我现在，"我说，"是在向你求婚。"

"你就这样求婚吗？"

"求婚不一定要在日落余晖下的悬崖边拿着钻戒单膝下跪，我们不是那种追求浪漫的人，对吗？"我紧张地瞥了她一眼。她用酒杯遮住了半边嘴巴，微笑着。她看向我，我们对视了，深情地凝视着对方。她吸了一口气然后慢慢吐气。我心头一暖，高兴极了，因为这消除了我所有疑虑，一扫梅尔文·罗亚送来的日记给我带来的阴郁，还有米兰达给我的生活带来的悲痛与恐惧。

"为什么？"她问，"为什么现在问我？"天啊，她真聪明，问得一针见血。"因为我不想失去你，"我说，这是我这辈子说过的最诚实的话，"不想你中枪身亡，不想你被怀恨在心的偏执分子伤害，不想我们就这样……分开。我想要成为你人生的一部分，也想要你成为我人生的一部分。我想要我们天长地久地在一起。"我顿了顿，"可以吗？"

她满脸通红，眼睛明亮。"太好了。"说完，她一口气喝光了红酒。

她站起身，手里拿着空杯子，转过头来看我，说，"我们回去吧。"

我犹豫了几秒钟，把剩下的红酒一饮而尽，起身看着她，然后拉起她的手。我们一起走向厨房，将酒杯放在水槽里。格温转身对孩子们说："我们要休息了。"

沉浸在电影中的他们只是点点头，连看都没有看我们一眼。我跟着她穿过走廊，走进卧室。门还没锁上，我就吻了她，她靠着墙。这一吻深情而投入，我们似乎融为了一体。我的思绪终于平静下来，暂时忘却了那些骇人的恐惧。她推开我，喘息着，"锁门。"她声音颤抖。

我把门关上并且上锁。转过身时，她正在脱下她的衬衫，不久我的衣服也被扔在地上。我意识到自己一整天下来已经大汗淋漓，而且还没有洗澡，于是我犹豫了几秒钟。"我应该先洗个澡的。"我说。

她的笑容像阳光般灿烂。"我喜欢你身上的味道，"她说，"我们不是那种追求浪漫的人，记得吗？"

该死，她一下子就点燃了我的欲望。

这场性爱是不受约束的、气喘吁吁的，但同时也是安静的——这是她身为母亲的习惯，又或许是因为即使她在释放自己时仍然很谨慎。我们爱得热烈，持久，迸发出的激情就像电光石火一般，直到我们双双累倒，浑身是汗，颤抖着。我们唤醒了彼此之间的激情，它是珍贵的。

她在我耳边低语时，我们仍然抱在一起。在如此激情的一刻，我还没准备好接受她给我的答案，一点儿也没有。因为格温拒绝了我，她不能嫁给我，现在还不可以。

我们挨在一起睡觉，中间有一些空隙，但我们的隔阂远不止这点儿空间。第二天我早早地起床洗澡。我回想昨晚发生的事情，从我开始看她前夫送来的日记到她被我感动，再到她伤透我的心的那一刻，我不知道该如何处理这一切，一点儿头绪也没有。我们该何去何从？

该死的怪物挡住了我们的去路。

第七章

格温

第二天如约而至，尽管一切都是那么的不真实。我醒来时，他已经起床了。

我恨我自己，因为我记得那一刻——那一秒钟——我伤透山姆心的那一秒钟。尽管我很清楚自己在做什么，也知道这样做的原因，但我还是感觉自己像一个可怕的女人。

山姆每做一件事儿都有他的理由。有时候他自己并没有真正意识到这一点，但我能意识到。求婚只是他一时冲动的鲁莽举动，一部分原因是他真心想和我在一起，还有一部分原因是他想逃避一些他不想面对的问题。他不想面对梅尔文。那时候的我感受得到，现在的我也感受得到。在我们两个都想清楚为什么要结婚之前，我不想让他卷入婚姻生活，婚姻是一件很重大的事情。

而且，如果我忠于内心的话……我可能还没有准备好。我花了数月时间，才放松警惕承认自己是爱山姆的，又花了好几个月才敢完全向他敞开心扉，与他发生亲密接触，因为那样会让我感到害怕。即使是现在，在某些程度上那也会让我感到害怕。但那是梅尔文对我造成的伤害，我正努力克服。我不应该把山姆当成我的心理医生，当成我的救命稻草，或是我的救命恩人。如果我们要结婚，我必须成为自己的心理医生，自己的救命稻草，自己的救命恩人。

我进厨房时，山姆正在冲咖啡。我紧张地观察他，观察他是否生气、难过或者失落……他平静得很。然而他十分谨慎，很擅长隐藏自己的真实情绪。**我的天，我真的伤害了他，我拒绝了他。**

"早上好。"他说，没有一点儿受伤的迹象。他给我倒了一杯咖啡。他已经洗过澡了，换上了一件 T 恤和一条厚牛仔裤，穿着一双工作靴。"我今天要修屋顶，晚饭时候应该可以回家。你呢？"

对话内容敷衍得让人感到痛苦。我接过咖啡喝了一口。"没什么特别的。"我说，"我应该会去射击场一趟，做一些训练。考虑到现在的情况，多训练总是没坏处的，对吧？"

"当然。"他说，"你还要调查弗吉尼亚州那个地址，对吗？"

"嗯。"

他凑过来轻轻地吻了我一下。还没等他抽身离开，我就把嘴唇贴在了他的耳朵上。这样做并不是因为有人在偷听我们的谈话，只是因为我需要低声告诉他。"对不起。"我对他说，"请你一定要回到家来。"因为我很害怕他一走出家门，就再也不会回来。

他慢慢抽身，我们眼神相遇了。此时此刻，无言胜过千言万语，无声胜过有声。他说："今晚见。"

我想这已经是最大的安慰。这一次亲吻没有以前那么敷衍，而且我也没有那么害怕分开。

接下来的两个小时，我都在想梅尔文还会怎样对付我们。第一步不难猜。装着山姆妹妹日记的信封上的地址是里士满北部的帕克物流公司。我打了过去，无人接听。于是我在网上搜索这家公司，查到了另一个号码。我打了这个号码，这次有人接了。"帕克物流公司，请问有什么可以帮您？"语气听起来就像我是个傻瓜，电话那头的人很不耐烦。

"你好，我想给 791 号信箱续费。"如果我直接问这个信箱是属于谁的，我将永远无法得知答案，"我还想顺便更新一下信用卡。"

"好的，"他说，"请等一下。"电话那头传来键盘的声音，"记录显示您年末才需要续费。"

"好的。不过如果你不介意的话，我想现在就续费，我怕自己到时忘记了，而且我搬家了，所以……"

"没问题，还是一样的卡号吗？"

"啊，我结婚了，我忘记有没有因为这个更新卡的信息了。"我说，"现在的卡是谁的名字？"

有时候人们会发现猫儿腻，不过我听得出来他讨厌自己这份无聊的工作，因此我打赌他不是那种会仔细调查的尽职员工。我是对的，因为他回答道："丹·欧瑞利。"我不认识这个人。

"哦，那是我丈夫的卡，所以应该没问题。"我上气不接下气地说，确保自己的声音听起来是疲惫的，"要跟上所有变化太难了，最近我们可忙得很。啊……你有我们现在的地址吗？我们已经搬走了。"

"苜蓿巷 2200 号。"他说。

"没错，是这个。谢谢你。对了，如果卡号没错，到期时你直接扣费就可以了。"

"好的。我要更新一下信息，欧瑞利夫人。请问您的名字是？"

"弗朗西丝，"我说，"简称弗朗。"

"电话号码？"

"和他的一样。"我说，享受着扰乱这位欧瑞利先生的生活的感觉，"谢谢你，你帮了我很大一个忙。"

"不客气。"说完，他挂断了电话。

我又回到网页，对照着刚刚得到的地址搜索这位丹·欧瑞利的信息。结果显示他有案底，我为我虚构出来的妻子弗朗西丝感到遗憾。在我付钱去调取丹的记录后，我发现他其实是个强奸犯，他喜欢年纪小得无力反抗的女孩儿，真是让人作呕。我很快就发现了他和梅尔文的联系：他的弟弟法雷尔曾和梅尔文监禁在同一个监狱，法雷尔因绑架罪和谋杀罪被判死刑。恋童癖有时候是家族遗传的。

即使丹不是直接和梅尔文联络的，法雷尔的探监人也一定是他们之间的联络人。梅尔文一定在监狱认识了很多同流合污的朋友。他很可能收买了法雷尔，让法雷尔从监狱里把东西送给他哥哥。

但我对这种可能性抱有怀疑，这也太简单了。我才花了两个小时就找到了丹的信箱，而且为什么丹要在信封写上地址呢？只有两种可能性：第一，地址是别人而不是他写的，为了混淆我的视听。第二，地址是他自己写的，他认为只有信箱不足以暴露自己。罪犯往往一点儿也不聪明。丹是卑鄙可耻的，他弟弟法雷尔和我前夫一样被判死刑，关在同一个监狱……这一切确实说得通。或许所有都是命中注定。

或许有人想让丹·欧瑞利成为替罪羔羊。我要继续深入调查，但目前我能做的就只有这么多。

我打给凯姿，告诉她所有细节，还有我的疑虑，我认为梅尔文不会这么轻易露出马脚。理所当然地，凯姿问了我信的内容。我犹豫了，因为我不能把考利的日记交给警方。就在这时，我抬起头，看到我女儿站在办公室门口，她看上去……很奇怪。她看着我，脚不安地动来动去。我对她笑了笑，但她没有回应我的微笑。

"进来吧，亲爱的。"我告诉她。她不情愿地挪了一步，走进办公室。我感到很奇怪，不禁想是不是她和戴丽雅又闹别扭了。"我正在和凯姿打电话，等我一下，好吗？"我问道。

她点点头。

"格温？"在电话另一头等着我的凯姿问道，"信封里面装着什么？"

我说谎了，我不得不这样做。我不能要求山姆把他妹妹最后的遗物也变成证物，放在证物房，永远无法重见天日。梅尔文死了，他永远无法弥补自己给他人造成的痛苦。"是一封信。"我说。自然，这句话说了等于白说。我已经将梅尔文寄给我的所有信移交给警方了，除了那封我从种植园回来后收到的信，我把那封信扔到了湖里。

"妈妈。"兰妮突然出声。我看了她一眼，她的眼睛瞪得大大的。

"你得把那封信给我。"凯姿说。

兰妮深吸一口气，往后退了一步，从连帽衫里抽出了什么东西递给我。

是一个信封，一个打开了的信封。我接过信封，翻过来，差点儿把它扔掉。是梅尔文的信，梅尔文写给我的信。"你怎么知道的？对不起，"她小声地说，"我……我原本以为……"

我本能地把凯姿的电话调成静音。我想安慰兰妮这没什么大不了。不，根本不是这样。我感到无尽的绝望与恐惧包围了我。"你从哪里……你从哪里得到这封信的？"我的声音和她的一样颤抖。

"我在邮箱里拿的，拜托不要生气。"

"我没有生气。"我告诉她，"我只是……你什么时候拿的？"

"昨天。"她说，"我知道你没有让我……"她越说越小声，眼神也越来越暗淡。我知道原因，我能体会她的感受。我愿意做任何事情，为她**做任何事情**，只希望她永远不会体会到这种感觉。"我只是……"她揉揉眼睛，"天哪，妈妈。他写的那些话……"

我抱住她，仿佛这样就可以保护她不受任何伤害。我希望分担她的每一丝痛苦，让她忘掉每一句卑鄙的话语，但我知道这一切都只是徒劳无功。我亲亲她的额头，低声说："没事儿，亲爱的。"

然后我把注意力转回到电话上，解除静音，说："不好意思，凯姿。信在我这儿，"我边说边看着兰妮，"你过来拿吧！"然后挂断了电话。

我将信和山姆收到的马拉尼信封放在桌子上。兰妮走过来，坐到我旁边的椅子上，把头靠在我身上，安静地哭着，我轻轻地抚摩她的头发。我们一句话也没有说。半小时后，我说："起来吧，"我拉着她站起来，"我们该去跑步了。"

她抽抽鼻子，用红通通的眼睛看着我，不太相信我刚刚说的话。

"我们得跑步，"我告诉她，"你需要跑步，去准备一下吧！"

她点了点头，又钻到我的怀里，亲了亲我的脸颊。"我爱你。"说完，她就走了。我又坐下来，看着她的背影。

接着，我看向放在桌子上的信，这封深深伤害了我孩子的信。我竭尽全力，才克制住自己尖叫的冲动，克制住自己把信撕成碎片的冲动，克制住自己把碎片、把梅尔文扔到湖里的冲动，让他永沉湖底，从此不再公开讲话，从我们的生活里消失。但是我没有这样做。我站起来，离开办公室，回到卧室换衣服。

去跑步。

一小时后，凯姿来我家取信。哈维尔今天休息，他也和凯姿一起来了，孩子们和他碰了碰拳头，哈维尔问我山姆去了哪里。我对他说山姆去上班了。他点点头，"嗯"了一声，然后问道："你有时间吗？"他瞥了一眼孩子们，"我想和你单独谈谈。"

我们朝湖边走去，凯姿则和孩子们待在一起。哈维尔踢了踢脚边的石头，说："我不确定应不应该和你说这件事儿，不过今天早上有个男人来买了一把 7 毫米口径的雷明顿 [1] 枪。"

"什么意思？"我不熟悉这个名字。

"还有狙击枪的子弹，"他说，"他想买狙击枪的子弹，我没有存货，我告诉他要预定。"

"你认识他吗？"

"斯巴德·贝德纳，杰西的叔叔。他参加过战争。"

"他的职位是什么？"

"你觉得呢？"

我有种不好的预感。"他会因为一场酒后斗殴而杀了我们？"

"他们是贝德纳一家人。"哈维尔说，好像这能回答我的问题，"有可能他只是买来练习，他喜欢时不时就练练手。"

外面很热，我大汗淋漓。"不过这也太巧了吧，刚好在我们找狙击手的时候，他就来买子弹。"

"是啊！"哈维尔说，"所以我才向你提起这件事儿。"他双手交叉，来回踱步，"三个月前，联邦调查局突击搜查了他们在山上的住所，但是空手而归。调查局怀疑贝德纳一家在制造冰毒，可他们没有，至少不是在那里。不过……疑点就在于，如果斯巴德想伤害你，他应该不会从我这儿

---

[1] 专门制造各种武器的公司。

买弹药。他知道我和你是朋友，应该会明白我会给你提醒。"他用手挠挠头。他新理了个军人式的短发，看上去就像是随时准备上战场，"但是，该死，也许这就是他的目的，他想让你自乱阵脚。我也不清楚他想做什么。"

"这可不仅仅是因为山姆打碎了那个人的牙齿那么简单。"

"嗯，"哈维尔说，"他们应该在那之前就已经结下了梁子。你永远不知道你什么时候会惹怒别人，特别是贝德纳那个家族的人，他们的自尊心可强了，而且就算死也要维护他们的尊严。山姆来自城里，对他们来说是陌生人，你也是。"

"所以这与我前夫无关？"

"不确定。对他们来说……你和孩子们就是被殃及的池鱼。为达目的，他们会伤害他们攻击目标的亲人。"

真是讽刺。这么多年以来，我一直因为梅尔文的所作所为而受到威胁。现在我又再次为了一些我从来没有做过的事儿与陌生人对抗。真是一种病态的黑色幽默。

"我怎样才可以阻止这一切？"我问哈维尔，但并不期待他能给我答案。

他摇了摇头。"我不认为你可以阻止，"他说，"或许你应该离开这个小镇一段时间，考虑到贝德纳和还有人人都在讨论的纪录片。"

"人人都在讨论？"

"这可是诺顿最热门的八卦。而且，他们又开始老调重弹了，说你明明杀人了却被无罪释放。那些人就只想着抹黑你。"

真好。我想我应该预料到这一点的。"那我该怎么反击才好？"我问哈维尔。

"你不能和舆论做斗争，你要做的是离开，直到这一波流言慢慢平息。"他紧张地说，让我也变得不安起来，"总之，万事小心，我会尽我所能让一切恢复平静。"

我们没有碰拳头，而是拥抱了一下。我喜欢哈维尔，我信任他，就像我信任凯姿那样。从我走进他的射击场的那一天开始，他就一直照顾着我，而我也知道他一定会尽他所能。但哈维尔和凯姿离开时，我还是感觉自己暴露了，孤独无助。这让我感到生气。

剩下的一整天，我和孩子们都待在屋子里。我透过窗户寻找外面白色货车和摄制团队的踪影，但什么也没看到，或许他们躲在了我看不到的地方。一想到他们现在可能就藏在树后面，拍着我和我们的房子，我就坐立难安。我试图专注读书，可我会时不时抬起头扫视周围，就像我现在是在战场上，而不是在自己的家里。我希望能在树林中发现摄影机的闪光灯，或者是狙击手瞄准镜的反光。

一切看上去都那么平常。只是这平静之下却暗流涌动，我不敢细想。

我把孩子们叫过来，问他们要不要去城里吃蛋糕和冰激凌。他们很开心，尽管兰妮最近很在意卡路里，不过她刚刚才跑完 1000 米，我觉得问题应该不大。

开车去诺顿时并没有发生意外。只是有一个老人开着一辆拖拉机在主干道中间行驶，车上的泥块散落到四周，这种情景一周至少出现一次。我慢慢地跟在他后面，直到我们转了一个弯儿。我们通常会先去冰激凌店，再去蛋糕店，但是当我开进停车场停车时，我发现后面有一辆干净的白色货车也开了进来。车身上没有任何标记，不过保险杠上的贴纸表明车是租的。货车里有两个人，我停车熄火时一直观察着他们，直到他们下车走到车后面去。

我不知道他们接下来要做什么，不过当我看到那个高个子的非裔美国人正拿着一台手持摄像机，一个女人正在给麦克风接插头时，我意识到了他们是什么人。他们是摄制团队。他们发现我们了。

"妈妈？"兰妮问我，她把车门开了一半，"是发生什么了吗？"

"关门。"我告诉她。我的语气让原本想跟着兰妮下车的康纳赶紧缩回了车内。"我们先在车里等等吧！"

"怎么了？"康纳四处张望。与此同时，摄影师把注意力放在了取景器上。他从后方拍到了我越野车的完美照片，车牌清晰可见。

"车里开始变热了，"兰妮说，"我们可以去店里买些冰激凌吗？"

"不行。"我说，"抱歉，孩子们，但是我们现在最好回家。"

"为什么？"

孩子们坐着的位置看不到货车。如果只有我和兰妮，我会告诉她真相。比起我儿子，我女儿更懂事，她知道我们在城里的名声不怎么好。但我不想加剧康纳的焦虑。他有心理创伤，而且非常敏感，前不久他爸爸的事情让他变得更内向了。我怀念以前他还和同龄的小伙伴一起玩耍的日子，他热衷于看电影、玩"龙与地下城"。我认为他骨子里还是热爱那些的，只是他不再感到安全，所以不再愿意表达自己的感情。

又多了一个憎恨我前夫的理由。下地狱吧，梅尔文，最好是给我下十八层地狱。

"等我们到了再告诉你们。"说完，我发动引擎，准备倒车。不幸的是，我要从货车旁边经过才可以到停车场的出口，也就是说摄影师可以完美地拍到我们。我感到很无助，只希望孩子们不会留意到他们，但是兰妮立马就看到了。她用手指指着他们，问道："他们到底在干什么？"

"他们在拍我们，"我说，"请把你的手放下。"但我的女儿没有将手放下，相反，她转过身，毫不犹豫地竖起了骄傲的中指。"希望他们拍到这个，"她说，"混蛋。他们为什么要这样做？"

我不想和他们说这件事儿，但他们最好有所准备。"你们还记得《豪伊·哈姆林秀》上的那个女人吗？"

"米兰达·泰德维尔。"康纳说，"她很有钱。"我和兰妮回头看了看他，他只是耸耸肩，"我查了她的资料，因为她在拍一部有关爸爸的纪录片。她为什么要这样做呢？"

"因为人们想要了解关于你们父亲的故事，还有我们的生活，所以我们必须小心谨慎。"

"嗯，"兰妮说，"如果你少看点儿书，就不会问这个问题了。"

他们又在拌嘴了，当然我希望他们可以和平相处，不过大概所有姐弟都会吵架，特别是在他们这种年纪。我从种植园回来后不得不告诉他们一个可怕的消息——他们的爸爸已经死了，而且杀死他的人是我。这不是件易事。在那之后的两个月，兰妮确实很用心地照顾着康纳。但那种平静只是短暂的。事实上，现在似乎已经到了破碎的边缘。我们讨论过这件事儿，我认为兰妮始终对她弟弟那时给他们的爸爸打电话这件事儿不能释怀。去你的吧，梅尔文，竟然说服了我们的儿子去相信你。可兰妮就是不能理解这一点。这是他们之间的一道伤口，我希望有一天这道伤口会自己慢慢痊愈。但该死的，很显然现在它还没好。

我们现在在停车场出口，不幸的是，进出两个方向都有车驶来，我被困住了。那个摄影师走到一边，继续拍摄。我很确定他正在拍我们的脸。我讨厌这样，感觉我们的隐私被侵犯了，尽管严格来说这并不违法。也许这是违法的？我不了解这个州关于未经允许拍摄未成年人的法律条文。或许我应该查查。

我看着迎面驶来的车辆，祈求交通快点儿恢复通畅，但是又有一辆隆隆作响的拖拉机慢慢地向我们驶来，我只能焦急地等待。我从余光里看到摄像机那幽暗的镜头在不断变大，就像我正跌入一口枯井。我眨了眨眼，似乎看到了豪伊·哈姆林的演播厅的摄像机，那种僵硬和无助的感觉又包围了我。我再次眨眨眼，这一次我看到了路易斯安那州那座肮脏、腐朽的庄园，那间满是血迹的房子，还有锁链。

车窗外的摄像机就在旁边，记录着我们，**拍摄着我们**。它就像梅尔文用来向一群付款观众展示杀害我过程的那台摄像机。

我仿佛听到一阵尖叫，且声音越来越近。"妈妈！"兰妮的大喊让我猛踩刹车，我这才意识到我几乎冲进了车流中，刚刚的尖叫声是一辆经过的卡车的喇叭声。她把脸上的黑发撩到后面，一脸担忧地看着我，问道，"你没事儿吧？"

"我没事儿。"我下意识地回答，因为我总是会这样回答她，也总是这样安慰自己。但其实不用专业的心理学家都看得出来，我一点儿都不好，我又想起往事了，我全身冒着冷汗，噩梦般的过去正向我袭来。摄制团队把这些回忆全部带了回来。我要和马克斯医生谈谈。

我深呼吸了几下，等到暂时没有车辆时，我驾车左转，余光注意到那个摄影师也调整了摄像机角度跟拍我们。直到车翻过山，驶上高速公路，离开诺顿时，我才真正感到安全。

兰妮坐立不安地沉默了一会儿，她在等着我给出更具体的解释，但是我不太愿意。最后，她戴上耳机，开始凝视窗外。康纳则重新看起书，沉浸在自己的世界里。我很享受这份安静，直到兰妮扯掉她的耳机，问道："你不会再结婚吧？"我不知道她为什么会问这样的问题。

"说实话吗？"我说，"不一定。"

"即使是和山姆？"

"即使是和山姆也不一定。"

"为什么不呢？你们分手了吗？"我不想和她讨论这件事儿。我看向别处，康纳似乎并没在听我们的谈话。"我们没有分手。"我告诉她，"什么事儿都没有发生。只是……我很享受我们现在的状态，就这样。我认为我们不应该那么着急，不是吗？"

"只要你们没有分手就行。"她耸耸肩，装出不在乎的样子。但是我了解她，她十分喜欢山姆，而且最重要的是，她喜欢康纳和山姆待在一起时的样子。我的儿子很难相信别人，不过当他和山姆在一起时，我看到了一个……正常的小男孩儿。他这种样子我曾经见过。那是和他爱的、能让他感到安全的人在一起的时候才会出现的。这很特别，也很有必要。

因此，我说："山姆永远是一个独立的个体，兰妮。他会做出自己的决定，但是我暂时没有看出他有离开我们的打算。如果我观察到了，我会告诉你的。"

兰妮只是再次耸耸肩，依然一副满不在乎的样子，她又戴上耳机。

接到山姆的电话时，我们已经快到家了。而他已经到家了。"一切还好吗？"我问。

"嗯。"他干脆地说，"你在路上吗？"

"嗯，我快到了。发生什么事儿了吗？"

"我在门上找到了一张纸条。摄制团队正在找你，"他说，"还有，我们没有香料了。"

"纸条？摄制团队？"我重复着山姆的话，不过没有重复"香料"，"天啊，他们越来越大胆了。我刚刚也在镇里看到他们了。"

他沉默了几秒钟，说："我们最好谈谈这件事儿。"

"嗯。"我并不期待这场谈话，也不期待我们需要的另一场谈话。

一整个晚上，我都感到有一堵石墙隔在我和山姆中间，我想翻过这堵墙，再次靠近他……但我不知道我是否应该这样做，或者我现在能不能做到。

时间，我们一言不发地洗碗时，我这样告诉自己。我负责洗碗，山姆负责擦干。**给他点儿时间**。但是这样似乎只会让我们渐行渐远，我不知道我应该怎么做。没有人告诉过我爱上一个人、真正地爱上一个人会如此可怕。

座机响了，扰乱了我的思绪。我有点儿生气，同时又松了一口气。我认得来电显示上的号码，是猎狼河镇的玛琳，于是擦干手接听电话。

我简单地打了声招呼，迎接我的是一阵沉默。电话那头传来一阵杂音和呼吸声。正准备挂断时，我听到一个年轻女人说："救我。"

我顿了顿，疑惑地问："你好？请问你是？"

"薇，"她说，"薇·克罗克特。妈妈说你可以帮我。她的手机里有你的号码。"她的口音很耳熟，还有她的姓。玛琳·克罗克特是在那场糟糕的《豪伊·哈姆林秀》后给我打电话的女人。有事情困扰着她，她却不能告诉我具体细节，而是想让我开车去一个不知名的小镇，当面和她谈谈。我拒绝了她。

我立马警惕起来。利用小孩子，这招真烂。我抑制住自己想挂电话的冲动，"请让你的妈妈来接电话。"

"不行，"薇的声音听起来平静得出奇，"她死了。"

"什么？"我本能地转过头看向山姆，惊讶地张大了嘴巴。我向他摇摇头，表示不知道发生了什么，但是我的语气让他知道发生了一些古怪的事情。"什么时候的事儿？发生了什么？"

"你应该来这儿，"薇说，"他们很快也会来找我，她倒在地板上死了，他们的下一个目标就是我。"

"薇？你的意思是你妈妈**现在**就躺在地板上吗？"

"嗯。"

我感觉到周围的世界都缩小了，凝结成电话那头的声音。"好的，薇，首先你要打'911'。"

"如果我报警的话，他们会杀了我的。"她听起来很平静，声音冷淡得让人感到害怕，我不知道发生了什么。"他们会把我像狗一样打趴在地。"

我向山姆打了个手势，用手捂住话筒，说："打给凯姿，让她叫猎狼河镇的警察去玛琳·克罗克特的家。我不知道发生了什么，但是她女儿和我说她妈妈死了。"

他没有多问，立刻掏出手机，然后走到角落打给凯姿。

"薇，"我问道，"你的妈妈，你能告诉我她还有呼吸吗？"

"**她死了。**"她听起来没有一丝感情波动，一点儿也没有。是因为她太震惊了吗？还是有别的原因？我不知道。

"你可以帮我看看她的脉搏吗？"

"她死了。"这是薇第一次流露出感情。她生气了，让我感到震惊，"她就躺在地板上，而且……"薇·克罗克特迟疑了，然后是一阵沉默。再次说话时，她压低了声音，"他们回来了。"

"薇？薇！"

她放下了电话，也许是扔掉了。我听到类似走路的"砰砰"声，然后是一阵刺耳的拍门声，把我吓了一跳。我盯着话筒，就好像在期待着电话那头会传来声音以外的东西。

很快，我控制住了挂掉电话的冲动，把电话放回耳边，"薇？薇！回答我！发生什么了？"

山姆还在打电话，看着我。我无助地举起一只手，薇·克罗克特没有回答我，但我可以听到一些声响。是走动的声音，还是远处传来的叫喊？

突然，薇又回来了，她冷静地说："我把他吓走了。"

"薇，发生什么了？"

"我开了枪。"她说，"对着门开的。我猜那家伙正往山上跑呢！"

"你没事儿吧？"

"嗯。"

"薇……"除了让她继续说话之外，我不知道还能做些什么，"薇，你妈妈说过她正在担心一些事情，是关于你的吗？"

"不是。"她说，"妈妈从来都没有担心过我。就算有，她肯定也早就放弃了。这也不能怪她。"

这一切都说不通。我不知道这位年轻小姑娘在想些什么。"薇，你几岁了？"

"十五。"她说。这刺痛了我，我轻轻闭上眼睛。

"我有个女儿和你一样大。"我告诉她，"为了她，我会做任何事。我知道你妈妈肯定也和我一样。"我强忍住哽咽。我要让她一直说话。天**啊，她只是个孩子**。"和我说说你的妈妈吧，薇。你最后一次和她说话的情形是怎么样的？"

"我不记得了。"薇说，"现在说那些也没用了，她已经死了。她已经死了，我……"

她没有把话说完，一种病态的想法却涌上我心头。她没说完的话会是"**我杀了她**"吗？玛琳一直没有告诉我发生了什么，也没有提起过任何细节，也许是她不愿意承认她害怕自己的女儿。这确实是一件很难面对的事。

我听到远处传来一阵声音，警笛声。

"薇？你手上还拿着步枪吗？"我问她。

"嗯。"

"我要你帮我做一件事儿。"我尽量平静、坚定地说，并让她感受到我对她的关心。山姆挂断了电话，站在我对面，观察我的表情和肢体语言，但其实他没有什么可以做的。现在一切都只能靠我了。"我要你把步枪放到地上。请你现在就把枪放下。"

我听出她行动了。一阵"沙沙"声响起，然后是"当"的一声巨响。

"放好了，"薇说，"我放下枪了。不管怎样他们最终都会杀了我，只是苦于没有借口罢了。"

"不会的。"我继续说，"现在我想让你打开前门，双手举高，站在门廊上。你家有门廊，对吧？"南部小镇的大部分房子都有门廊。

"嗯。"她说，"但是如果我去外边的话，他们会开枪打死我的。"

"我向你保证，如果你高举双手，他们不会的。"

"如果我举高双手，我就不能听到你讲话了。"她说的十分有道理，但语气还是没有一丝感情变化。

"你可以开免提吗？"

"哦，当然。"她开了免提，电话里传来的声音有了变化，我仿佛与她置身同一个世界，但周围都是迷雾。"好，那我现在要走去前门那边了。"让人震惊的是，她笑了，"天哪，我把那东西打了个洞！我看得一清二楚。"

我感到一阵恶心，说不定也有一具死尸躺在门另一边的门廊上，但我没有说出来。我只是说："好的，现在请你慢慢地打开前门，然后举高双手。你按我说的做了吗，薇？"

我听到铰链发出的"嘎吱"声，薇的声音似乎是从远处传来的。"嗯。"

"好，现在把手举起来，慢慢走出去。"

我听到的不再是警车的鸣笛声，而是车门打开的声音。我闭上眼睛，360度地想象电话那头周围的环境。薇，站在门廊上，在她身后是被射穿了一个洞的门。或许地上还躺着一个受伤或者已经死掉的人。两辆警车——不，现在有三辆——包围了她家的房子，这应该是猎狼河镇的全部警车。警察们拔出枪，保持高度警惕，随时准备开枪。

"放下武器！"其中一位警员大喊，他应该是将她举到头上的电话误认成了武器。

"薇，放下电话。"我告诉她。

"好的。"她的语气平静得就像是冬日的湖面。

我听到电话掉落的声音。接着是一阵撞击声。然后传来三声忙音，电话挂断了。

接下来我能做的并不多。我试着打回去，但响了几声后，另一边自动响起机器人的问候。我可以想象得到电话不停地在门廊上响着、振动着……即使没有，很快它也会被装进证物袋，再也没有人接听我的电话。薇·克罗克特现在要么中枪了，要么就是戴着手铐。

年仅十五岁。

我一边和山姆说话，一边往行李袋里塞了几套换洗衣服。"我一定要去一趟，"我对他说，"她妈妈曾打电话向我求救。不管我去不去，我现在都是这起命案的证人。薇在警方到达前给我打了电话，他们会找我录口供的。我不希望他们来这里，然后被米兰达的摄制团队拍进纪录片里。"

我看到山姆瑟缩了一下，或许是因为我提到了米兰达。"你怎么知道会被拍到？"

"这是肯定的，"我告诉他，"那些人就像秃鹫一样在我头顶盘旋。如果警察来找我，他们一定会抓住机会大肆渲染，因此我最好还是去一趟那里。"

我想和山姆谈谈梅尔文在他妹妹的日记里写的东西，和他谈谈那给他带来的痛苦与震惊，还有昨晚我拒绝他的事儿，但薇的事儿才是当务之急。

他关上身后的卧室门。"格温，不要去。"我停顿了一下。我抬头看他，紧张地将一件衣服折来折去。"你是他们的目标。"说完，他走向我，"你什么都不知道，不能就这样贸然前往那里。"

"那我也不能就这样将一个十五岁的女孩儿留在那里。她给我打电话了，"我告诉他，"她妈妈死了。如果这样的事情发生在兰妮身上……"

"但她不是兰妮，**她不是。**"山姆试图阻止我。他用双手压着我的肩膀，我希望他拥我入怀，但他没有。他就那样按着我，保持着一臂的距离，"你可不能到一个陌生的小镇自找麻烦。你不知道幕后黑手是谁，也不认识那里的人，你在这场游戏中没有一丝胜算。"

"但还是有希望的。"我直视他的眼睛。他先眨眼了。"山姆，我知道你是在关心我。我也知道这其中的危险，**我知道。**可我待在这里也不见得能安全到哪里去。离开这里，离开那些摄像机……"有那么一瞬间，我感到深深的恐慌，喘不过气来。我仿佛又回到了路易斯安那州，待在一间设有摄像机、充满血迹、躺着一具女尸，里面还有一个残忍的前夫的房间。我仿佛又回到了豪伊·哈姆林的舞台，被噩梦缠绕着。如果要我现在再面对摄像机，我一定会崩溃的。

"该死的。"他说，但是并没有生气，只是放弃了和我争辩。他将头贴在我的头上，轻轻碰着我。我们的嘴唇缓缓贴近，一个甜蜜而安静的吻，仿佛我对他的拒绝和伤害不是昨晚才发生的事儿一样。"好吧，不过我得和你一起去。"

"那孩子们……"

"他们也一起去，"他打断我，"要么大家一起去，要么你别去。"

言下之意是，**我们一家人一起去**，我感觉得到我需要这种支持。我又亲了亲他，这是一个更加深沉热烈的吻。他抬起手抚摩我的脸，拨了拨我额头的发丝，凝视着我，就像想把我刻进他的脑海里。然后他退后一步，说："那我去叫孩子们收拾一下吧！"

我的嘴唇上还有他的余温，我内心不禁一震，因为我想……和他继续缠绵。这种念头让我害怕。我从没有期待过这种事，不是在这里，不是和**他**。一直以来，山姆·凯德从来都不是我所期待的。但要想弥合我们之间的鸿沟，我必须接受自己的想法。

不过，我有一种奇怪的感觉。我感觉他也松了一口气。就像他和我一样，想要立即离开静湖。

"但是我们要去哪里呢？"康纳问我，我看着他将许多书塞进背包里，"某个很酷的地方吗？"

"恐怕不是，孩子。"我告诉他，"我们要去一个叫猎狼河镇的地方。"

他顿了顿，我知道他没有听说过这个地方。"听起来很酷。"

"我不知道。我还没有去过那里，不过它在丹尼尔·布恩国家森林的边缘。"丹尼尔·布恩国家森林是一片茂盛的黑暗森林，只是说出它的名字就能让人感到压抑。康纳的眼睛睁得大大的，我们去过那里，搬到这里后，我和孩子们做的第一件事儿就是去那里参观。

"我们要去露营吗？"他问。

"不是。我们应该会住汽车旅馆，只去一两天。"

他犹豫了，然后又塞进一本书。我强忍着不笑出声。我的儿子对书的喜爱，就像我对武器的喜爱一样。不过放在我背包底下的可折叠警棍至少有他的三本书那么重，而且我包里还有别的武器。

"我们为什么要去那里？"他问。

"你还记得那天打给我要求我帮忙的女人吗？"他点点头。"她的女儿遇到麻烦了。"

"她几岁了？"

"和兰妮一样大。"

"哦，我还以为是另外一个女孩儿。"

"另外一个女孩儿？"

"就是电视节目里的那个。"康纳拿出手机翻了翻，然后把手机递给我。屏幕上是一张六七岁的漂亮非裔美国女孩儿的照片，她正对着镜头笑，可爱极了。"有印象吗？她在学校被绑架了。那天她的爸爸妈妈和我们一起待在休息室里。"

我想起来了，在豪伊的休息室里那对伤心欲绝的夫妇。那时候我一心只想着离开演播厅，完全没注意到他们，也顾不上他们为什么会在那里，我只想马上离开。"哦，"我在康纳的床边坐下，"她被绑了多长时间？"

"目前为止，已经快一周了。"他说，"她可能不会回来了，对吗？"

我不想让他知道这些事情，他这个年龄不应该知道这些。但从统计学的角度来说，他说得有道理：大部分被绑架的孩童往往活不过几个小时。"不是说有人索要赎金吗？"我想起了更多细节。那个女孩是在学校被绑架的，绑匪轻易就得手了。那不是一起冲动犯罪，他们很熟练，是有组织、有预谋的。这并不意味着那个女孩儿现在还活着，但可以表明她生还的概率会高一点儿，因为这种犯人的目标通常只是钱。

康纳急着向我更新案情，显然他一直在关注这起案件。"网上的论坛说她爸爸已经交了赎金，但是谁也不知道确切信息。"他说，"我猜可能需要一些**秘密交易**才能让她回来。"

"等一下，康纳，网上的论坛？"

他的脑袋一下子耷拉了下来，"对不起。但是我没有去看讨论爸爸的论坛，我发誓。"

"**任何**论坛都不要看，"我告诉他，"而且你也不能相信红迪网上看到的任何东西。别再逛论坛了，知道吗？"

"我不发帖子，只是看而已。"

"康纳，再这样我就要把那些网站列入黑名单了。"

他朝我皱了皱眉，说："我不是小孩子了，但你从来都不想让我知道任何事情。"

我没有，真的。我只是不想让他知道绑架这种事，更不想让他知道人心的黑暗。我也不想让他知道他父亲的所作所为，尽管我知道他知道的比我想象的更多。"我想让你了解新闻，可我想让你做好准备再去了解。"我是认真的，"我不想让你对这个世界有一个扭曲的认识。**不要像我一样，**"大部分时间，人们都是善良的；但有时候，人们会不安好心。如果你依赖网络去观察这个世界的话，那么大部分时间你看到的会是人们最差的一面。"

"不是这样的，妈妈。"康纳说，"人们可以借助互联网的力量做成大事儿。他们互相帮助，陌生人之间也会这么做。并没有你说得那么糟糕。"当然，他是对的。他的心态比我更平衡。"好吧，不过我是认真的。**不要做**那些感觉正确但实际错误的事情，知道吗？"

"就像爸爸对我说的那些谎一样？"他说，"好的，我知道了。"

"那不是你的错，宝贝。"我对他说，他低头翻了翻手上的书。"他不应该对你做那些事儿的。"他耸耸肩，放松了肩膀，说："嗯。不过，他对我做的事或许没有他想对你做的那些事情那么糟糕。"

我眨了眨眼，仿佛看到一个冷冰冰的黑色摄像机镜头正对着我。我的心一下子提到了嗓子眼儿，我知道我要尽快治愈这个创伤，且是要以更积极的态度去面对，而不是一味逃避。但现在，猎狼河镇有一个孤立无援的女孩儿和一个曾经找我帮忙但已经死去的女人在等我。

"我很同情那个小女孩儿。"我说，"我希望我可以帮她。不过首先，我们要先看看我们可以为她做些什么。"

康纳点点头，在已经塞得满满当当的包里又放了几本书。他用书建起他的围墙，将自己与世界隔绝开来。如果他继续这样沉浸在自己的世界里，情况只会越来越糟。我就曾是这样。

我又去看兰妮收拾得怎么样。她已经收拾好了，只有一个双肩背包，拿的东西比我少。她双臂交叉，正在客厅里踱步。我喊她时，她吓了一跳，回头看我，带着一脸假笑。"嘿！不要这样鬼鬼祟祟地靠近我。"她看上去十分焦虑。

"你还好吗？"我问。她往后退了一步，极讽刺地回答我："哦，当然。我本来明天约了和戴丽雅见面，但是突然要去一个鬼地方旅行，什么事儿做不成，好极了！你说我有多期待这次旅行呢？"

我从来没有想过留她一个人在家，不过我确实考虑过让戴丽雅的妈妈曼蒂照顾她……但不能是兰妮和戴丽雅正在闹别扭的时候，这种情况下让她们同处一个屋檐下，过一两天她们就会永远绝交。我可不想成为罪魁祸首，因此我说："距离产生美嘛！"

"胡说。"

"兰妮。"

"行行行，快走吧！"我的女儿神经兮兮的，我不知道为什么。我想问她，但是我了解她的性格，现在还不是时候。她不想向我倾诉，只想离开。于是我去找山姆和康纳，留她一人在客厅踱步。随后，山姆、康纳和我再次回到客厅，走向前门。

门铃一响，我们全都止步了。山姆离监控最近，他退后一步，看着摄像头的画面。"是凯姿。"

我打开门。凯姿看上去很疲惫，她向我点点头，我退后一步让她进来。她抱了抱兰妮，和康纳碰了碰拳头，孩子们看到她都很高兴，可我心情复杂。我锁上门，瞥了山姆一眼。

"我觉得我最好还是过来看看。"她说，"你们一起去吗？"

这不难推断，我们四个都提着包。

"是的。"我说道，不知怎么，我有点儿希望她反对，但她看起来是松了一口气。

"太好了，因为我和猎狼河警方的谈话不是很顺利。他们好像已经判定这是起简单的案子，不过他们想要你去那里作证，交代一下今晚发生了什么，而且还要说明一开始你为什么会和那个女死者联系。"她想问我，但她心里已有答案。凯姿知道打给我求助的是什么人，也知道她们所处的情况：悲惨。她不想在孩子面前讨论这些。"到了之后给我打个电话，"她说，"我不确定我是否信任那些……警官。"如果只有我们两个，她对他们的称呼一定会更糟。"对了，猎狼河附近只有几个律师，我把他们的电话发给你。如果你不想记那些电话的话，可以用马克笔将号码写在手臂上。"

这是激进分子在游行时采取的预防措施。我不禁思考猎狼河的警察究竟给她留下了多不好的印象，我是不是冒险将孩子们拖进了一个不见底的深渊。我看看山姆，他和我有同样的顾虑，但他不会让我孤身前往。我也不会将孩子们留在这里，让他们独自面对米兰达派来的那群摄制人员，看着他们毁掉我仅剩的名声。无论在猎狼河镇发生什么，我们都会像以往一样共同进退。

我让山姆和孩子们先去越野车上。我把我的行李袋递给山姆，他点点头，表示他知道我想和凯姿谈一谈。待他们离开后，我关上门，转身面对凯姿。"我们去找你的时候，你没有告诉我们那些所谓的摄制团队已经来到镇上了，"我说，"为什么？"

"工作时我是公务员。"她回答，"他们并没有做什么违法的事情。而且坦白地说，我不认为激起你的怒火对你们有益。你去找他们麻烦就正中他们的下怀了，那样他们的纪录片就会赢得一片喝彩，到时你的生活就彻底毁了。所以你还不如远离他们。这是你的最佳选择，不要让他们逮到机会。"她说得没错。"我离开镇子还有另外一个好处，"我说，"如果他们拿摄像机正对着我，我可不敢担保我会做出什么事情来。"

"嗯，那也是我担心的事情。"她打量了一下我，眼神锐利，就像她爸爸一样，"你还在看那位心理治疗师吗？"

"为什么这样问？看得出来吗？"

"大部分人看不出来。你可是闯过鬼门关的人，格温。放松一下吧！在你进入下一场战斗前，先让你自己喘口气吧！"

"谢谢你的关心，但是你应该知道我别无选择。"

她摇了摇头，"请尽力避免麻烦。如果可以的话，我一定会支持你，哈维尔也是。但我不能越界，你去的地方不在我的管辖范围内。"

"我知道。"说完我们拥抱了一下，两个夹克下有枪套的女人，这充分体现了我们的世界观。"万事小心。"

"你也是。"

我打开警报，锁上门，向越野车走去，凯姿则向她那辆四四方方的轿车走去。她一路跟着我们来到一个岔路口。往右通往高速公路，往左能开往静湖的另外一边。她的车灯消失在那边，而我们驶向高速。山姆看了看安装在仪表盘上的导航仪。"还有一个半小时到。"他说，借着仪表盘的灯光瞄了我一眼，"你确定吗？"

"确定，"我回答他，"走吧！"

随着我们离开静湖，我感到一阵放松，但同时我也感到一丝内疚。像往常一样，我又一次逃避了我面临的问题，任它们留在那里，去往一个全新的、未知的地方。这种轻松往往只是自欺欺人。逃避只是缓兵之计，总有一天我要面对它们。不过，我告诉自己，这么做并不是为了自己。这一次不是。

开往猎狼河的道路又狭窄又弯曲。尽管有月光的照耀，环境还是很黑。在这些路上行驶，车头灯似乎都变暗了。我很高兴开车的是山姆而不是我。道路两侧的树木密密麻麻地聚在一起，形成一片片森林，让人感到恐惧幽闭。

　　一路上，我们很少看到其他车，偶尔有几辆超速经过我们，还有几辆反方向行驶。一辆十八轮大卡车转过弯道，车身摇晃得十分厉害，山姆放慢了车速，给它让路。这条小道不适合大型卡车行驶，性能良好的越野车都很难顺利通过。

　　一路上也没有什么正在营业的加油站，只有几处空地，一些空无一人、摇摇欲坠的建筑以及陈旧褪色的招牌。除此之外，我们就很少看到别的东西了。兰妮昏昏欲睡，她的头靠在后车座的侧窗上。我看了看后视镜，康纳正借着手机的灯光看书。"这样对眼睛不好。"我提醒康纳，但他头都没有抬。

　　"这根本不对。"他说。

　　"谁说的？"

　　"科学。"

　　"嘿，你可以帮我一个忙吗？"

　　康纳看看我，眉头皱了起来，"什么忙？"

　　"搜一下'猎狼河'，看看你可以找到什么信息。"

　　他放下书，问道："认真的吗？"

　　"嗯，认真的。我想知道我们去的是什么地方。你是我知道的最优秀的调查员之一。"

　　"等一下，之一？"

　　"啊，好吧，是最优秀的。"

　　这让他感到高兴，尽管他不想让我留意到。他放下书，开始用闪电般的速度敲打手机键盘，那是我又老又粗的手指无法企及的速度。山姆看了看我，对我笑了笑，我也对他笑了笑。让康纳感到自己能帮上忙是很重要的事，最近的很长一段时间里他都在怀疑自己，转移他的注意力是件好事。

　　山姆的微笑消失了，他很快将注意力转回到道路上。我知道他内心受了伤，不仅仅是我们之间的问题，还有那本该死的日记。梅尔文将日记设计成一个定时炸弹，算好时间寄给我们，目的就是折磨我们，甚至毁掉我们。我却不知道日记的内容。

我突然怀疑山姆是否带上了那本日记。说实话，这个想法让我感到害怕：被梅尔文玷污了的日记现在可能就在身边，像一条寄生虫，随时准备钻进我的血肉中。但是我不能问山姆。孩子们在这里，我不能和他谈论这个问题。

六号汽车旅馆在黑暗中若隐若现，现在还没到猎狼河镇，但离得很近了，看起来像是镇中心的地方似乎就在几英里之外。我们拐了一个弯儿，山姆将车停在旅馆门口。"两间房吗？"他问。我点点头。

"希望是有连通门的。"我告诉他，"至少要保证我们的房间是挨着的。"

"没问题。"他说。停车场只有四辆车，而且其中一辆很可能是前台工作人员的。这是一个小旅馆，只有一层，十五六个房间排成 L 形围绕着停车场，也没有游泳池。不过我想大部分汽车旅馆都出于责任考虑不配备游泳池，我也不想让孩子们在游泳池旁边晃来晃去。"马上回来。"山姆下了车，走进去。我在车里透过昏暗的车窗看着他。因此当康纳突然向前倾，大声喊我时，我被吓到了。"妈妈！"

"拜托，小声点儿。"兰妮抱怨道，把卫衣拉到脸上，"搞什么鬼。"

我转过头看向我的儿子。他完全忽略了他的姐姐，注意力全放在我身上。他把他的手机递给我，我接过来。

他点进的是一个博客，里面都是"犯罪实录"之类的内容。我知道自己看的只是一个局外人的猜测，所以我并没有太认真……直到我看到了博客主页的标题。

第二个在田纳西州猎狼河失踪的女人另有隐情？

这个标题引起了我的注意。我开始阅读。

正如你们记得的那样，去年年末我报道了一位十八岁女孩儿塔拉·

道斯的案子。她把卡车停在田纳西州猎狼河镇郊外的树林中，走去食品杂货店……之后就凭空消失了。道斯有滥用药物的记录，与家人关系紧张。她离开时只带了一个二手钱包，也没有携带多余的衣服。猎狼河警察局（所谓警察局）很快就排除了离家出走的可能性，他们似乎想忽略这个疑点。尽管有大量证据表明塔拉和她那位失业的、十九岁的丈夫正处在离婚的边缘，他们至少曾因家庭暴力向警方报过一次案，但塔拉的妈妈不相信塔拉会这样离开。但究竟是怎样的十八岁女孩儿才会不给朋友发邮件或信息就凭空消失呢？她至少可以给她妈妈打个电话。

现在，又有一位年轻女士消失了：贝芬妮·沃德里普，年仅二十一岁。同样，她的背景也不太好，有过一些案底：持有毒品、公共场合酗酒、扰乱社会治安，这在猎狼河是些再普通不过的事儿。失踪的那天晚上，她向一位同事抱怨，说她想要离开这个小镇，再也不回来。所以那是她失踪的原因吗？贝芬妮没有车，她常常走路，或者是搭朋友或邻居的便车。不过他们都表示那天晚上没有看见她，也没有送她到镇子外面。和塔拉一样，贝芬妮消失时身上只有一个钱包。她的衣服还在衣柜里。她另外的三双鞋——一双旧的匡威高帮鞋、一双沉重的登山靴和一双破旧的黑色高跟鞋——全都放在家里了。最重要的是，在她厨房的小橱柜里发现了一个咖啡罐，里面有462美元现金。对于一个拿着最低工资的女人来说，那已经是很大一笔钱了。据熟人透露，她很少购物，也很少和老朋友们聚会。

也许只有我一个人这样觉得吧，但我觉得猎狼河正在腐烂。

我看了两遍，心跳不停地加快。这位博主可能有所发现。或许这就是玛琳感觉她需要帮助的原因。我不知道这是如何或者为什么会导致她的女儿给我打那通骇人的电话，但其中一定有猫儿腻。"谢谢你，亲爱的。"我对康纳说，"这消息很有用。"

"我知道，"他扬扬得意地说，"跟你说了我可以找到猛料。"

"是的，你可以。"我继续说，"从现在起，这就是你的工作了，可以吗？我们的头号情报员。明天我想让你帮我找更多这两个女人的信息，可以吗？是明天，不是今晚。不可以熬夜，知道吗？"

"知道了。"他说，"我可以借兰妮的笔记本电脑吗？"

"你得问我，"我的女儿说，依旧用卫衣遮着她的脸，"我就在你旁边儿，呆子。"

"好。"康纳立即接话，转过身问道，"我明天可以借你的笔记本电脑吗？"

"不可以。"

"妈妈？"

"那是你姐姐的笔记本电脑。"我说，"如果她不想帮助那些身陷困境的失踪的年轻女士，那是她的事儿。"

听到我这番话，兰妮立马坐了起来，扯下卫衣的帽子，怒视我。"妈妈，这不公平！"

"如果你们合作，就一定能把事情做好。你们总是这样。"我说，"我明天要去警察局一趟，山姆会陪你们。他看到你们和谐相处，一定会很高兴的。"

"我们能和谐相处，"兰妮说，"大部分时间。"

"你们要合作。"

兰妮翻了翻白眼，康纳则叹了口气。他们虽然嘴上说着不愿意，心里却乐意得很。我知道他们会抓住机会为我做些有用的事情。

山姆从旅馆里出来，回到越野车上，将车开进停车场。车灯照着两个房门数字：5 和 6。

"听着，"山姆递给兰妮一把钥匙，猎狼河还没有现代到有电子门卡，这把钥匙是一把长长的印着房间号码的塑料钥匙，"兰妮负责保管钥匙。如果丢了，你们两个人都要交罚款，清楚吗？"

"我们不会弄丢钥匙的，"康纳说，"为什么是她保管钥匙？"

"因为我比你大。"兰妮抢先回答，接过钥匙。"我们住六号房，所以你们……"

"我们在五号房，"山姆说，"八点吃早餐，可以吗？"

"我们要去丛林里把早饭打回来吗？"兰妮叹了叹气，"要抓回来一只松鼠之类的？"

"半英里外有一家麦当劳。不过如果你想吃松鼠培根的话……"

"哦，别说了，山姆，很恶心。"

确保孩子们安顿好、锁好门后，我们才去了隔壁的房间。两个房间是相连的，确保连通门可以打开后，我放下心来。至少从另一边没有传来吵架的声音。

"两张床，"山姆说，"真浪漫。"这间房我一点儿也不熟悉，但确实让我想起了好几个月前我们一起住过的那一间，在梅尔文越狱之后，在那座地狱般摇摇欲坠的庄园里的一切事情结束之前，我们住过的那间。这间房干净整洁，十分普通。我将我的行李袋和钱包放下。山姆把行李袋扔到其中一张床上，拉开拉链，拿出他的梳洗用具。

空调旁边的角落有一张硬邦邦的单人沙发，我坐在上面。空调根本不制冷。"你想让我问吗？"我尽量平静温和地问，"如果你不想的话，我就不问。"

他身体一僵，呆呆地看着手中的梳洗袋子。"问什么？"

"我的天，你是认真的吗，山姆？"我压低音量，因为孩子们就在隔壁，我不想让他们听到这场对话，"你知道我说的是什么。"

"嗯。"他淡淡地回应。

"所以呢？"

"意思是我想让你问，但又不想。"

我站起身，从他手里拿过袋子，放在床上，我用手抚摩着他的脸。他的胡茬很扎手。我们之间距离很近。"他在她的日记里写了什么？"我发誓我一点儿也不想知道梅尔文·罗亚的事情，尤其是在他死后被埋在一个无名乞丐的坟墓里的时候，可山姆需要将这一切倾诉出来，否则他的伤口就会感染，他受到的伤害也会越来越大。我已经查到了寄日记的人，我们要阻止梅尔文在死后继续折磨我们。

山姆将我拥入怀中，就像是想要阻挡他即将说出口的话对我的伤害一样。"他告诉了我全过程，"他说，"包括他是如何绑架她的，她又是如何反抗的，他是怎样……她受了多长时间的折磨……"

我感到口干舌燥，因为梅尔文在死了之后仍然知道什么对我们杀伤力最大，什么可以毁掉我们。"别说了。"我告诉他，然后转过头，吻着他的耳垂，"山姆，这就是他的目的。我和你说过吗？一个审问过他的警官在六个月后自杀。梅尔文就像是神经毒气一般，你不能被他影响，不能让他入侵你的精神，山姆，不可以。他在日记上写的说不定只是他病态骇人的幻想罢了。我们无从得知，也不应该知道。我真希望你从来没有看过那本日记。"

我感到他深吸了一口气，就像是在拼命抓住一根救命稻草般。"我不得不这么做。"他说，"格温，他说的每句话都像是真的。如果我妹妹真的经历了那样的痛苦……我不知道该怎么办才好。梅尔文已经死了，我没有地方发泄我的……仇恨。"

在审讯中听到法医对每一位死者的验尸报告时，我都泪流满面。我强迫自己去听，去了解那些受害者在梅尔文手下，在那个与我同在一张饭桌用餐、同床共枕的男人手下，在我挚爱的孩子们的父亲手下所经历的痛苦。我强迫自己去感受死者家属感受到的锥心之痛。我早已知道考利经历的折磨，光是听尸检报告就能想象得到她所经受的痛苦之大，但我从来没有从施虐成性的梅尔文的口中听到过。他一定会咬文嚼字地认真还原每一个细节，并陶醉其中。"向我发泄吧，"我安抚山姆，"对我说吧！"

我们肩并肩地坐在单调、空荡的汽车旅馆房间里，他向我缓缓陈述。窗外，树木上方的天空一片漆黑，星星一闪一闪，我凝视着这一景象，泪水涌出眼眶，冷冷地顺着脸颊滑落下来。听着山姆内心的愤怒以及梅尔文的所作为真是太可怕了。我多希望我没有经历过那些，然而一切听起来都那么熟悉。每一个步骤、每一道伤口、每一声尖叫还有那令人背后发凉的细节都在我脑海里一一重现。山姆说完后大口大口喘着气，浑身都在颤抖。我希望我们可以喝上一杯。此时此刻，我觉得自己很肮脏，我心情沉重，悲伤难以形容。但我知道此刻的他需要倾诉，他无法独自承受这一伤痛，陪伴在当下对他来说十分重要。

尽管我们向往未来，梅尔文依然试图爬出坟墓伤害我们。我不知道这一切什么时候才会结束。这很有可能是他的计划，让我们永远受他摆布，也许里士满的那个男人就是他的最后一着。又或许他还是阴魂不散。梅尔文一直都有追捧者。

"他写的最后一句话是，"山姆说，"我妹妹求他杀掉她，求了他好几个小时。他把这个过程录下来了，他说他会把录像带寄给我。"他哽咽了，"我说这话时感觉就像他还活着一样。他一定是早早就做好了计划，安排了人帮他寄东西，所以我才会有这种错觉。"

我畏惧了，因为梅尔文再次找到了可以残忍伤害我们的方法。我一直等到声音镇定下来才说："我查到了那个人的名字，也查到了他在里士满的住址。凯姿在帮我跟进，我们一定可以阻止他继续伤害我们。梅尔文希望你成为他最后一个受害者，我们不能让他得逞。"

山姆愣怔地点点头。我不知道他是否能做到。

沉默片刻后，他起身拿起梳洗用具，向浴室走去。淋浴声响起。我躺在床上，看着天花板。天花板很干净，没有水渍，出乎我的意料。我讨厌这种感觉，讨厌梅尔文无形地隔在我和山姆中间，像个骷髅般笑着。

我脱下衣服，身上只剩下一件薄衬衫和短裤，爬进被窝。房间里又湿又热，于是我扔开厚厚的被子，只留下薄薄的被单。山姆的澡洗了很久很久。待在那样的环境里确实会让人感到更加轻松。我记得我以前常常待在浴室不愿出来，希望水可以冲洗掉我所有的痛苦、内疚和难以言喻的愤怒。他需要再次从那些感情中解脱出来，但是我不认为他可以在浴室中得到解脱。

终于，他出来了，我听出他的脚步顿了顿。他应该是想看我睡着了没有，于是我开口说："如果你想睡另外一张床的话，没关系，我可以理解。"

他关掉两张床之间的床头灯。我感觉得到床的另一边沉了下去，随着他的靠近，我感受到他的体温。我侧着身躺着，转过头去看他，然后转过身面对他。他温柔地，几乎是充满歉意地亲了我一口。我蜷缩在他身旁，一点儿也不在意房间里有多热。他身上满是汽车旅馆的廉价柠檬肥皂味。从现在起，这个味道将会永远提醒我悲伤与失落的感觉。我们在黑暗中静静地拥抱着对方。我甚至不敢呼吸，我们之间的一些东西太脆弱了，轻轻一碰就可能会把它打碎。这大概是我们有史以来最亲密的一次接触。

第二天一早，兰妮就和我争论可不可以穿睡裤去麦当劳。吃完早餐后，山姆开车带我们前往猎狼河镇。

一路上没有什么可看的。镇中心——好吧，整个镇子——不过十个街区长，十个街区宽。沿着主干道的是有着肮脏店面的商铺，生锈的栅栏旁是破落的板房。看上去这是一个很早以前就荒废了的镇子。我怀疑把这儿称作家的人不超过一千个。这个镇子唯一的好处就是靠近一望无际、苍翠茂盛的国家公园，因此我想是偶尔到来的游客使这座小镇得以维持下去的，尽管这里一点儿生机都没有。

主干道旁是一些常会在南方小镇看到的事物：一家收集着不值钱的垃圾却佯装成古玩店的商铺；一家俗气的纪念品店，里面插着许多邦联旗帜和保险杠贴纸，图案很容易让别人感到被冒犯；一家宣称自家有田纳西州最好的馅儿饼的咖啡店，但店主很可能在说谎。街边有几辆卡车和破旧的越野车，保险杠只能用铁丝固定。所有东西看起来都超过一年没有清洗了。看着这一片年久失修、风吹日晒的景象，我推断这个小镇一定缺少油漆，维持好看的外表是需要一些油漆的。

警察局离市中心只有一条街的距离，它的外墙让我想起了老西部片，在一扇大大的平板玻璃窗上手绘着一颗星星。猎狼河警局不一定是现代市中心的坚固的，对抗恐怖分子的地堡。

今早洗完澡后，我听取了凯姿的建议，用黑色永久性马克笔将电话号码写在前臂内侧。我似乎有点儿杞人忧天，但有备无患。踏进这个小镇，就像踏进一座黑房子，而且还没手电筒。我不知道可以信任谁，也不知道我脚下是不是一个无底洞。我应做好跌落的心理准备。

山姆在警察局的前面停车，说："如果出了什么事儿，打给我，知道吗？"

"让你来保释我吗？"我试着挤出一个微笑，但实在没有这个心情，"好了，各位，猎狼河行动正式开始了。等我可以离开警察局时，我会打给你们的，清楚了吗？"

"清楚。"说完，山姆亲了亲我，他将我脸上的碎发拨到后面，"注意安全，格温。"

"你也注意安全。"我对他说。我越过座位，亲了亲孩子们，然后下车。早上的雾很大，空气潮湿，树木的味道浓烈，完全盖过了汽车尾气的味道，不过路上也没有多少汽车。刚开始，我还觉得这股气味挺清新，但等我熟悉后，我就感觉到里面有一股腐烂的味道，就像是一条混浊的、蚊子成群的河流。我不想继续想象下去。这个小镇散发出死亡的味道。

山姆倒车开回主干道时，我尽力不大口呼吸，笑着朝他和孩子们招手。我目送他们，直到他们翻过山头，回到汽车旅馆。街上行人不是很多，可我忽然发现所有人都在注视着我，或者说怒视。我不知道这两种眼神有什么不同，不过他们确实在看着我。

我推开警察局的门，走了进去。接待室很小，面积几乎和我家客厅差不多。墙边有几把旧木椅，还有一张长凳，也许它曾是教堂的长凳。此外，还有一个木质柜台，一个女人坐在另外一边，正对着一台老式电脑打字。她是一个五十岁左右的白人，头发灰白，妆容精致，戴着一副眼镜。"有什么可以帮你？"她边打字边问我。

"我是来作证的，"我告诉她，"玛琳·克罗克特的案子。"

她停下打字的手，转过椅子来看我，小心谨慎地打量我，然后滑动椅子，去拿柜台上的电话。"你叫什么名字，亲爱的？"

我控制住自己想要告诉她初次见面不要这么亲热地称呼我的冲动，说："格温·普罗克特。"

她似乎知道我的名字。我注意到她眨了眨眼，脸上的表情突然转变，就像一扇要倒塌的城堡大门。"请坐吧，"她说，"我会通知警长的。"

我坐在其中一把木椅上，它看上去远比那张长凳舒服。她低声对着电话说了些什么，我听不清。她挂了电话，虚情假意地对我笑了笑。"稍等一下。"说完，她就回到电脑前。如果那台电脑可以发邮件的话，她一定会向众人昭告我的到来。

我很庆幸我在手臂上写了律师的电话号码。我完全不知道接下来这里会发生什么。他们应该不会找个罪名控告我。不过经历了这么多，我深知无辜并不意味着不会戴上手铐。

也就一分钟后，柜台后面一扇坚固的旧木门打开了，一个男人走了出来，他要弯腰才可以穿过门。我注视着他，我想他应该习惯了别人看他，因为他就像NBA球员一样高——大概有两米一，也许更高。而且他还很瘦，有一双长腿。他身上的西装一定是定制的，将他的身材衬得很好，是不吸热的浅灰色。

"普罗克特女士？我是田纳西州调查局的警长，费尔韦瑟。"我站起身，他向我伸出手来。我们握手时，我感觉自己就像个小矮人。他动作很轻柔，也很专业。他的皮肤很白，看上去和这里的夏天格格不入。他的发色是类似北欧人的浅金色，剪成军人式的短发。"女士，旅途还顺利吗？"

他叫我女士，而不是夫人或者小姐，我很欣赏这一点。通常来说，我至少要纠正别人一次。他操着一口南方口音，听起来却不太像田纳西州的口音。弗吉尼亚州？很难断定。他替我扶着门，示意我走进去。我没有立即照做。"那么，你不算是猎狼河的警察？"我问他。

"我们在这起案子上相互合作。"他说，"我是主要的调查官。您先请，女士。"

他异常礼貌。我原以为这会让我放松下来，但反而让我更加警惕。可我别无选择，他是肯定不会放我走的。我从他身边走过，来到一条狭窄昏暗的走廊。正如我想象的那样，这里破旧不堪，没有一丝生气。他把我领进一个房间，走到一边，关上了门。典型的审讯室。我坐在了他想让我坐的那一边，这样摄像机可以清楚地录到我。我最好还是配合他的工作。

费尔韦瑟警长拉过桌子下的椅子，轻轻地坐了上去，仿佛怕弄坏它似的。"女士，您介意我对此次谈话录音吗？这是必需的。"他放下手机。

完全没有必要自己录音，除非摄像机坏了。也许是因为他信不过猎狼河的警察。我点了点头，他按下屏幕上的红色按钮。"好。录音仅供记录在案，女士，请说出你的名字。"

"格温·普罗克特。"

"原名是吉娜·罗亚？梅尔文·罗亚的妻子？"这招真烂，警长。

"嗯，那是我以前结婚时的名字。"

"顺便问一下，女士，您住在哪里？"

"静湖，诺顿附近。"

"在田纳西州？"

"嗯。"

"您是自己居住吗？"

"不是，"我说，"我有两个孩子，兰妮和康纳。山姆·凯德也住在那里。"

"山姆·凯德，"他向前倾了倾，长长的手臂放在桌子上，十指扣在一起，"住在那里，具体是什么意思呢？"

"我不是很明白你的意思。"我清楚地知道他想问的是什么，但是我想让他直接问我。

"他向你租了一间房？还是……"

"我们住同一间卧室。"我告诉他。我想更常规的说法应该是"我们是情侣"或者"我们是伴侣"，但一直到现在，我都很抗拒让我们的关系更进一步。我觉得这种想法很傻。

然而，事实上不管我怎么回答都没有关系，因为警长已经准确地抓到了要害。"啊，这有点儿不寻常，不是吗？据我所知，你的前夫残忍地杀害了他的妹妹。"

我没有回答，沉默了很久。我在积蓄力量。因此，回答时我的语气变得尖锐，而且不由自主地为自己辩护起来。"这和我在电话上听到的内容究竟有什么关系？"

费尔韦瑟举起双手，我不知道他是在道歉还是投降。"抱歉，这只是一些背景问题。"不，这明明就是故意的，他想刺激我，我们都心知肚明。

"好，现在我们继续进行审讯。我需要问您一些有关玛琳和薇·克罗克特的问题。"

"我不认识她们。"我说的是大实话。我强迫自己放松，不然肢体语言很可能会出卖我，特别是在面对镜头的时候。**镜头**。

我不自觉地抬头瞥了瞥角落上的镜头。摄像机被隐藏起来了，但隐藏得不是很好。它被粉刷成了和墙壁相似的颜色。虽然没有指示灯来显示是否在录像，我仍然能感到那空洞冰冷的凝视。

我脑海里又闪现出那些噩梦般的片段，我尽量将注意力重新集中在警长身上。他问了我一个问题，不过我没有听清。"不好意思？"

"我们知道你确实和克罗克特夫人谈过话。她打给你的那通电话有一定时长，她没有打错电话。"

"我没有说她没有打给我，我说的是我不认识她。"

他稻草一般的眉毛皱了起来，问道："你常常和陌生人聊天吗？"尽管他措辞委婉，我还是听出了隐藏在这个问题下的危险的陷阱。"偶尔，"我冷静地说，"当他们有麻烦的时候。"

"能不能具体说说你可以给他们提供什么帮助？"

"一些建议罢了。"我想就这样停下，不再回答，但我没有这样做，"听着，你知道我是谁，也知道我的前夫是谁。人们有时会联系我，大多数是女人，让我帮她们解决难题。"

"比如？"

"曾经有一个女人打给我，告诉我她的丈夫因为猥亵儿童罪被捕。她不知该如何是好，不知该如何面对这件事给她带来的影响。还有一个女人想和我一样改名换姓以保护她的孩子免受骚扰。有时候我可以帮助她们，但大部分时候我无能为力。偶尔人们打给我只是向我倾诉罢了。"

"那克罗克特夫人呢？"

"她并没有具体告诉我她面临着什么问题。显然，她遇到了麻烦，不过我不觉得她认为那会对她造成什么威胁。她想让我来猎狼河镇，说是想在这里和我讨论。"我吸了一口气，然后呼出来，"说实话，我觉得她应该是怀疑她身边有人犯了罪。通常是这样。"

"那你和她见面了吗？"

我看到他一下子兴奋起来，就像是一盏突然亮起的指示灯。如果能够以谋杀罪起诉梅尔文·罗亚的前妻，他一定会步步高升。

"不，我没有。"我依然保持平静，"我很乐意给你看我的通话记录，它能告诉你我在那通电话以后的去向。我还可以给你列出一个详细的时间表。我以前从来没有来过猎狼河，我是昨晚深夜才到这儿的。"

也许他有点儿失望，但他并没有表现出来。他那副"我可以帮你"的表情一直没变，"如果你可以写下来，那真是帮了我们很大一个忙。"说完，他打开他那边的一个抽屉，拿出一个黄色笔记簿和一支毡尖笔，递过来，"我还想要凯德先生从玛琳第一次打给你到你第二次接到电话之间的时间表。"

"没问题，他一定很乐意与警方合作，向你们提供他的通话记录的。"一般来说，我不会帮山姆做决定，但显然，这位警长是个聪明人。不管我们是否愿意，他也一定会向法庭申请调出我们的通话记录。配合调查会增加我们的可信度。

"所以，克罗克特夫人打给你时，具体说了些什么呢？"他问我，把椅子向前挪了挪，像是在邀请我与他分享秘密。我得承认，他很会运用肢体语言。

"没说什么。我们那天从诺克斯维尔回来，吃完晚饭后才接到她的电话。"

"诺克斯维尔，"他重复道，"你为什么会去那里呢？"

"我去那里录制《豪伊·哈姆林秀》。"我的音调再次飙高，他向我稍稍点头。"哦，我记得那期节目，女士。"他一定在网上搜了我的资料，这是审讯前的常规流程，"那她打给你时，具体说了什么呢？"

我回想那通电话。我的记忆力并不超群，但也挺不错。我将大部分内容都告诉他。他静静地听着，没有打断我。说完时，他问我："她让您来猎狼河小镇时，您为什么不来呢？"

"因为我不傻，"我说，"我才不会贸然和不认识的人私下见面，除非我有方法保护自己。说不定那是一个陷阱。"

"一个陷阱？"他往后靠了靠，"具体是谁会设下陷阱呢？"

我向他娓娓道来："我前夫的狂热追求者，钻法律漏洞的阿布萨隆组织的成员，各种网络跟踪者，他们人数众多。我前夫的受害者的家属就更不必说了，他们当中仍有一些人认为我是同谋。对了，还有那些被豪伊·哈姆林主持的节目煽动的疯狂的人们，现在米兰达·泰德维尔的所谓纪录片的摄制团队也正在跟踪我。所以……嫌疑人很多。"

"听起来你的生活很艰难，女士。"

"没有那些痛失挚爱的人们那么艰难，"我说，"当然也没有我的孩子们的生活那么艰难，他们所承受的痛苦超乎我的想象。我并没有自怨自艾或是杞人忧天，我只是看清了现实，我知道有许多人想要看我被羞辱或受到伤害，甚至想看到我死。但我不是那个该死的人，不是吗？现在，我们可以让话题回到玛琳身上了吗？"

他顺着我改变了话题。"好，那么第一通电话后，你就没有再和她联系了，对吗？"

"是的。"

"直到第二次有人用她的电话打过来。"

"嗯。"我依然记得我意识到电话那头发生的事情有多么糟糕时的心情。

"我希望您详细地告诉我这通电话的内容，还有尽可能多的细节。"

于是我详细地告诉了他每一个细节。我尽最大的努力回想，将薇·克罗克特说过的话告诉他。我向他描述薇说话时的不安，我听到步枪开枪声时的震惊。我当时以为她也被杀了。

"啊，"费尔韦瑟说，"那是一位邮递员，他在送包裹。所幸的是她开枪时，他正好弯下腰来放包裹。"

"他没有受伤？"

"他马上就逃跑了。"他告诉我，"他身体上方的门被打出了一个有他的头那么大的洞，他真幸运。"

我也这么认为。薇一心想着杀死门外的人，不管对方是谁。"但这并不一定就意味着她杀了她妈妈。"

"我没有说过类似的话，"他说，"我并不打算告诉你我的想法。继续说吧，之后发生了什么？"

"我让她放下步枪，把电话开免提，打开前门后举高双手。"

"为什么你不让她挂电话？或者说，为什么你自己不挂断电话？"

"因为我感觉我不应该丢下她一个人，"我告诉费尔韦瑟，"她才**十五岁**。她经历了心理创伤。"

"你刚刚才提到她对自己母亲的死毫不在意。"

"你知道，有时候人们面对创伤的方式很古怪。她打给我，我感觉我需尽可能地了解情况，我怕……"我顿了顿，不知道要不要继续说下去，"我怕她误判，也怕别人会反应过度。"

"也许她是故意的呢？也许她想借助警方之手自杀？"

"我不知道。我只是感觉到她思绪混乱，她需要帮助。"

他改变了问法。"猎狼河周围的人说玛琳和薇的关系不太好，"他说，"那个女孩儿有酗酒、滥用药品的习惯，在学校的记录也不好，玛琳和你提到过这些吗？"

"没有，"我告诉他，"没有提到这些，就像我和你说的那样。我不能给你提供这方面的信息。坦白说，很多孩子都这样，不是吗？"

"你的也是吗？"

这个问题真是一针见血。"不。"至少他们没有酗酒和滥用药物。"我们还是回到正题上吧！"

他又回到时间线上，我一点儿一点儿地告诉他发生了什么事情，直到电话从薇手里掉落的那一分钟，以及在那之后我做了什么。不可避免的是，有些信息是不可证明的，不过如果和通话记录比对的话，我想我会没事儿的。然后他叫我把时间线写下来。我照做了。我知道接下来他会做什么：大声问问题，然后与写下来的时间线进行比对，找出不同的地方。最后再检查上几遍。

"警长，"我问，"她怎么样了？"

"玛琳？她死了。"

"我是问薇。"

"医院给她做了检查，没什么大碍，只是不太合作。"

"你起诉她了吗？"

"傻瓜才会不起诉她，"他说，"她与你的谈话内容不能说明她没有杀人。即使能，我们也有物证，凶器上有她的指纹，而且她身上血迹斑斑，还有射击残留物。"

"射击残留物来自我听到的那一声枪响。"

"也许吧，又或许她有第二个目标。两发子弹，我们收集证物时，枪是空的。"

尽管我不相信那个孩子是无辜的，不过这确实让我感到心烦。"她有律师吗？"

"女士，我奉劝你不要过度参与到这起案件中。我们已经无从得知她妈妈为什么会给你打电话。或许是因为曾经发生的一切，或许她害怕的就是她的女儿。"

"你没有回答我的问题。"

"法庭给她分配了律师，"他说，"赫克托·斯巴克斯，是当地人。"

这位律师的电话号码很可能现在就写在我的手臂上。"我可以见见薇吗？"

费尔韦瑟往后靠了靠，仿佛要尽力躲避这一问题似的。"普罗克特女士，你为什么要这么做呢？你不认识这个女孩儿，甚至都不认识她妈妈。"

"她和我女儿一样大，"我说，"而且……而且她应该会愿意和我谈一谈，至少在电话中，她和我说话了。"

他想了想，我想他应该动摇了，但他最终还是摇摇头。"在她接受审判前，我不能允许一个没有律师资格的人去探望她。"

"如果有她的律师在场呢？"

他说："如果她的律师在场，并且你得到律师的准许，以某种身份和他合作，那就是特许保密通信。不过我想任何一个像样的律师都不会同意的。"他强调的地方和说话的方式都很奇怪，我并没有完全理解他的话。但我没有深究。"好的，"我又问，"如果她也要求见我呢？"

"不要给那个女孩儿灌输你的想法，"他告诉我，"她并没有你看上去的那么脆弱。我向你保证她不需要你的保护。"

"真有趣。"我说，"我记得我在监狱里等待审讯的时候，人们也是这么说我的。"

费尔韦瑟没有回答我。他关了录音器，把手机放回口袋里，站起身打开门。"好的，女士。"他说，"十分感谢您的配合。如果有问题的话，我们会再联系您的。"

"我很乐意配合警方工作。"我们刚刚不正是展现了南方人的热情吗？

他递给我他的名片。"请不要忘记给我发一封邮件，表明您同意我调取您的通话记录。还请您记得让凯德先生给我发一份时间线，还有同样的邮件，这样会大大加快调查速度。"

"我不认为加快调查速度对那个女孩儿有利。"我对他说，"进展已经很快了。"

"虽然这看上去是一起简单的案件，但并不意味着我不会认真调查，不过我不认为这起案子有什么内情。普罗克特女士，这对母女之间肯定有矛盾。玛琳都给你打电话求救了，可惜的是她没有等到别人的帮助就去世了。"他的表情失去了一点儿乡下男孩儿的魅力，"而且，我在这个案子上花的时间越长，就意味着我花在寻找那个小女孩儿上的时间就越少。"

"埃莉·怀特，"我说，"那起绑架案。你也负责那起案子？"

"直到发生这起案件。"他回答。

"希望你早日找到她。"

"恕我直言，女士。我希望自己不是找到她的那个人，"他说，"因为那个女孩儿怕是凶多吉少了。"

第八章

山姆

格温下车之后我把孩子们载回汽车旅馆，虽然我不想让她独自一人留在那里。康纳正忙着完成我们交给他的任务：搜索猎狼河失踪女人的信息，兰妮则极力表现得毫无兴趣，不过我知道她其实很感兴趣。

她问了许多有关薇·克罗克特的问题，让我有点儿担心。兰妮通常疑心很重，也能很好地看清他人。但是薇的处境似乎打破了她天生的防御。或许她只是担心戴丽雅·布朗会对她们的关系感到厌倦，所以给自己找点儿事做。青少年可以一时热情如火，又在眨眼间变得冷若冰霜，这是家常便饭。但是我不希望兰妮崇拜或者喜欢薇那样的人。不，我提醒自己，我在这件事儿上没有一点儿话语权。我或许是他们当中的一员，可我不是兰妮的家人。不论我多么希望我就是她的家人。

不出所料，兰妮拿回了她的笔记本电脑，告诉康纳他得等一个小时才能用。接着，她问我她可不可以去我的房间给戴丽雅打电话。我同意了，让她一个人留在我的房间里，处理她们之间的矛盾。郁闷的康纳又沉浸在他的书本中。我靠在他们房间角落里的一张单人沙发上，翻看着手机短信。

不到一个小时，兰妮就从连通门走了进来，把电脑递给康纳。"给你，"她说，"好好拿着。"她"扑通"一声扑到另一张床上，转身背对着我们。

她好像很生气，似乎受到了伤害。康纳耸耸肩，开始在网络上搜索信息。我把注意力转移到兰妮身上，毫无疑问，她一直在哭。她的眼线都花了，脸颊和双眼红红的，应该已经哭了一阵子。我坐到她旁边，不过我离得很远，没有侵犯她的个人空间。"兰妮？"我轻声问，"怎么啦？"

"没事儿。"她抽抽鼻子，斜眼看了我一下，"你被别人甩过吗？"

好家伙，这就是那种谈话。我真希望她妈妈在这里，但她不在，只有我在。于是我说："嗯，当然。"

"给我讲讲。"

"那个女孩儿叫吉莉安。"

"是什么时候的事儿？"

"高中。"

"她漂亮吗？你喜欢她吗？"

"她很漂亮，啊，我们交往过一段时间，但是有一天她突然就对我失去了兴趣。接着，她就和我们棒球队的另一个男生约会了。"

"好吧，那挺尴尬的。"兰妮说。

"嗯，而且她还到处对别人说我背着她乱搞男女关系。"

"真的吗？"兰妮瞪大眼睛看我。

"没有，只是她乱说而已。"我耸耸肩，"这种事情不可避免。我的养母和我说过，有一次约会她被男友撵下车，她不得不在晚上穿着高跟鞋走了一英里才回到镇上。这就是她分手的原因。"

"真的吗？"兰妮眨了眨眼睛，"她男朋友就那样丢下她？"

"你说你被甩了，可她是真的被甩了，就在路旁。"我说，"她告诉我，从那以后，她约会就再也不穿高跟鞋了。听完她的经历，我感觉就没那么难过了。"

"希望如此。"兰妮的语气听起来像是她觉得自己再也不能开心起来。我还记得过去的那些年，似乎所有记忆都一涌而来，而时间好像就永远定格在那一刻。有很多值得高兴的事情，但更多的是危险。"你和戴丽雅吵架了吗？"这不难猜到。

她深吸了一口气，然后压低声音紧张地告诉我："戴丽雅说她再也不能见我了。她妈妈对最近的传闻感到很生气，还有那些乱七八糟的关于纪录片的新闻，戴丽雅的妈妈觉得我会给她造成不好的影响。可是根本就不是我的错！"显然，她不想让康纳听到。

"这或许只是暂时的，等事情慢慢平息下来就好。"这是大人的建议，可我知道对她毫无用处。"她说了她还会和你讲话吗？"

"嗯。"兰妮眨眨眼，强忍泪水，"她妈妈不在家的时候。"

"那么或许一切都会好起来。"

"或许吧……"兰妮听上去不太乐观。她向我身边挪了挪，把手搭在我的肩膀上，我一手抱住她。"谢谢。"她说。

"我会永远在你身边，孩子。她说到的那些传闻，具体是什么？"

"妈妈帮助梅尔文杀人，妈妈有精神病之类的。"说到后面时，她哽咽了。

"你妈妈受到了公正的审讯。她被无罪释放了，她是无辜的。"

"有用吗？和互联网上那些丧心病狂的追踪者说去吧！"兰妮说，"不管怎样，他们**还是**认为妈妈是有罪的，这毁掉了一切。"

我想起了米兰达，想起了"失落的天使"。兰妮说得没错。不管澄清多少次，有些事情还是会留下污点。我感觉它就像是一把慢慢刺入我内脏的刀，我知道自己为此承受了多少罪恶感。

"山姆？"康纳突然喊我，我转头看向他，"你快来看看这个。"

我吻了吻兰妮的额头，向康纳走去。他把笔记本电脑转向我，"这可是大新闻，对吗？"

出现了第三个失踪的年轻女人，但不是在猎狼河失踪的，而是在丹尼尔·布恩国家森林，猎狼河在它的边缘。我接过电脑。这是康纳之前找到的那个博客的另外一条博文。

猎狼河附近又有女士失踪

早些时候，我报道了年仅十八岁的塔拉·道斯的可疑失踪事件，然后是二十一岁的贝芬妮·沃德里普，现在又有一名女性失踪了。她是住在爱荷华州苏城的桑德拉·克莱格曼，不过她失踪时正在丹尼尔·布恩国家森林附近度假。她的朋友前一天晚上还看到她拉起帐篷拉链，第二天早上她就不见了，随身物品全都留在了帐篷里，包括手机和现金。

　　一般人也许会在森林里迷路。但是桑德拉·克莱格曼是个乡村女孩儿，常常在森林里露营。要我说，她走丢了或者被熊吃掉，踪影全无的说法一点儿说服力也没有。护林员、州警察，甚至联邦调查局探员都已经彻底地搜索过，但什么线索都没有找到，没有一丝血迹，树枝上也没有找到一块被钩住的衣服布料。与塔拉和贝芬妮一样，桑德拉就这样人间蒸发了。

　　如果你以田纳西州猎狼河的镇中心为圆心画一个周长为十英里的圆，你会发现她们都消失在这个圆的范围内。我给猎狼河警察局打了电话，问了他们的想法。他们说，我提到的三个人中两个是离家出走的，第三个则是背包客，这个背包客有可能摔得很惨，死在荒野里。他们说没有什么可疑的，让我不要继续深究了。

　　我是一定会深究的，因为有些事情明显不对劲儿。

　　"很离奇，对吗？"康纳说，"现在已经有三名女性失踪了。肯定不是巧合，对吗？"

　　"也不是不可能。"我告诉他，"离奇的事儿经常发生。不过更有可能的是，警方已经查到了线索，只是暂时还不想向大众公布。也许警方正在调查中，但是这个博主不知道罢了。"

　　他似乎并不为此感到兴奋。"我还是觉得很离奇。"

　　"我没有说这件事儿不离奇，"我告诉他，"继续找吧，说不定你会找到更多线索。"

　　他点点头，似乎更加开心了。我把笔记本电脑还给他，看了看手表。格温已经在警察局待了两小时了，一个电话也没有给我打。我忍不住去想她是不是把那传说中只有一次的通话机会给了律师。当然，前提是警察提供了这种机会，他们不是必须这样做。也许她相信我会主动打给她，要求和她谈话。"我打电话问问妈妈的情况。"和孩子们说完，我走到另一个房间。关上连通门，拨通了她的号码。

我的电话被转到了留言信箱。我留言让她回电。之后我翻看床头柜上的电话簿，找到了猎狼河警察局的电话号码打过去。一个操着一口流利南方口音的人问我要找谁，我说我要找格温·普罗克特。

她犹豫了一下，接着一句话也没说就帮我转接了。这一次接电话的是一个男人。"警长本·费尔韦瑟，请问是哪位？"

"山姆·凯德。"我说，"我找格温·普罗克特。"

"你好，凯德先生，很高兴接到你的来电。我和普罗克特女士聊得很愉快，不过她十分钟前已经走了。"

我不喜欢这样。"她去哪儿了？"

"应该是去见薇·克罗克特的辩护律师了。"他说，"你方便来警局一趟，给我录个口供吗？据我了解，普罗克特女士接听薇的电话时你也在场。我想听听你的说法，还想要你列出过去四十八小时内你的行为。"

他的措辞很客气，也很通情达理，但是我不喜欢他，也不信任他。"没问题。"我说，"今天晚些时候吧，等格温回来后，我不能丢下孩子们。"

"没问题，"他说，"所以你们都来了。"

"家庭旅行。"我说，"我们可能会去森林参观。"那几乎是不可能的，不过倒是个不错的借口。如果格温没有提到的话，我不希望这位警长深究我们离开静湖的原因。我希望米兰达的摄制团队还在诺顿，要是他们跟来了，一定会有很多话想对他说，但不会有什么真话。

"好的。"他说，"下午两点？你方便吗？"

"我到时候再给你打电话吧！"我告诉他，"我得先找到格温。"

我们礼貌地结束了通话。在旁边的一张桌子上，我看到格温写的便条，上面写着凯姿发给她的两名律师的电话。我打了第一个号码，转到了语音信箱，一个听起来像是老人的声音说他不在办公室。

第二个号码打通了，对方干脆地和我打招呼："赫克托·斯巴克斯办公室，我是帕尔夫人。请问有什么可以帮您？"

她说的话让我愣了一下，我花了一秒钟才反应过来。帕尔夫人，已经很少有女人会在办公室接电话时这样称呼自己，她们通常会说自己的名字。"您好，我想问下斯巴克斯先生现在在和一位叫格温·普罗克特的女士见面吗？我被告知她去找他谈话了，她在你们的办公室里吗？"

"请问您是哪位？"她似乎十分紧张。

"山姆·凯德。"我回答。

"很抱歉，凯德先生。斯巴克斯先生的会议是很私人的，我无法向您透露任何信息。"

"那我可以和他谈谈吗？"

"恐怕不行，"她说，"他说了不想被打扰，不过我会转告他你打过电话。"

"如果格温在你们办公室的话，请转告她让她给我打电话，"我告诉她，"谢谢。"她完全忽略了我来电的目的。

"不客气，我们很高兴您的来电。"说完，她就挂断了，完全言不由衷。

我再次打开连通门。兰妮戴着耳机躺在床上，看上去很痛苦。看到我时，她转过身背对着我，我没有强迫她振作起来。"康纳，"我说，"你可以帮我查一个人吗？查一下他的背景信息？"

"当然！"

"赫克托·斯巴克斯，"我说，"他是镇里的一位律师。我想多知道一点儿信息，之前……"具体是在什么之前呢？没有什么特别原因，刚刚那一通电话却让我担心起来，还有本·费尔韦瑟的那通电话。或许是因为这个小镇，失踪的女人、死了的母亲和坐牢的女儿。对格温来说，这儿不是一个安全之地，我感觉让她独自一人在外可能会置她于危险之中。

"好，"他说，"我这就查。"

大约十五分钟后，他查到了。赫克托·斯巴克斯是一位住在镇里的律师，康纳找到了他的地址，他的父亲也是一名律师。康纳给我看了几份当地的报刊报道，都是些旧文章，因为当地报社早就倒闭了。其中一篇报道刊登了一张房子的照片，房子十分豪华，也很大，远比猎狼河普通的房子要好。不过它很古老，看样子应该是在二十世纪初建的。一家人站在房子前面：一位坐着轮椅的老人，旁边是他的儿子，还有一位母亲和女儿，不过她们在边上。显然，这是属于父子俩的报道。母亲面无表情，女儿则看向别处。就算是一篇十分业余的专访，但作为一张要刊登上报的照片，这张照片也并不理想。文章写得很一般，内容是在庆祝父亲唐纳德的退休，以及儿子赫克托子承父业，接管了父亲的律师事务所。母女俩的名字甚至都没有刊登出来，标题只简单地写了"在妻子和女儿的陪伴下"。新闻电头的日期是 1992 年，观点却像还停留在 20 世纪 50 年代。

重点是，赫克托·斯巴克斯是合法的持证律师，我不应该担心格温。可我还是感到担心。我给她发了信息。即使她把手机调成静音，她通常也会在几分钟内回短信。

当我打字时，手机收到了一条语音短信，我坐直身子，盯着屏幕。我认得这个号码，是米兰达·纳尔逊·泰德维尔的。看到来电的那一瞬间，我立马从悬崖之上跌落入深渊。"嘿，"我对康纳说，"我要去接个电话，就在隔壁房间，知道吗？"

他点点头，眼睛一直盯着网页。不过转身离开的时候我感觉到他在看我，他应该是留意到我的紧张了。

我快步离开，回到我和格温的房间里深吸了几口气。连通门锁上了。房间里有点儿热，于是我又打开空调。

我接了那通会直接让我跌入地狱的电话。米兰达没有打招呼，她从来不问好。"山姆，你到底有没有听我的留言？"

"没有。"我说。和这个女人说话时，我的声音完全不一样，我不记得我是否总是这样。"你到底在搞什么？"

"你应该问问**你自己**在搞什么吧，山姆？你住在她家，睡在她的床上。毫无疑问，这是我这些年来听过最荒唐、最变态的事情。天啊，你一定是有什么地方不对劲儿。"

她的声音听起来既甜蜜又冷酷，不过仍然是沙哑的。自她女儿被谋杀后，她的心情一度十分崩溃。在接受治疗时她常常尖叫，她的声音永远改变了，能让人看出她受到的伤害，但只是冰山一角。

米兰达很有钱，是千万富翁，她是一个对冲基金经理的前妻，曾经的青年会成员，生活一帆风顺，前途一片光明……直到有一天，她的女儿薇薇安在一间商场消失。人们后来得知，她成了梅尔文·罗亚的第二位受害者。

我的派遣任务结束回家时，米兰达去机场接了我。当时我还穿着迷彩服，她看上去却像个完美的服装模特儿，穿着设计师设计的服装，手里举着写有我名字的牌子。"凯德先生，我们有着相同的经历。"她说，"我的女儿，你的妹妹。让我开车送你吧，我们谈一谈。"

那时候，我沉浸在震惊、悲伤、愤怒、绝望以及脆弱的情绪中。米兰达的情况比我还要糟糕，我们之间关系是恶性的……我见过她蓬头垢面、邋遢不堪，穿着因宿醉而几天不换的发臭的衣服。我将她带回她那座有三层楼、面积六千平方英尺的别墅，在她呕吐时带她到厕所。我听过她的怒吼，教会她如何开枪。我们一起做过许多糟糕的事情。

"你怎么知道这个号码的？"我问她。这不是最要紧的问题，但是目前我唯一能问出口的问题。

"靠钱和人脉。"她打趣，这是她对大多数问题的回答。"我知道你不在家。我昨天和摄制团队去那里了，给你留了张便条。我还写上了我的名字，记得吗？你告诉他了吗？"没有，我把那张该死的便条撕了下来，扔到了碎纸机里。我没说话，于是她继续说："你到底躲到哪里去了，山姆？"

"我没有躲起来。"我告诉她，算不上在撒谎，"我们之间没有什么可说的，除非你打算收手，并不再骚扰我们。"

"**我们？**"她话语中的轻蔑就像是一条鞭子，鞭打着我的后背，"我的天，山姆，认真的吗？你怕是疯了。"

"我的事儿与你无关，"我说，"放下这一切，回堪萨斯州，回你的家去吧，米兰达。"

"我已经卖掉在堪萨斯州的房子了。我现在……那个词怎么说来着？四海为家。不过我得承认，诺顿的住宿和早餐真的是十分差劲儿，我不会再去那儿了。我了解到静湖那儿有一些相当不错的房子可以出租，或许你可以给我推荐一些你曾经住过的房子。"

我没有回答她，我做不到。一想到米兰达有大把钱财挥霍，一直沉浸在仇恨当中，像一只毒蜘蛛一样不断靠近我、侵蚀我……我就感到毛骨悚然。我了解米兰达。我离开她时，她已经失去了控制。如果她抛弃了在堪萨斯州的旧生活，抛弃了那些物质享受与支持，还有同情她的朋友……恐怕只有老天知道她的复仇计划是什么。

"你没有回答我的问题，"她说，"你是在耍什么把戏吗，假装和她在一起？我希望是这样，否则你真让我感到恶心。"

"请你不要这样，"我告诉她，"你找我到底什么事儿？"

"所以你是认真的？你真和她上床了。天啊，她可是梅尔文·罗亚的妻子。没错，你可以采取各种办法伤害她，但不要把自己也赔进去。"

我不想和米兰达讨论格温。我的过去就像个定时炸弹。我知道它一直在那里，总有一天会向我袭来，只是我从来没有想过当这一天真的来临时，带来的伤害会这么大。"听着，我只说一次，"我告诉她，"我是认真的。如果你想找她麻烦的话，请先过了我这一关。如果你们敢打孩子们的主意，对他们造成一丝一毫的伤害的话，我会收拾你的。他们和你与梅尔文·罗亚的恩怨没有一点儿关系。格温和孩子们是无辜的。放过他们，**收手吧！**"

她沉默了很长一段时间，我几乎以为我说服了她。但她接着说："她真的把你洗脑了。天啊，她真有一手儿，可以让本来明智的男人相信她，包括陪审团成员。我们发过誓要让她付出代价的，我以为你一直记得这个承诺。"她的话听起来……几乎是在为我感到遗憾。

米兰达说得没错。遇见她时，我相信她说的每一句话。但我已经重新出发向前看了，而她的生活还是一成不变。她被痛苦与仇恨包围着，沉浸在她孩子死去的悲痛中，无法自拔。

复仇并不是我想要的生活，我厌倦了那样。即使在看了考利的日记后……或许应该说正是在那之后，我不再想复仇。因为我可以预见我会成为下一个米兰达：人生支离破碎，成为一具行尸走肉。一旦开始复仇，我就会被愤怒吞噬。

我说这些话时，并没有想着伤害她。"米兰达，我觉得你很可怜，真的。"电话那头却传来了重重的呼吸声，我确实伤害到她了。"不，求求你，拜托。如果我们之间曾对彼此有过感觉的话，**拜托不要这样**。"

"我之所以会给你打电话，是因为我知道我们**确实**是喜欢过彼此的。"她说，"现在机会就摆在你眼前，你值得有更好的生活。离开那个女人吧，即使你不愿意帮我。否则，我向你发誓，你一定会付出十分沉重的代价。"

我想起了格温，她曾在我的怀抱里抽泣，曾在深夜被噩梦惊醒，一句话也说不出口。她誓死也要保护自己的两个孩子，还救了我。不管怎么说，格温都不是完美的，但和米兰达相比，她更加真实、鲜活，有人性，而支持米兰达活下去的唯一动力就是对她的怨恨。

"好吧，就这样说吧：你给了我一个机会，如果这可以让你安然入睡的话。"我说，"如果你想对付我，那就使出你的浑身解数来。"

我挂断了电话，这大概会让她抓狂：米兰达习惯了诅咒，但前提是她是诅咒别人的人。她是个自恋狂，讨厌被人们忽视。她这一辈子都活在一个带软垫的盒子里，习惯了被人们小心翼翼地对待，就像她是一件易碎的珍宝。当残酷的现实砸向她时，她只会天真地认为她的痛苦和损失都比别人多、比别人重要。这一点永远都不会改变。

我确实曾有那么一次对她有了感觉，但不是柔情，也不是爱情。那是一种我们共有的错觉。和爱相比，用暴力去表达感情似乎更能使人亲密起来。

米兰达·泰德维尔又卷土重来，她不会轻易离去。我苦心经营的一切、我所爱的一切，似乎都将在我身上轰然倒塌。

"山姆？"

我抬头，看到兰妮正站在我和格温的房间门口。她手里拿着电话，举得高高的。手机显示正在通话中，她把它递给我。我将手机放到耳边，听到米兰达的声音："你真的以为事情这么简单吗？"

我知道兰妮看到了我的畏缩，我迅速转身，背对着她，说："你刚刚给孩子打了电话来表明你的态度。好，我知道了。你到底想干吗？你想玩儿什么把戏？"

"我有你们所有人的电话号码，"米兰达威胁我，"你是想我下次打给吉娜呢？还是说你想出来和我面对面谈谈？"她就是不说格温的新名字，坚持喊那个旧名。我强忍怒气，能感觉到自己浑身颤抖。"你在哪里？"

"在你住的汽车旅馆的停车场。"她说，"我坐在一辆租来的别克车里。我知道这不是我的风格，但这里租不到雷克萨斯。"

该死，该死，该死。她追踪了我们的手机。她当然会这样做。我们粗心大意，没有换手机。如果她知道我们的电话，追踪我们的位置对她来说简直就是易如反掌。诺顿距离这里不远，我们现在就相当于在这个房间里坐以待毙。

"我可以以跟踪的罪名起诉你。"我说。

"是吗？"她笑了笑，听上去有点儿疯狂，"那你也会和警察解释我们之间的关系吗？也许你还应该向警察坦白你和我在一起时做过的所有违法的事儿。我记得你也跟踪过别人。"

我回头看了看，兰妮还站在原地，她皱着眉头，想要听清我说什么。我走过去，关上门，努力保持镇静。"走。"我告诉米兰达。

"不。山姆，你不仅仅耍了我。你还毁了你的妹妹、我死去的女儿，还有那些已经去世的女孩儿。你就是这么低贱，你就是一个容易上当受骗的懦夫。**出来见我！**"

我走到通向停车场的那扇门前，握着把手。它像血一样温热，轻易就可以扭开。我停下来，手还握着把手，蹲在地上，深呼吸，强忍住想要冲出去砸碎她的车窗，把那具没有灵魂的、行尸走肉般的身体拖出车外的冲动。因为那就是她的目的，她想让我和她正面发生冲突，这样她就有新闻可以炒作了。

"山姆？"我耳朵嗡嗡作响，几乎听不到她的声音。她真的知道该如何刺激我。过去那些年，我们同病相怜，之间的怨恨却越来越深。她在那些我用怨怼、酗酒和还在流血的伤口滋养仇恨的日子里学会了这些手段。她还记得如何使用它们。"你出来得越晚，情况只会越糟，知道吗？"

我站起身，打开门，一眼就看到了她坐在那辆已经发动的蓝色别克车里。她说得没错，即使这趟旅程只是前往这种无名之地，那辆车对她来说也太普通了。她的发型似乎是精心打理过的，妆容也是。我见过她素颜、绝望、痛苦、狼狈、尖叫的样子，但现在的米兰达是公众视野下的米兰达：富有，有声望，并以此为荣。

我没有走出房间，她也就坐在车里。我们两人这样对望了很久，直到一股股热浪朝我们袭来，模糊了我们的视线，我再次将手机贴近耳朵，说："我受够这一切了。"

我关上门，挂断电话。我转身靠着木门，跌坐在地。我就是她和孩子们之间的人肉盾牌，因此她一定会先来对付我。我不知道等待我的是什么，或许是穿过房门的子弹。我知道她有这种能力。但我听到了别克车引擎的声音，她在倒车。然后是车开走的声音。

兰妮紧张地敲着连通门。"山姆？山姆，你还好吗？"我起身，打开门，把手机还给她。"屏蔽这个号码。"我告诉她，"帮康纳也屏蔽这个号码，知道吗？我不想让你们和她说话。"

"她是谁？"她警惕地看着我。我不责怪她。我一点儿也不像刚刚倾听她分手故事的那个男人。"她是不是……是不是……"

"我以前的女朋友？"我替她问出这个问题，因为那就是她想问我的，她点了点头。"不是，她是……她是我以前的同事罢了。"

"但你打电话时很生气。"

"嗯，那份工作没能善始善终。"这一切还没结束。至少米兰达说对了一件事：迟早有一天，我要面对她。而且，迟早有一天，我要在米兰达之前，向格温坦白我一直瞒着她的事情。

第九章

格温

天气炎热，好处是在猎狼河不管办什么事儿都只要走几步路就可以完成。赫克托·斯巴克斯住的是一座老房子，周围绿树成荫，很有可能是猎狼河最好的一栋房子。这是一间私人住宅，精心照料的花园花香四溢，就连灌木丛都被修剪成特定的形状，树木的叶子也是。我不认为一个律师，即使是这种小镇里的律师，能有闲情雅致去照料花园。他要么是有一位手巧的全职园丁，要么就是有一位精于园艺且有许多空闲时间的妻子。在草地上有一个闪闪发光、不显眼的铜牌，上面刻着"赫克托·J. 斯巴克斯先生"，名字下面是一行更不起眼儿的小字："注册律师"。这不是一个需要将自己的照片打印出来贴在公园长凳上，或是需要在夜间脱口秀节目里打广告的人。要负担这样的生活方式，他收的律师费一定很高，而且他还住在猎狼河。有点儿意思。

我停下脚步，看了一下手机上的地址，发现有几个未接来电。这个小镇的信号很差，每穿过一个街区，信号就断断续续的。未接电话里一个是山姆的，一个是兰妮的。我先听了兰妮的留言，她向我哭诉戴丽雅的事情，我担心的事情还是发生了。我想给她回电，想回到她身边。不过我又听了山姆的留言。他很担心，问我现在在哪里，于是我先给他回了电话。铃声只响了一声他就接了。"格温？"他听上去紧张极了。

"嗯。"我说，"我没事儿，我正要进去和薇·克罗克特的律师谈话。"

"谢天谢地。"他舒了一口气，或者说我认为他舒了一口气。它转瞬即逝，几乎是一声咕哝。"是这样的，我给他的办公室打了电话，但是接电话的女人很强势，不愿意告诉我你是否在那儿，只是说他在开会。"

"你担心的原因是……你觉得我可能会遇到危险？"我莫名地有点儿感动。

"不是，我担心是因为这个镇子已经有不少女人失踪了。"他说，"我不想你也成为失踪人口，格温。"

听到这句话后，我被他迷住了，但也有一点儿恼火。"你真的觉得我会死在这里吗？"

"不是。"他深呼吸，像在纠结要不要继续说下去，"康纳找到了一些信息，你回来后可以看看。你需要我帮你做什么吗？"

"好好看着他们就行。"我说，"谢谢你，我知道不管发生什么，你都会保护孩子们的。"

我没有对很多人说过这样的话。确切地说，我只对另外两个人说过。事实上，我也只会放心地把康纳和兰妮交给哈维尔和凯姿，因为山姆不能不担心我，他认为我的安全同样重要……我也要更多地提醒自己这一点。"话说回来，孩子们还好吗？"山姆没有说话，于是我问他。

"兰妮有点儿伤心，"他说，"康纳则很兴奋地在收集犯罪信息，有点儿吓到我了。不过，他们很安全，就跟往常一样，放心。"我喉咙一紧。我的孩子们是坚强的，不管别人对他们做了什么，他们依然会在意、关心他人。他们警惕而谨慎，但他们的内心深处也有对他人的同情。这一定是上帝赐予他们的礼物，因为我还没有傲慢到认为这是从我这里遗传的。"嘿，山姆？"

"嗯？"

"你还好吗？"我这样问是因为我感觉他向我隐瞒了一些事情，即使我没有见到他，我还是听出了他声音里的紧张。"是有什么事儿发生了吗？"

"没有，"他的语气听上去几乎和平时没有什么两样，"只是……我有种不好的预感。拜托一定要万事小心。"

"我会的。"我告诉他。

"我想今晚就走。"他说。

"可是我们已经付了房费。"

"我知道,只是……"他沮丧地叹了一口气,沉默片刻才说,"该死,我没有意识到回家也不是个办法。纪录片的摄制团队肯定还在等着我们。"

该死的米兰达,难怪他那么焦躁。"这样吧,我们今晚留在这儿,明天再做打算。"我告诉他,"山姆,不会有事儿的,我向你保证。"

我很庆幸他没有问我如何保证,因为我也不知道。我告诉他我爱他,他说他也爱我。

我带着心中这一份温暖走过宽阔干净的人行道,走上台阶,来到弧形门廊上。蜜蜂懒洋洋地在花间跳舞,醉倒在花蜜中,浓浓的风信子和玫瑰花香混合成一片云朵。我按了门铃,不到十秒钟,一位瘦骨嶙峋的中年妇女给我开了门,似乎她住在西进运动时期[1]——或者更准确地说,西进侵略时期——大草原上的农舍里会更加舒服。她盘着一头长发,有一张棱角分明的脸,还穿着一条那种从脖子到膝盖的围裙,看上去就像是戏服一样。在围裙下,她穿的是一条高领长袖的印花连衣裙,即使现在是炎热的夏天。"你好?"她有点儿疑惑地问道,从上到下地打量着我,同时我也在打量着她。"你好,我想找斯巴克斯先生。"我告诉她。

"斯巴克斯先生现在不接新客户了。"

"我不是新客户,夫人。我就在镇子里待几天,我需要和他谈谈玛琳·克罗克特的女儿,薇的案子。"

"如果没有预约,斯巴克斯先生是不会接受记者采访的。"

拜托,有完没完。"我不是记者。"我讨厌这样做,但有时我那位臭名昭著的前夫会派上用场,"我叫格温·普罗克特,是梅尔文·罗亚的

---

[1] 指美国东部居民向西部地区迁移的运动,始于 18 世纪末,终于 19 世纪末 20 世纪初。

前妻。也许你可以问问他是否愿意见我？"

她眨了眨眼，然后又眨了眨眼，脸上的表情没有任何变化，只是说："请稍等。"门又关上了，不过这是轻轻地关门，而不是甩门，我按照她说的那样静静地在门口等待。不到一分钟，门又开了，这次不是那个强势的女管家，而是一位有着一头银发的老人。他头顶的发色要比两鬓的更深一些，穿着一件熨烫整齐的白得透亮的礼服衬衫，系着一条佩斯利花纹的领带，下身是一条西装裤，裤子上的背带甚至是和领带配套的。他的一套服装比我整个衣橱里的衣服加起来都贵。

他微笑着伸出手。"普罗克特女士，"说着，他挑了挑眉，"你应该更喜欢人们叫你女士，对吗？我坦白，我之前看过你的……故事。我从来没想过我们有一天会见面。"

我和他握了握手，对他点点头。"我是为了玛琳和薇·克罗克特的案子来找你的。"

他收起微笑，向我点了点头。"好，请进。我想这次谈话应该很快就可以结束。"

走廊里是一阵清新的柠檬味，实木地板一尘不染。墙上挂着许多色彩极其鲜艳的艺术作品，大部分是花园主题。但是我并没有时间去欣赏那些作品。我跟着斯巴克斯先生穿过走廊，来到一间宽敞的办公室。这间办公室铺着一张大大的红色波斯地毯，覆盖了大部分的地板，配有一张硕大的古董书桌，还有三把与之匹配的皮革椅子。房间里弥漫着一股让人安心的家具抛光剂的味道，还有一股淡淡的烟草味，我不由自主地深吸了一口气。我妈妈以前用同样的抛光剂，爸爸的烟斗是类似的味道，这种夹杂着甜甜烟草味的柠檬香就是我的童年回忆。

斯巴克斯先生亲切地请我坐在其中一张椅子上，他则坐到他的办公桌后。他在办公椅上轻轻摇了一会儿，然后说："我都忘了！你想喝什么？咖啡？冰茶？帕尔夫人好像做了一个奶油蛋糕，要尝尝吗？"

"不用了，谢谢。我不饿。"我其实还挺想吃奶油蛋糕的。

"好的。请说一下你是怎么牵扯进案子里的，普罗克特女士。"

像所有的专业律师那样，他要求我证实他已经知道的事情。"她妈妈给我打了电话，"我说，"我很担心玛琳在这里遇到了麻烦。在那通电话中，我并不觉得她是因为担心女儿要杀自己而害怕。"

"可以说，你也是薇的证人，对吗？费尔韦瑟警长告诉我，他打算给你录口供。"他的口音是猎狼河那种慢悠悠的腔调，不过少了些上个时代的气息。他一定是主动去过语言学校矫正发音，一些地方对南方口音确实很不友好。我环绕四周搜寻证书的踪影，几乎每一位律师都会将它们裱起来，挂在墙上。找到了，在办公桌的右边，不过因为窗户玻璃的反光，我看不清他上的是哪所学校。"嗯，我今天早上录了口供。"我说，"他们应该会给你看我的证词。"

"再仔细点儿总是没错的，以防有人忽略了某些细节。请让我问一个尖锐的问题：你认为这个女孩儿是凶手吗？"

"我不知道。"我告诉他，"费尔韦瑟警长不让我和她说话，真是糟透了，因为我感觉……我感觉我们俩在那通电话中似乎有某种默契。至少足够让她幸存下来。"

"你确实救了她一命。"斯巴克斯说，"我们这里的警察并没有受过严格的训练。她是个幸运的女孩儿，特别是自从……"

"自从人们知道她和她妈妈之间有矛盾？"我插嘴说道，因为他好像想要暗示这一点。"我知道。"

"真有趣。"斯巴克斯说，他往前挪了挪皮革椅子，双手叠在一起。他异常整洁、摆放讲究的办公桌给我留下了深刻的印象。桌上只有一个文件夹，一座正义女神的微型铜像，她手持天平，双眼被蒙了起来；一套办公文具和一张皮质桌垫，看上去无可挑剔。笔筒里也只有一支笔，我不知道为什么，但我觉得很古怪。

"那么，让我们梳理一下，当玛琳·克罗克特打给你时，她好像很害怕什么人？"

"嗯，也可能是一些事情，她没有具体说。"我说。

"那你觉得呢？"

"她好像遇到难题了，可她不愿意告诉我细节，除非我亲自来找她。"

"但是你没来。"

"嗯。"

他轻轻地昂起头。"你为什么不来呢？"

我想过无数个为自己辩护的借口，但我说出口的是："老实说，我不想让自己卷入其中，特别是去年发生了那件事儿后……"

"嗯，我可以理解你想远离聚光灯的心情。"他并没有提到我在豪伊·哈姆林的电视节目上灾难般的表现，尽管我知道他一定看了那期节目。"我想你应该也担心这是不是只是一个想要诱导你来猎狼河的陷阱……毕竟这儿是个偏僻的小镇，你很有可能被抓住，陷入孤立无援的境地。"

"嗯……我确实有这个顾虑。"

"但是你现在没有这个顾虑了？"

我眨了眨眼。"玛琳死了，很明显**确**实有一些事情让她害怕。"

"但也并不意味着这就不是一个陷阱，只不过诱饵更大了。"赫克托·斯巴克斯往椅子后靠，低下头来盯着我看。他正想说些什么的时候，远处传来了有节奏的"砰砰"声，就像是有人在钉钉子。难道有人在敲打水管？他脸上闪过一丝不耐烦的表情，拿起以一个精确的角度放在书桌角落的电话拨号。"帕尔夫人？请你用对讲机让维修工小声点儿，谢谢。"他挂断电话后对我说："抱歉，这是一栋老房子了，总是要这里修修那里修修。"

"当然，"我说，"这是一栋美丽的房子，你把它打理得很好。"

"谢谢，打理这栋房子是我们家族的传统。"说到这儿的时候，他笑了笑，不过他很快严肃起来，"我只是想弄清楚薇·克罗克特在这个小镇里的情况。警方那边似乎想以一级谋杀罪控告她，并将她当成成人审判。如果我没有帮她找到证人提供不在场证明排除她的嫌疑，她是难以逃脱罪名的。"

"砰砰"声戛然而止，帕尔夫人真有效率。斯巴克斯先生显然放松了，"啊，终于安静了。普罗克特女士……我有一个不情之请。"

"什么事儿？"

"我想让你和薇谈谈。我会与你一起，她告诉你的所有信息都将受律师—当事人特权保护。在此情况下，你将是我的代理人，纯粹只是一个中间人而已。作为我的助手，我会给你一笔客观的费用，以感谢你帮我了解事件的全过程。"他摇摇头，慈祥的脸上流露出一丝苦恼的表情，"我担心的是她不喜欢我，但是只有我能帮她了。她和你说过话，事实上还向你求助。如果我还要帮她找不在场证明的话，我就没有太多时间去研究她的案子了。"

"猎狼河镇没有那么大吧？"我说。

"你不了解这个小镇。薇已经……声名狼藉了。这里的人们很喜欢对他人评头论足、拉帮结派。如果我不能快速为她找到证人，那么我可能根本无法让镇上的人出庭作证。"

我不想继续掺和这件事儿，我甚至不确定我是否真的想帮助薇·克罗克特。那通电话让我身心俱疲。但是她只有十五岁，而且孤立无援，此外他说得不无道理：像这样的小镇并不会原谅或忘记人们犯下的错。"斯巴克斯先生，这起案件可能会引起媒体的报道，我不想卷入其中。"

"可以理解，考虑到你……现在的名声。我向你保证只是一场谈话而已，之后一切就会结束，她的辩护工作由我全程负责。你觉得这样可以吗？"见我没立即回答他，他声音轻柔，缓缓地说，"她和你的女儿年龄相差无几。她现在被噩梦缠身，除了我的帮助，她什么都没有，孤立无援。如果我要给予她希望，洗脱她的罪名，甚至让她逃过死刑，就需要你的帮助。现在我手头仅有的信息就是她和她死去的妈妈待在一间房里，身上有她妈妈的血迹，杀死玛琳的那把枪上也有她的指纹。我想她应该没有向你说过任何话表明她是无辜的吧？"

我摇了摇头。"可即使是这样，你还是相信她是无辜的？"我问斯巴克斯。他神情谨慎，持中立态度。"我认为她有机会去证明自己的清白。"他说，"但她不愿意和我说话以帮自己脱罪。你是可以帮助她的关键人物。"

"我不认为警方会欢迎我去。"

"我可不认为你会在意警方的想法。我会带你进去的。如果你尽力了，但是薇仍然拒绝交谈，你也算是问心无愧，可以拿着我给你的报酬直接回家去。"

我想了想，然后问："你为什么会接她的案子？你一定知道如果你接了的话，整个镇子都会联合起来反对你的。"

他沉默了好长一段时间，然后缓缓地往前滑了滑皮革椅，椅子的弹簧嘎吱作响，他用一种我看不懂的表情看着我。"我没接，"他说，"是分配给我的。说实话，我宁愿不负责这起案件，可事已至此，既来之则安之吧！我们达成协议了吗？"

达成了。他从一本厚厚的皮革支票簿里给我写了一张一千美元的支票，我有种奇怪的感觉，感觉他买的不仅仅是我的时间。但是我不能拒绝这一千美元，特别是现在。我完全不知道他要怎么弥补这项支出，不过如果他愿意付这笔钱，我倒不会拒绝。此外，我也确实想让薇说出她的故事。我想知道发生了什么。于是我接过了支票。现在，我被雇用了。

"可以留下你的电话号码吗？"他问。我把号码写下来给他。我递给他的时候，衣袖卷了起来，他看到了我手臂上用马克笔写的电话号码。他挑了挑银色的眉毛。"那是我的电话号码吗？"

"以防我被警察拘留嘛！"我告诉他。

"想得真周全。我计划下午去见薇，"他说，"谢谢，普罗克特女士，感谢你的帮助。"

我离开时，帕尔夫人站在门厅里，就像是一个正在充电的机器人。她注视着我离开，我忍不住问："听说你做了奶油蛋糕，"我对她说，"我可以带走一些吗？"

她瞪了我一眼，没有回答。不过，我并不期待可以带着一份礼物离开，我只是想和她开开玩笑。忽然，她对我笑了笑，说："祝你有非常愉快的一天，罗亚夫人。"

"普罗克特。"我说。

"哦，对，我都忘了。"显然她是故意的。

门关上了，我不知道我们谁赢了。我皱着眉盯着那闪闪发亮的大门许久。那个女人有点儿不对劲儿，她不仅仅是古怪得让人不喜欢，我说不出她的问题所在。不过管她呢！在等赫克托·斯巴克斯的电话时，我唯一能做的就是回去和山姆谈谈，也许能弄清楚是什么让他那么焦躁不安。

我打给山姆时，他声音急促，但语气正常，我们的通话时间不长。在赫克托·斯巴克斯门外精心修剪的草坪上等了五分钟后，他就一个人开着越野车来接我了。我快速上了车。系安全带时，我盯着他，问道："你让孩子们自己待在旅馆？"

"嗯。"他说，"我需要和你谈谈。只是十分钟而已，格温。兰妮警惕性很高。"

"好吧！"我说，但其实我很担心孩子们，"私下谈话，听起来不像好事儿。"

他直奔主题。"格温……我想让你认真考虑一下离开静湖，因为米兰达不会放过我们的。"

"你听上去好像真的认识她一样。"他没有立刻回答。**你真的认识她？**"我吃了一惊，不知道作何感受。显然，我没有权力干涉他认识谁，不过那个女人……

"我认识她。"他低声说，我听得出来他很不愿意承认这一点。"我是结束上次的派遣任务回来后和她联系上的。她来机场接我，还有……和我商量如何处理考利的谋杀案。"

我的内心隐隐作痛，一股怒气涌上心头。我克制住了，或者说试图克制住。"山姆，如果你们曾是恋人，就直说吧！"我讨厌自己的忌妒，但是我不得不承认。

"不，不是那样的。"他急忙解释，"是这样的，我之前对你说过我也是那些在网上骚扰你的跟踪者之一。可我没有说过我具体做了些什么，是怎么做的。但她知道，她要利用这一点。"

"怎样利用？"

"毁灭我们。"他说。

我转过身，凝视他。"她做得到吗？"

他没再看我，把注意力转回到路上，我们拐弯来到大路上，离汽车旅馆还有五六个街区远。我却突然感觉这是一段很长的距离。

"她的仇恨就是个无底洞，她会做任何事情去填补她那空虚的灵魂，"他说，"是梅尔文让她变成这样的。她是个危险人物，格温。对你、对孩子都是。我希望你明白这一点，认真想想对策。"

"她会威胁到我们的人身安全吗？"

"说实话，我不知道。我感觉麻烦无处不在。现在不仅仅是我们两个要小心，而是万事都要小心。"

"我知道。"我说，"一直都知道。'360，365'。"意思是我们要360度全方位无死角地保持警惕，一年365天中没有一天可以松懈，这是我们之间的私人暗号。到目前为止，这也很好地保护了我们。"我感觉你还有事情瞒着我，对吗？"

"嗯。"说完，他深吸了一口气，"我还接到了一个在佛罗里达州的公司的工作邀约，他们在找一位随时待命的私人飞行员。薪水可观，福利也好。"

我的第一反应是深深的畏惧，他终于找到一个真正的理由离开我了，离开**我们**，我对自己这么想感到羞愧。我迅速地抛弃这种想法，说："恭喜，那你考虑接受这份工作吗？"我的语气像是在责问他一样，但我控制不了自己。

"没有，我没有认真考虑过，"他说，"直到米兰达出现。"

"你真的认为你到了佛罗里达州，她就找不到你了吗？她都跟踪我们到静湖了。"我转过头，看着摇摇欲坠、日渐衰落的猎狼河，景色一一从窗外划过。这座小镇散发出的绝望气息让我沮丧不已。"我说过我不会再逃跑的。"

"我知道，但是现在情况不一样了。"

"是吗？我连我那残忍剥掉了女人皮肤的凶残前夫都不怕，你认为我还会怕一位愤怒、悲伤的母亲吗？我说了我不会逃跑就不会逃跑。"我态度强硬，我感觉我现在不得不这样，因为不可否认的事实就摆在眼前，如果山姆真的接受了佛罗里达州的工作，如果他离开我们……我不知道那意味着什么。我们一直小心翼翼，不给我们拥有的东西贴上名字和标签，以至于我甚至都不知道我会失去什么，除了……一切。我哽咽道："山姆，我做不到离开或让你走，现在还不行。"

"我们可以以后再谈这件事儿。"他说。我知道他一定也在纠结，也许他比我更难以做出抉择。"话说回来，今早的会面如何？"

"很有趣。"我说，万分庆幸我们终于换了个话题，"我计划今天下午和薇·克罗克特的律师一起去见她。他在薇的口供方面遇到了一些麻烦，说不定我可以让她感到更加自在，说出更多信息。"

"这样啊，"他看起来并不激动，"所以我们明天才走？"

"嗯，"我顿了顿，"可以吗？"

"好。"他说。不知道为什么，我感觉他在撒谎，至少他向我隐瞒了一些重要的事情。"跟你谈谈兰妮一定会让你高兴起来。我已经尽力了，但是分手这种事儿……"

"做妈妈的更擅长处理？"我说，"或许吧。"我没有告诉他，对我来说，我唯一一次心碎就是为我以为我爱的第一个男人。在我前夫可怕的背叛之后，其他伤痛都不足挂齿了，也没有什么能比那更伤人。

尽管如此，山姆可能要离开带给我的伤害还是堪比梅尔文对我的伤害，还有他和米兰达·泰德维尔之间……不管他们曾经是什么关系。我怀疑他在其他方面也对我撒了谎。山姆通常不会说谎，不过当他真的说谎时，他可以做到一点儿破绽都没有，这让我心烦意乱。

我们经过了今早吃早餐的麦当劳，拐弯驶进汽车旅馆停车场。我们停好车，之前停在这儿的大部分车都不见了。我猜那些露营者和按小时租房的夫妇已经去了森林。5号和6号两间客房的门是关着的，不过我可以看到孩子们的那间房的窗帘在动，让我悬着的心放下不少。现在这种情况，让他们独自待十分钟都显得十分漫长。如今我四面楚歌，而我也不再知道敌人是谁。

我们几乎同一时间开口。"山姆，我不知道……""抱歉，我……"

我们都安静了，等着对方说话。他没有说话，于是我接着说："我现在甚至都不知道我是否想要搬离静湖。孩子们……才刚刚开始安定下来，还有……"我声音逐渐减弱，他点点头。"我并不是让你拒绝那份工作。如果是你喜欢的，你就应该勇敢去追求。我不会阻挠你的。"

我在他回答之前下了车。我不想听到他的答案，我径直走向孩子们的房间，敲了敲房门。正当我准备敲第二次时，门开了。兰妮扑进我的怀里，我搂着她一起走进去。"我很担心，"说完，她抽了抽鼻子，"你离开了很长一段时间。"

"我没事。"我告诉她，把她往后推了推，打量她。她要么是一直在哭，要么就是在努力克制自己。她的脸看上去肿肿的，神情悲伤。我又抱了抱她，抚摩她丝绸般的头发。"你了解我，我不会离开你。即使你想让我离开，我也不会离开的，因为我是最烦人的妈妈。"她轻轻地笑了声，抱得我更紧了。我看了看康纳，他仰起头，在笔记本电脑后面静静地看着我们。"嘿，孩子，"我说，"你怎么样？"

"我没事儿，"他说，"我又不是崩溃的那个人。"

"说话不要那么刻薄。"我责备他。

"就是，"兰妮说，然后转向看他，身子依然靠着我，"说话不要那么刻薄，混蛋！"

"你也是。"我轻轻地打了一下她的头，"不要再这样说你弟弟了。"

"她一整天都是那样儿，"康纳说，"我才不在意。"

但他还是在意。我在监狱里等待接受审讯时，他和兰妮就是彼此的一切。甚至到我回来时他们还十分亲近。他们不得不互相支持，因为世界与我们为敌。我知道总有一天这一切会结束的……但不能现在结束。我不能接受。

"不管怎样，这个镇子真的很奇怪，妈妈。这个小镇形成是因为人们在这里设陷阱，捕杀熊和狼之类的动物，然后他们有了一个铁矿。一些历史记载说，这里也曾有盗贼团伙，他们会在森林里伏击、抢劫路人，并把受害者的尸体埋在森林里。"

"好吧！"我坐在床沿，也就是康纳撑着电脑的地方，"这是个有趣的背景。你搜到什么近期的新闻了吗？"

"三个女人失踪了。"他说。他小小年纪就对名词特别敏感，他没有掉进把成年女人称作女孩儿的陷阱，也没有把她们称作**女性**。我很喜欢他这一点。"还有一些年纪更小的受害者，她们可能成功逃跑了，也可能没有。还有消失的残骸！妈妈，快看！"

他将笔记本电脑转向我，脸上洋溢着喜悦，他总是对这一类事情感到莫名的兴奋。那是一个讨论超自然现象的网站，报道的是最近在猎狼河附近发生的毁灭性车祸——两辆车迎面相撞。一位猎人在山上目睹了全过程，但是等到他的手机有信号可以报警并跑到案发现场时，车辆残骸已经消失不见了，也没有尸体。路边留下的车胎痕迹看得出车祸已经发生了好几天。文章提到了当地的一个传说：1940 年有一场致命的车祸，导致数人死亡，从那以后，一辆幽灵般的汽车就一直在公路上出没。奇怪，玛琳也向我提到过残骸。

"这是什么时候的事儿？"

"上周，"康纳回答，"几年前也有同样的传言，说一辆幽灵汽车在同一条路上行驶。一些人认为那些失踪的女人在车上。或许是那辆幽灵汽车把她们带走了。"

"认真的吗，康纳？"兰妮一脸不屑地说，"你现在相信幽灵了？"

康纳恼羞成怒，"说得好像你没在半夜对着镜子说三遍血腥玛丽似的。"

"我没有！"

"我看到了！"

"住嘴！"这次，轮到我大声吼他们。我怒视着他们，直到他们把视线转开。"够了！康纳，谢谢你。我不确定这辆幽灵汽车能帮上什么忙，但一切皆有可能。好了，你们两个……"

"我想拿回我的笔记本电脑。"兰妮说。

"行行行，还给你。"康纳不耐烦地说，"是时候轮到你做些有用的事了。你目前做的所有事情就是向大家哭诉你那个愚蠢的朋友不再喜欢你了！"

兰妮的脸色一下变得煞白，随后又变得通红。她夺过电脑，冲到隔壁房间，大力地甩上门，以至于地板好像都震了一下。我转向康纳。"你有必要这样说吗？"我问他。

"啊，我说的都是真的。这几天以来，她一直闷闷不乐，弄得就像她才是这个世界上唯一的人一样。我受够了！"

"你记得她发现你和爸爸打电话之后的情形吗？"我问他，"她做了什么？"

他看向别处。"但是那不一样……"

"没有什么'但是'。她发现你去见他之后，她是怎么做的？"

他的声音变小了。"她来救我，帮我逃跑，保护我的安全。"

"她为你而战，亲爱的。她是你的姐姐，她会一直保护你，你也应该保护她，即使你对她不太满意，你也不能伤害她。"

"她先开始的。"

"现在受伤的是她，所以别再纠结了，好吗？"

他点点头，双臂交叉，一副戒备的样子，不过我了解我的孩子，我看得出来他正在思考，为自己刚刚的行为感到后悔。我给了他一个大大的拥抱，在他的耳边轻轻说了声"谢谢"。

"她还是那么笨。"他咕哝道。

"有时候她有犯傻的权利，你也是。但现在我需要你支持她，可以吗？还有，谢谢你帮妈妈搜集资料，这些资料一定会有用的。"我完全不知道这些资料能有什么用处，不过了解多一点儿有关猎狼河的背景信息总是利大于弊。如果玛琳真的看到了一些事情——一些真实发生的事情——那么我们就有东西可以调查。"听着，我现在要去看看能不能和她谈谈。"

康纳点了点头。我恳求地看着山姆，他说："康纳，中午得有人帮我一起买午餐。走吧，我们出去转一圈儿。"

"没问题。"康纳爬下床，跟着山姆走了。关门时，山姆给了我一个眼神。我用口型说了句"谢谢"，他点点头。我们还有很多问题要讨论，但他对孩子们的爱对我来说是无价的。

我敲了敲连通门，没有回应。于是我走出 6 号房的门口，用钥匙打开了 5 号房的门。关门时，兰妮发出一声沮丧的声音，转过身，背对着我。"你想和我谈谈吗？"我问她。

"有必要吗？你都不在乎。"

"我很在乎，你知道的，亲爱的。"

她正在轻轻地抽泣，我假装不知道。但我确实为她感到难过，同时我也知道她要跨过这道坎儿。她要变得更加坚强，避免自己下一次、下下次再受到伤害。

我躺下来，躺在她的旁边，她转过身钻到我怀里。我轻轻地抚摩她的头发，安慰她一切都会没事儿的。她就像受了伤的孩子一样号啕大哭起来。我问她："你今天和戴丽雅说话了吗？"

"没有。"她说，"也不是没有。她就给我打了个语音电话，没有像她说的那样用视频通话。她现在……现在甚至都不回复我的短信了。她的妈妈……她妈妈不想我再去找她。"她哽咽了，"是因为她不想戴丽雅和我玩儿吗？"

"我不知道，"我告诉她，"也许吧！但或许这一切都与你无关，或许是因为我，因为纪录片的事儿。如果是的话，兰妮，我感到十分、十分抱歉。我一定会尽力让事情好转起来的，好吗？"

她强忍眼泪，点了点头。过了一会儿，她咕哝了几句我没有听清的话，于是我问她说了些什么。她说："我怎么还爱过我的爸爸呢？我怎么了？我怎么可以那样做？"

我的心一阵绞痛，痛苦又朝我袭来。我知道她的感受，我每天都会问自己这样的问题。我抱紧她，说："他是你的爸爸。我们都爱过他，至少有一段时间爱过。那黑暗的一面只属于他，我们根本不知道。你什么问题也没有，知道了吗？"

"嗯。"她起身，向浴室走去。我听到她抹鼻涕、洗脸的声音。从浴室出来时，她看起来平静多了。"抱歉。"

"没关系。对不起，宝贝，现在情况不太好，我真希望我知道该如何让事情好转起来。"

她颤抖着，发出一声长长的叹息，"我要做些什么让自己不去想那些事。我可以和你一起行动吗？我不想自己待在这里。"

"不行，兰妮。我下午要去监狱。"

她一下子精神起来，"你的意思是，你要去见薇·克罗克特吗？"

我真希望我什么都没有说，"嗯。但是……"

"我可以帮忙！"

"不，亲爱的。对不起，我不认为你可以进去。"

"但是我可以当你的助手！我可以记笔记。"

"不行。"我告诉她。我是认真的。

"真的？真的吗？你就这样让我待在这里，然后像个……像个小孩儿一样干等？就像康纳那样？薇和我一样大，妈妈！她需要帮助！我想要帮她！"

"你可以帮助她，"我说，"我向你保证。但不是……"

"我要和你一起去，"兰妮打断我，"我不想再和你争论了。"

我知道这种语气代表什么。我感到懊恼，因为我想结束争论时也会用这样的语气。兰妮从床上下去，走进浴室，关上门。我听到水声，她应该在洗澡。

关着的连通门传来敲门声。我打开门，是山姆和康纳买完午餐回来了。他们买的是快餐。镇上除了一家看起来专门为当地人服务的小餐馆外就没什么饭店了。我并不想带上兰妮去见薇，绝对不行。

汉堡吃到一半时，我的手机响了。我起身去接赫克托·斯巴克斯的电话。"我已经安排好见面了，"他告诉我，"费尔韦瑟警长不是很高兴，但我认为这是个好主意。如果薇感到舒服自在的话，一定会给我们透露更多信息。显然，与你在一起时她要更加放松。"

我深吸一口气，在说服自己不要这样做之前，我说："我女儿要和我一起去。"

"你女儿？"

"她叫亚特兰大，15岁，和薇差不多大。我想如果她也在，可能会对我们有帮助，薇也会更放松。"

"你不担心……让你的孩子听到薇说的话吗？"

"更糟的她都听过，"我告诉他，"相信我。"

"好吧，反正我是绝对不想让我的女儿牵涉进来。不过……我们谈论的是一个孩子的生命。他们肯定会将薇当作成年人来审判，而且田纳西州是有死刑的。"

"我们会去的。但先说清楚：我的女儿不会开口说话，全程只有我说话。她只是我的……助手。"

"明白，"他说，"谢谢你，普罗克特女士。我总算松了口气。下午三点他们会在拘留所等我们，到那里的车程大概是半个小时，我会在那里等你。"

我看了看时间，已经一点了。我转过身，看着我的家人：山姆被康纳说的话逗笑了，他充满爱意地看着我的儿子；兰妮在不耐烦地挑着汉堡上的生菜，发尾还滴着水；而康纳眼中的光芒告诉我，他正在热情地谈论他关心的事情。

"到时见。"我对斯巴克斯先生说。我希望我做的事情是正确的。此时此刻，我所能做的就是祈祷自己没有犯严重或致命的错误。

第十章

格温

　　山姆欣然同意我们一起出发。我们还在房间里时，他就去退房了。说实话，他似乎有点儿太急切了。但是和他一样，我也觉得这家汽车旅馆给人一种压迫感。康纳找到了一家叫猎狼河森林小屋的旅馆，距离森林更近。名字听起来不错，图片看起来也很舒服。

　　图片没有说谎。猎狼河森林小屋坐落在离猎狼河大约 5 英里的地方，是一个中等大小的乡村小筑，房间很大，窗外就是令人惊叹的森林景色，还有一位热情的老板。他似乎很乐意接待我们。一到我们的房间，山姆就把我拉到一旁，进行了一场简短的交谈。

　　"我要带兰妮一起去。"我告诉他，这是第一件事儿。"相信我，我认为这有必要，否则我也不会这样做。现在，兰妮要感受到自己能帮上忙。"我看得出来，山姆不是很喜欢这个决定。不过他没有反对，而是说："把你的电话给我。"

　　虽然感到困惑，但我还是照做了。他递给我一个新的手机。我皱眉看着新的手机，又一个一次性的手机。"这是为什么？"我问道。

　　"是时候换号码了，"他说，"我可能有点儿过于担心那些摄制团队了，但我们已经有好长一段时间都没有换号码了。你信任我吗？"

　　"当然。孩子们也换了吗？"

"嗯，我已经帮他们换了。我帮他们预存了他们可能会打的号码。我也帮你存了我、康纳、兰妮、凯姿、普雷斯特、哈维尔、麦克，还有你妈妈的电话。"

"我还要存一下斯巴克斯和费尔韦瑟的号码，"我告诉他，"以防万一。"

山姆把旧手机递给我，我把他们的号码存到新手机里，然后把旧手机还给山姆。"你会把手机扔掉吗？"我问。他点点头。"山姆……出什么事儿了？"

"现在还不能告诉你。"他说，然后看了看拿着的手机，"今晚再说吧！"

我看了看时间。他说得没错，如果想要准时赶到监狱的话，我现在就应该带上兰妮出发了。前提是斯巴克斯给我们的地址是正确的。我敲了敲连通门，兰妮打开门。她重新化了妆，精神看上去要比之前好太多了。"要出发了吗？"她问道。

"如果你准备好了的话。"

"我准备好了，"她向后看了一眼，放低音量说，"顺便说一句，康纳给我道歉了。"

"他并不是故意要伤害你的，至少不是想让你那么难过的。"

"我知道，"她叹着气说，"他就像棵仙人掌，妈妈。"

"就跟你一样。"

她咧嘴笑了，我忍不住也笑了。"家族遗传吧，"她说，"不过你更像带刺的铁丝网。"

"太对了。"说着，我举起手想和她碰碰拳头。她翻了翻白眼。"你现在不觉得这样很酷了吗？"

"走吧，"她说，"康纳说山姆要带他去森林里散散步。"

"你确定你不想和他们一起，而是……"

"拜托，我化了妆的，你说呢？"她说得没错。在这样的热天里走半英里，她那精心涂抹的眼影和眼线就会被汗水晕成一团，脱妆成花脸大猫。"那就出发吧！"

前往拘留所的路上，我不禁再一次质疑自己的决定。尽管我女儿强壮又能干，但她还不是成年人。如果说去年那件事儿，包括和阿布萨隆以及梅尔文的接触教会了我什么，那就是我的孩子们是勇敢的、聪明的，但他们不是总做明智安全的事情。这很可能是从我身上遗传的。

拘留所的安保措施要比猎狼河警察局更严格，我要向一名警卫出示身份证，才可以拿到停车许可，让他放我驶进停车场。停车场里至少还有另外三十辆车，大部分看上去都很破旧。我尽可能地停在最前排，然后转过身对我女儿说："听着，从现在开始你要打起十二分精神来，知道吗？这不是一场游戏，而且也有一定的危险性。"

她缓缓点头："我知道。"

"真的？"我注意观察她的表情，"我不是跟你开玩笑，兰妮。你要听我的话，听警卫的话，听律师的话，不可以反驳或犹豫不决。如果有任何问题的话，你要注意自己的安全，不要为我出头，清楚吗？"

看得出来我吓到她了。很好，她现在就是需要感到害怕。她没有说话，只是再次点点头。"好，"我说，"下车吧！不要让我后悔带你来这儿，好吗？"

我们从停车场走到拘留所厚重的大门前，路程不长，但天气炎热，我们都出汗了。接待中心里灯火通明，前台有整个房间那么长，让人生畏。柜台由旧木材制成，还有防弹玻璃从台面一直延伸到天花板。只有一扇窗户是开着的。前面有四个人在排队，轮到我们还要一阵子。我没有看到赫克托·斯巴克斯，也没有看到费尔韦瑟警长。我们拿到了号码——其间柜台后的女人一直用怀疑的眼神盯着我的女儿——然后坐到了一张长凳上。很快就轮到我们了，我们被带到柜台尽头的一扇门前，门嗡嗡作响，上面的告示写着**"门响时再拉，否则会触发警报"**。我不禁思考是不是常常有人触发警报，频繁到都要他们贴上告示。

费尔韦瑟警长在走廊上等着我们，他看起来并不高兴。看到兰妮和我在一起，有那么一瞬间他似乎十分生气。但这种情绪没有维持多久，他向我们两个点点头。"普罗克特女士，请问这是？"

"兰妮。"我回答。

"她的助手。"兰妮说，她想刺激他，让他反驳。他注视了她很长时间，然后看向我，眼神中透出责备。"这不是孩子应该来的地方。"

"奇怪，你把一个和她一样大的女孩儿关在这儿了，"我反驳他，"如果我们想要薇敞开心扉，如实告诉我们屋子里发生了什么事情，我女儿说不定会有用。"

"你觉得你的女儿可以听那些话吗？"

我眼睛都不眨一下，说："我向你保证，警长，她会没事儿的。"

他没有再和我争吵，并不是因为他可以如愿阻止兰妮，而是因为就在这时，我看到赫克托·斯巴克斯正从走廊的另一端向我们走来。他只穿着衬衫，没有穿大衣，看起来出了不少汗。"你来了。"说完，他顿了顿，我留意到他看向了站在我身后的兰妮。一秒钟过后，他的注意力转回到我身上。"请到这边来，我们的探视时间有限。"

"为什么？"兰妮抢先问。

"我还有其他预约。"斯巴克斯说，他这样说有点儿奇怪。显然，与这件让一个十五岁女孩儿的生命岌岌可危的案子相比，其他案件一定没有这么紧急。我还没来得及问，他就转身走开了。我们只好跟上他的脚步，费尔韦瑟警长却没有跟来。

"我一会儿要和你谈谈。"他冲我身影喊道。我高举双手，表示我听到了他说的话。如果他给我打电话，肯定找不到我。相反，我要主动给他打电话。说实话，我倒更希望这样。

我们沿着长长的、笔直的走廊向上锁的大门走去，左边的办公室都是敞开的——房间里没有窗户，只有桌子和文件柜，一丝生气也没有。没有毛绒玩偶也没有家人的照片。我认为这是明智的，严格遵守公事公办的原则，阻止员工建立任何私人关系，尤其是与囚犯建立私人关系。但这种氛围让人感到压抑。

来到门口，另一边的警卫给我们放行了。这是一个气闸室，另外一边还有一扇门，里面的警卫由一间防弹办公室保护着。虽然这个镇子很小，也不发达，拘留所却守卫森严。我们穿过门，右手边是一排单人间牢房。第一间里面是一位穿着亮黄色连衣裤的老妇人，她脸朝墙，在床铺上睡着了。

薇·克罗克特在第二间牢房。她在一张又小又窄的床上坐着，看到我们时，她慢慢起身。她的目光定格在赫克托·斯巴克斯身上，然后看向我，最后看向兰妮。兰妮站得比我离牢房还远一英尺。说实话，薇·克罗克特看上去身心俱疲。我知道那种眼神，既困惑又麻木。她黑黑的头发看上去乱糟糟的，但眼睛是我见过的最清澈的绿色，比任何事物都要清澈。我不知道接下来会发生什么，现在我甚至不敢猜测。

一个警卫一直跟到我们这里。"好了，"他说，"你们三个都退后，站到那面墙那边，不要动。"

我很高兴兰妮立马就照做了，我比她还慢了半步，但是赫克托·斯巴克斯似乎并没有听懂指示。警卫向薇的牢房走去，准备开门，他不得不停了下来又向律师重复了他的指令。斯巴克斯也过来和我们一起靠墙站着。我感觉这是他第一次被别人告知他要做什么。

"你们都听着，"警卫站在薇的牢房旁对我们说，"我要打开她的牢房，给她戴上镣铐。我会比你们先进入审讯室。整个过程中，你们都要站在我身后十英尺远的地方，而且一直都有视频监控。如有违反，我将会立即把你们驱赶出去。"

"明白。"我说。

"她的镣铐会锁在审讯室的桌子上。不允许你们走到桌子的那一边递给她任何东西，或者是以任何形式触碰她。听懂了吗？"

"嗯。"我说，我的女儿也附和着。斯巴克斯不慌不忙，最后也同意了。

我们照章办事。我在前头走着，我不想兰妮过于激动，也不想让斯巴克斯自大地认为凭着他的律师身份就可以破例，因此他们都跟在我后面。我全程都确保警卫和我之间保持着大于十英尺的距离。这并不难，因为在地板上每隔十英尺就会有一个标记。警卫在另一扇门前停住了，我身体一僵，兰妮几乎撞到了我身上。

"嘿，小甜心，"在我们右手边的牢房传来一个声音，"你真是个小可爱！"

兰妮向我靠了靠，牢房里的女人轻柔的南方口音让人瘆得慌。毫无疑问，这句话是对我的孩子说的。"看起来你挺享受的。"

我没有看那个囚犯一眼，直接说："闭嘴，否则我会把你的舌头拽下来。"

"我的天，你个婊子，你冷静点儿。"这个女人生气地说。我转过头来看她。她是个白人，一头浅色金发，衣衫褴褛，蓬头垢面，瘦得像骷髅一样。不难看出，她犯的罪与毒品有关。"坐下。"我告诉她。我的语气和眼神一定是震慑到她了，因为她举高双手，退到了栏杆的后面。我进过监狱，知道怎么对付这种人。再也没有人骚扰我的孩子。

尽头的门打开了。穿过这扇双层门后，我们来到了一个小房间。薇是我们看到的第一个人，她的双脚已被镣铐扣住，铁链拖在地上，手腕也被桌子上她那一边厚厚的金属扣扣着。

警卫又向我们重复了一遍空洞又无聊的规则，说完他就锁上门离开了。我们这边的桌子后有三张椅子，我坐在离大门最远的一张椅子上，让兰妮坐在中间的位置。薇先是注视着我，然后又看看兰妮。她忽略了斯巴克斯，就像他不存在一样。我在她的眼神中看到一丝异样的情绪。也许是愤怒，也许是希望。总之是一些发自内心深处的感情。

"克罗克特小姐，我是赫克托·斯巴克斯。我们之前谈过话的，记得吗？"斯巴克斯说。他没有得到任何回应，她就像是聋了一样。"我觉得，我在说话，但是你假装没在听。我今天带来了一个人，你应该认识她，她可以帮助我们。"

突然，她的视线转向他。"走开。"她说。

"他不能离开，"我告诉她，"他是你的律师。如果他走的话，我们也要离开。"

她不喜欢斯巴克斯也在场，我看到她脸上闪过一丝暴躁，随后又恢复面无表情。"好吧。"说完，她往后靠了靠。她的锁链在桌子上发出"哗啦"声。她抬头看着头顶的某个地方，我等着，但她再也没有出声了。

"我可以问你一些问题吗，薇？我想知道你身上发生了什么，还有你的妈妈身上发生了什么？"我问道。

"你听到了，"她说，依然看着我头上两英尺的地方，"我知道你听到了。"

"一部分吧，我只听到了你打给我之后发生的事情，我需要知道之前发生了什么。"

薇的视线转向我，几秒钟过后，她看向兰妮。"这是你的女儿吗？"这个女孩儿的声音很平静，正常得让人感到奇怪。

"嗯，"我说，"她今天来帮我。"

"帮什么？"

"记笔记。"兰妮说。她把手伸进背包，拿出纸和笔，写下日期。她的手在颤抖，如果她语气也一样颤抖，那就糟了。"继续说吧！"

"你们都不是这附近的人。"薇说，她有着我和我女儿都没有的流畅、冗长的田纳西口音。"你们来自哪里？"

"我们时间不多了。"兰妮想回答时，我阻止了她。我不想让这个女囚犯知道更多我们的信息，那是完全没有必要的。"你妈妈去世的那天发生了什么，薇？试着回想你那天早上醒来时的情景，然后把你记得的事情告诉我。"

我尽可能友善地说，因为我试着去理解薇，也相信她一定是受到了惊吓与创伤，才会面无表情，一点儿情绪上的波澜也没有。我不想让事情变得越来越糟。我想警察肯定不会这么体贴。

薇什么也没说。她只是摇摇头，低头看着自己的脚，乱糟糟的头发掉落下来，挡住了她的脸。

"我向你保证，我会尽力帮忙的，"我的声音更加轻柔，"你跟我说的任何话都不会被法庭当作证据，只会被你的律师记录下来以帮助你。没事的，你可以信任我。"

我不知道她听没听到我的话，她几乎没有反应。她轻轻摇晃着，就像是寒风中的柳树。我感到脖子后面起了一层鸡皮疙瘩。

突然，兰妮说："这是个错误的问题，对吗？"

我给了她一个眼神，希望能让她理解**不要诱导证人**这条规则，但她的话起作用了。薇又再次看向我们，不，看向了兰妮。她甚至还将脸上的头发往后拨了拨。"你说得没错。我没有醒来，因为我根本就没有睡觉，我那时在河附近的分水岭。"

"哪一条河？"我问。

"猎狼河。附近没有别的河。"

"有别人和你在一起吗？"我问。

"没有。"她说，我知道那是谎话，因为我看到她那双清澈的绿眼睛迅速看向别处，随后又继续盯着我的女儿。我不喜欢那种眼神，一点儿也不。"嗯，或许还有其他人吧，不过我们都没有留意对方。我们在做自己的事情，仅此而已。"

"那你在做什么？"兰妮问。我咬住自己的舌头，抑制住想要让她保持安静的冲动，因为我有种很强烈的预感，那样我将一无所获。

但即使是兰妮问了问题，穿着囚服的薇也只是无动于衷地耸耸肩。赫克托·斯巴克斯饶有兴趣地观察着这一切。他透过眼镜专注又好奇地看着薇·克罗克特。说实话，这种眼神让我不太舒服。而她完全忽视了他的存在，就像是练习过一样。

"那么，"我说，"告诉我那晚发生了什么吧，一直说到你发现你妈妈去世为止。"

我原以为她会一声不吭，她最后却说："我去玩儿了。泰勒从一个缺钱的老女人那里买了羟考酮[1]，我吃了一些。莎伦带了一瓶不错的威士忌和几瓶伏特加，我们生了一堆火，围坐在一起喝酒。迪奇带来了点儿冰毒，但是我没吸那东西。"她似乎极有优越感，"然后，泰勒那个白痴要我和他做爱，因为我吃了他的羟考酮。之后我就在火堆旁躺下来了，药片和威士忌让我飘飘然。等我清醒过来，泰勒和莎伦已经不见了，火堆也熄灭了。"

---

[1] 一种强效镇痛药。

听着与她差不多大的女孩儿这么随意地谈起性交易，我的女儿瑟缩了一下。

"那你之后做了什么？"我问。薇又耸耸肩，比上一次更加无动于衷。

"去学校玩儿了一会儿，"她回答我，"然后我觉得无聊了。"

"你去哪里了？"

"哪里也没去。"

"猎狼河没有那么大，"我说，"你没有那么多可以去的地方，试着回想一下吧！"

她翻了翻白眼。"在一个废弃的玻璃工厂玩儿了一下，我在那里有睡袋和其他乱七八糟的东西，我不想上学的时候就会去那里。"其他东西，我想应该是一些囤起来的药片，或是酒，或是两者都有。

"那里有其他人吗？"

"没有。"

"所以你当时在干什么？"兰妮问。薇突然笑了。她的笑容让我感到震惊，因为那笑容看上去太……正常了。就像是她们两个正在进行一场友好的谈话一样，周围都没有铁栏杆，她们当中也没有人被以弑母罪控告。"我在那里寻开心，亲爱的。我在那里喝酒，吃了最后一片羟考酮，"她说，"就兴奋了一会儿。"

我不喜欢这个答案。"然后呢？"

"走路回家，工厂离家不远。"她再次别过脸，我看不到她的表情，不过我猜她应该还在笑，我强压下心中的疑虑。"我看到妈妈躺在地板上，她身旁就是枪。我猜应该是他们做的，就像她想的那样。我把枪捡起来，因为我听到外面有声响，就开枪了，想要警告他们离开，我害怕他们会像杀死她那样杀死我。"她大笑起来。**大笑**。"我不知道那是邮递员，我也没有射中他。"

"费尔韦瑟警长说你身上有血。你可以告诉我你是怎么沾到那些血的吗，薇？"她没有回答我这个问题，她僵住了。于是我跳过这个问题，因为时间有限。"你说**他们**，说的到底是谁呢？"

薇摇了摇头。"妈妈从没有真正告诉过我，只是说有些事情不太对劲儿，她需要帮助。我从来没有太把她说的话当回事儿。她总是疑神疑鬼的，她是那种喜欢阴谋论的人。"她缓缓地说，听上去有些难过，我不禁想她是不是感到了一丝后悔。

我又问了几个问题，但薇看起来已经累了，几乎昏昏欲睡。她要么就是简单地用一个字回答，要么就是摇摇头，即使是兰妮也无法让她打起精神来。

最后，赫克托·斯巴克斯说："普罗克特女士，我想我们也差不多该结束了，我还有别的事情要做。"就像是我们阻止了他去做一些更加重要的事情一样。一股强烈的怨恨感油然而生，但是我不得不提醒自己，事实上，他现在是我的上司，我要遵守职场规则。他向守在外面的警卫点点头，警卫给我们开门。然后斯巴克斯起身，走向外面。兰妮犹豫了，坐在椅子上看着我。

我们没有时间了。我尽可能地把身子靠向桌子的另一边。"薇，你要告诉我真相。是你杀了你的妈妈吗？"

她慢慢转过头，把头发梳到后面，脸上没有一丝微笑。"没有，女士，"她说，"我不会那样做的，她不是一个坏女人，大部分时间她都不在家。"

我不知道是否应该相信她，也不知道我应该看向谁，或者说应该看向什么。

"你真的没事儿吗？"兰妮问薇。

薇伤感地向兰妮笑了笑。"这是我睡过最好的卧室了。"

这不禁让我感到难过，因为我肯定她是认真的。

"该走了。"帮我们扶着门的警卫不耐烦地说。

兰妮和我起身，准备离开。离门口还有几步远时，薇说："等一下，你叫兰妮，对吗？"我和兰妮转过身面对她，薇的身体向前倾，她抠破了一个指甲，一滴红色的鲜血涌了上来，她抬起手指，让它顺着皮肤滑下来。

我本能地挡在她和我的女儿中间——即使她戴着镣铐。

"我知道你是谁，兰妮。"薇说，她跳过我，盯着兰妮看，"你爸爸是个强奸杀人犯，人人都知道。他们很可能认为你也是坏人。"

"所以呢？"值得赞扬的是，兰妮的声音并没有颤抖。

"你应该知道这种感觉。我明明没有干这件事儿。我不是乖女孩儿，可我不是杀人凶手，我不会杀我妈妈的。不像……"一瞬间，她的眼睛盈满泪水，但她没有号啕大哭。她眨了眨眼，泪水从她脸颊滑落。我不禁思考她是不是天生就是个演员，可以说哭就哭。"屋里很黑，我被绊倒了，跌在她身上，所以我的身上才会沾到血。我将我的手指伸进了她的伤口。"这像是一记重拳，她深吸了一口气，低下头，看起来很痛苦。"这就是那天发生的事情，你想知道的事情。这就是真相。"

"普罗克特女士，"门外传来警卫严厉的声音，"走吧，**现在**。"

我向薇点点头，带着兰妮离开了。我依然走在兰妮身后，充当着她和薇之间的屏障，我还是无法确定我是否应该相信那个女孩儿。

"妈妈？"走到牢房和走廊间的气闸室时，兰妮转过身问我，"你觉得她是在说谎吗？"

"说什么谎？"斯巴克斯问，他在看他的手机。

他太忙了，错过了薇最后说的话。我说："如果你需要一些为薇辩护的证词，她说她在黑暗中被玛琳的尸体绊倒了，跌倒在玛琳身上，所以她的衣服上才会有血迹。"我告诉他，"如果你不是那么急着赶去下一个会议的话，你就不会错过这条信息。"

他眨眨眼，说道："普罗克特女士，她不是我唯一的客户。"

"你还有别的客户将会以谋杀的罪名被送上法庭吗？"

他愤慨地直起身。"你这样说就不公平了……"

"无辜的人被关在这样一个鬼地方才叫不公平，"我打断他，"找一下喷射状的血迹吧！"

"什么意思？"

"近距离用步枪射击会让血液在外来的巨大冲击力下飞溅出来，形成喷射状，肉眼是几乎无法看见的。如果她没有在那么近的距离内射杀她妈妈，她的皮肤或衣服上就不会有这种血迹。"我顿了顿，压低声音继续说，

"她说她跌倒在尸体上了，又把手伸进她妈妈的伤口里。她能把手指放进伤口，也就是说，那一定是相当近距离的射击。子弹应该就在附近。"

"谢谢，"他记了笔记，"你是怎么知道这些的？"

"我了解很多事情，特别是法医鉴定方面。"

我问他薇提到的她案发前天晚上遇到的人，他说他会展开调查，但我有些怀疑。"斯巴克斯先生，"我问道，"你真的会为她而战吗？还是你只是应付工作罢了？"

他盯着我看，在他鼻梁上架着的那副文质彬彬的眼镜后面，他的眼神……冷冷的。我常常听到人们将律师比喻成鲨鱼，不过我很少见到如此坦率的人。他眨了眨眼，那种眼神消失了。"我会尽我最大的努力。重要的是我们要相信她是无辜的，不是吗？"

是吗？说实话，我真的不知道。

斯巴克斯接了一个电话，他的通话麻利、简短。而我回过头看向审讯室，薇·克罗克特的镣铐从桌子上解下来了。她抬起头，看向我。那一瞬间，我便知道了答案。

我知道薇·克罗克特没有杀她的妈妈，并且我对自己的判断十分自信。我不喜欢这个孩子，她是个问题少女，而且她对我女儿奇怪的好感也让我极度不安。但是我现在看到的薇只是一个受到惊吓的女孩儿，她以奇怪的、不可预测的方式去应对这一切，因为她正经受深深的心理创伤。我看得出来。

"普罗克特女士？"不知什么时候，斯巴克斯站到了我旁边，我没有听到他走来时的脚步声，这吓到了我，我向后退了一步。我知道他注意到了，但他没有道歉。"你现在有什么打算？"

"和我的孩子们还有山姆，离开这个小镇。"我告诉他，"我说到做到，我让薇和你谈话，你现在也已经知道了她的故事。"

他看上去松了一口气，这是我没有预想到的。我原以为他会渴望更多帮助，但他并没有向我求助，只是点了点头。"好的，开车注意安全，"他说，"普罗克特女士，祝您好运。"

"你也是，"我说，"你觉得她有多少胜算？"

"比她妈妈的要大。"他说。

我不喜欢他的回答，不喜欢他的心不在焉。一个十五岁的女孩儿理应得到更多帮助，兰妮的表情告诉我她和我有同样的感觉。斯巴克斯走在我们前面。兰妮看着他的背影，问："我们不一定非要今天离开，对吗？"

我没有回答，内心却想着或许我们的确可以再逗留一段时间，直到我们弄清楚一些事情。问题在于，这个小镇里没有人会欢迎我的到来，或者说随我而来的麻烦。

从牢房区出来沿着死气沉沉的走廊返回时，我并没有看到费尔韦瑟。接待中心也不见他的踪影。我和兰妮回到车上，在开着空调等待车内热气散走时，我拿出新手机，拨了他的号码。

"费尔韦瑟。"他接了电话。

"普罗克特，"我回答，"抱歉，这是我的新号码，还没来得及告诉你……"

"您想得真周到，女士，不过情况变了，我被调职了。"

"调职？"我的大脑一片空白，"但是……你才刚刚开始调查。"

"遗憾地说一句，有时候事情就是这样。证据越来越多，真相也即将水落石出。除了薇·克罗克特，我们没有别的嫌疑人，考虑到这一情况，我的队长要我去调查埃莉·怀特的绑架案。几个小时后我就得离开猎狼河。"

"但是……"

"普罗克特女士，我知道你对这桩案子多少有一些私人感情。但是不管你对我说什么，你的口供都无法让我相信薇·克罗克特没有杀她的妈妈，反而只会让我更加确信她是凶手。"

"她刚刚告诉我她在黑暗中被她妈妈的尸体绊倒。"我脱口而出。我知道我不应该透露这一点的，这是律师与客户之间的信息。但出于某种深层次的原因，我不想让费尔韦瑟放弃这桩案子，至少不是现在。"这就解释了为什么她的衣服上会有血迹，这也是为什么她会捡起枪朝外面的噪声开枪。她被吓坏了，警长。"

他沉默了一会儿。"你想过这可能是她为脱罪想出来的借口吗？"

"想过，当我和她打电话时……"

"你说她听起来心不在焉，就像是她不在乎她死去的妈妈一样。"

"我知道我这样说过，但冷漠无情可能是受到严重惊吓的应激反应。还记得克萨斯州那个女孩儿的案子吗？她家人都被一个入侵者杀死的那个？她的反应机制是跑去喂农场里的动物。人们都有自己的反应机制。我想薇的就是封闭自己的感情。不利的一点是，她当时可能嗑了药，且处于醉酒的状态，不过这正好能解释她不同寻常的反应。"

"或许吧，"他说，"不过这都是你的猜测而已，我只相信证据。"

我稍稍侧了侧身子，不敢看向我的女儿。"如果我找到证据，你会继续调查吗？"

"我不能对你做出什么承诺，我还要找一个失踪的孩子。薇·克罗克特的官司可能打不赢，你知道的。"

"也许吧，"我同意他的话，"但我不是那种会放弃的人。"

他听上去像是被我逗笑了。"是的，我当然看得出来。不过我还是不能做出任何保证。"

"你和玛琳的同事谈过话吗？"我问。

"玛琳基本上都是一个人在修理厂里工作，她的工作就是接听电话和做一些文书工作，"他回答，"那里没有什么证据。她在镇里不受欢迎，朋友也不多。"

"为什么？"

"她女儿是一方面原因，不过在此之前，她的祖父在二十世纪六十年代骗过很多人。"

"**祖父**。"我强调了一遍。

"这是个小镇子，"他说，"这种事不会那么轻易被遗忘。"

"我想，你之所以被安排负责这起案子，大概是因为田纳西州调查局对猎狼河警察局的办案能力毫无信心，这个女孩儿仍然需要你的帮助。"

回答我时，他的语气变得严肃。"那就让上帝帮她吧！还有你。如果你想听听我的意见，我会说，放手吧，格温。这个镇子不是好地方，从来都不是。我的建议是……不要待在这里。"他顿了顿，继续说，"我有警徽和法律傍身，但我也不会留在这里。这个镇子堕落了，走吧！"

他挂断了我的电话。我坐在车里思考着，车内的温度慢慢下降，冷气吹在我们身上。我的女儿转向我，问："他根本就不想帮她，对吗？"

"我不知道，亲爱的，"我回答，"我真的不知道他在想什么。"

下午四点的猎狼河镇中心并不是特别热闹。除了少数商店，大部分店铺都已经关门。街上人不是很多，大部分都聚集在我们前往玛琳工作过的修理厂时经过的一家餐馆附近。我不需要看修理厂的名字，因为只有一家——这是一栋用煤渣砖建成的摇摇欲坠、相当大的建筑。关着的闸门上写着不工整的"修理厂"三个字。这地方的窗户不是特别多，用灰色的迷你百叶窗遮挡着。从前面的一扇大窗户上贴着的价格表看得出来，一种老式轮胎仍然是他们的推荐商品。

"这修理厂看上去已经废弃了。"兰妮说。但是窗户上风吹日晒的牌子依然写着"正在营业"。我看了看手表，离下班时间还有一个小时。"你留在这里，"我告诉她，"把车门锁上。"

"老规矩，"她的语气很刺耳，"我可以做你的后援，你知道的。"

在一个陌生的地方，走进一个满是危险的洞穴，还要面对一群动机不明的人……不，我不能让她涉险。"如果我十五分钟内没有回来，打电话给山姆，"我告诉她，"如果有人以任何理由试图让你下车……"

"打给山姆，行啦，我知道了。"她打断我，"妈妈，你带了枪，对吗？"

"离开监狱时我就拿上了，"我打消她的顾虑，"我不会有事儿的。锁上车门待在车里，我很快就回来。"

在越野车外等着车门锁上时，我扫视了一遍街道。我们已经来到了城镇的边缘，离六号汽车旅馆大概有几英里远。一切看上去都很正常。于是我退后，又看了一遍。

街上还有另外一辆越野车，停在离我们几个街区远的法院附近，显得与这里格格不入，特别是在这傍晚时分。去森林一日远足的游客已经回来，那些露营者也应该已在森林里扎营。那辆车看上去像是租的，很干净，擦得亮亮的，车窗是暗黑色的，几乎无法让人看到里面的情况。我安慰自己，那可能只是游客的车，但我总觉得事情有点儿不对劲儿。

我不能仅凭一辆车就妄下定论。我转身向修理厂大门走去，轻轻推开门，走进一片黑暗中，扑鼻而来的是一股陈旧的机油、铁锈和霉菌的味道。我眨了眨眼。办公区域狭小又普通，头顶的灯光也很昏暗——一张肮脏的木质柜台，一台固定在柜台上的二十世纪七十年代的旧收银机，窗户下的一张木质长椅就是全部的东西，没有类似咖啡机或饮水机之类的现代设施。监狱看上去都要比这里更有人气。

我没有看到人，柜台上也没有呼叫铃。我走向前，向前倾。柜台后有一扇可以通向车间的门，能看见里面的灯光也十分昏暗，并不是一个适合做精密工作的地方。或许门开着会更好，这样阳光可以照到里面，我不禁怀疑他们隔多久才会开一次门，因为这个地方的味道闻起来就像是一座废弃的建筑物，恶心的下水道还会回水的那种。

正要出声询问时，我听到了说话声。在我右手边是通向工作区域的一扇普通木门。我推了推门，开了。我原以为它会嘎吱作响或是有警报响起，可一点儿声响都没有。

绝对是有人在说话。我面前的墙上写着"工作区域——小心台阶"，旁边还有一个头戴施工头盔的卡通工人用手指着标语，看上去就和这个地方一样古老。我意识到声音是从左边传来的，便看向那边，发现接待区后面还有一间办公室，那里有另外一扇门通向工作区。那扇门现在关上了，不过透过翘曲不平整的缝隙还是能看到一些灯光。

我朝那边走去。走得近到能听清他们说话时，我便停住了脚步。

"……那个天杀的女孩儿走漏了风声，"一个低沉刺耳的声音说，我不知道他是谁。"你说她是知情的。她对那个贱人说了什么？"

"那个贱人"一定是我，"天杀的女孩儿"一定是薇·克罗克特。从某种意义上说，这是我意料之中的事情：现在整个猎狼河小镇一定都在谈论薇、玛琳或我对这起事件的干涉，但他的话还是让我警惕起来。

"不知道。"另一个男人说。他的声音听起来很熟悉，我好像在哪里听到过，然而我想不起来了，可能是在警察局。"那些县里的白痴不会监听，因此我们也不知道。"

"你就不应该让他们把她转到拘留所的，韦尔登。"

"我没有选择！是那个田纳西州调查局的男人，是他做的。如果我可以让她留在这里的话，现在早就完事儿了。"

现在又有另一个人讲话了："各位，不要自乱阵脚。我们会没事儿的。说不定薇根本没有说什么对我们不利的事情，玛琳知道最好不要乱说话，不是吗？"

"好吧，"叫韦尔登的男人苦涩地说，"她肯定是忘记了，否则她一开始为什么要给那个陌生人打电话呢？现在我们又要多对付一个臭女人了，还有她的男朋友和孩子。真是一团糟。卡尔，这本应该是一件简单的事情。"

"但这现在也很简单，"卡尔说，他的语气听起来就像是习惯了掌控大局，"这是可控的。"

"好吧，那么，你最好尽快处理好这件事儿。"最先说话的人说，还没有人提到他的名字。"我们的钱什么时候到账？"

"明天或后天，"卡尔说，"我和你说过，钱要过一段日子才能到账。如果你不想被追查到的话，还要经过三到四家离岸银行的处理。"

我的大脑一片混乱。**他们在说什么？什么钱？玛琳知道什么？**

不重要。我偷听到的已经够多了。我得和兰妮离开这个鬼地方，现在就走。我退回门那边，轻轻推开，但门撞上了什么东西。是一个六英尺高的男人，他穿着油腻的汽修工工作服，擦着手上的机油。他比我高几英寸，身材却几乎是我的两倍，袖子下的二头肌看起来很大。他的脸大部分隐藏在黑暗中，因此我更多地注意到他的身体特征。这个镇子里大多是白人，他也是，看起来切割金属似乎会是他的爱好。"你在这里干什么？"他语气尖锐地问我，"顾客是不允许来这里的！"

"我只是想找个人帮帮我。"我说，挤出一丝微笑。我不确定这样是否有用，他的肢体语言处于防御状态。"你可以帮我吗？换机油要多少钱？"

这是我想到的最合理的借口了。管用了，他放松地退后了几步，让我回到接待区。"你要找……"他瞟了一眼柜台，一脸冷酷。我不知道原因，直到他说，"对了，最近没人在柜台工作。你得找老板了。"

"谁是老板？"

"考尔先生，"他说，然后他提高音量，"嘿，老板！这里有位女士想找你！"

这是我最不希望发生的事情，但是我逃不掉，汽修工挡在我和门之间。我试着走过去，但他挡住了我的去路。我听到身后传来脚步声，沉重且急促。

"普罗克特女士。"是我在那间办公室最先听到的声音，低沉又刺耳。

我转身面对这个名叫考尔的汽修厂老板。他和他的汽修工几乎一样高，但他要瘦点儿。他是个瘦高个儿，只有一些乡下人才有这种身材。他看上去年纪更大，六十岁出头，一头白发，这本可以让他瘦长的脸显得柔和一些，但是并没有。他的脸要比我想象中苍白，蓝色的眼睛就像洋娃娃一样。他在微笑，不过我看得出来他只是皮笑肉不笑，那笑容没有一丝感情在内。他确实有感情，只是被隐藏在那双眼睛后面。

"考尔先生。"我边说边向他伸出手。他没有和我握手，于是我缩回手。

"你等了很久？"他问。言下之意是问我有没有偷听到他和办公室里其他两个人的谈话。

"没多久。"我就回答了这么一句话，让他自己琢磨是什么意思吧！我等着看他会怎么做。我清楚地意识到，如果没有一场战斗，我是很难逃离这里的，或许连活下来都很难。我拔枪速度很快，但即使我以最快速度拔枪，也可能会在他们向我开枪之前倒下，考尔需要做的就是示意我身后的汽修工给我一个熊抱。不过我有一张底牌。

"你为什么来这里？你的汽车出故障了？"他在耍我。我听到汽修工从我身后走开了，可能是在看窗外。我留意到考尔那双怪异的蓝眼睛从我身上转到汽修工身上，随后又转回到我身上。天啊，他们知道我的孩子在越野车上。我了解兰妮，如果不是我、山姆或者康纳，她是不会给任何人开车门的，但是他们也可以打破车窗把她拖出来。他们会那样做吗？就在街道上，在众目睽睽之下？"我听说玛琳·克罗克特曾经在这里上班？"

"所以呢？"

"我只是来这里问问，她是否提到过她女儿薇威胁她。"我说，我知道考尔会接受这个简单的答案，我的回答没有让他失望。

"玛琳对那个该死的女孩儿怕得要死，"他说，"她们一家子一点儿家规也没有，也没有一个男人在家。薇想干什么就干什么——吸毒、酗酒、卖淫。这是大家都知道的事实，不信你可以随便找一个人问问。"他咯咯的笑声听起来就像是刀子在刮水泥。

"谢谢，"我说，"警察已经来问过相关的问题了吗？"

"那是我的事情，你最好离开这里，"他说，"罗亚夫人，回家时注意安全，路上可是很黑的。"

我转身背对考尔，向汽修工走去，他仍然堵在门口。我没有停住脚步。汽修工的眼神越过我，眯着眼睛看向考尔，最后他让开了。我走出昏暗的修理厂，来到干净的阳光下。那处地方，那种气味，铁锈和机油，污水与腐烂。还有那些胆大包天、恐吓威胁我的男人。当然，我提供给律师的证词与他们的不同。我可以感到危险正在靠近，他们正在密谋着什么。我们需要离开这里。

现在就走。

我用钥匙打开车门，坐进车。十秒钟内，我就已经扣好安全带，发动引擎，把车倒到主街道上。考尔说得没错，森林里天黑得很早。我看到他拉开了百叶窗，正透过窗户看着我们。我看了看身后，那辆黑色的越野车还停在几个街区远的地方，现在街的另一边又停了另一辆车。我看了看，它们没有跟着我们。

"妈妈？"兰妮看着我问，"有什么事儿不对劲儿吗？"

"所有事儿。"我告诉她。

就在这时，我的电话响了，是康纳。他告诉我山姆被逮捕了。

第十一章

山姆

旅馆老板告诉了我们一条安全、挑战性不大的最佳徒步旅行路线，用不了几个小时就可以回到旅馆。起初，康纳似乎并不感兴趣，尽管他很高兴可以跟我出去。不过事实证明，森林的宁静恰恰是他需要的，而且这一份宁静也缓解了我内心的不安。到处可见绿色的植物、新鲜的空气、若隐若现的阴影和悦耳的鸟鸣声，森林的一切都有能让人忘掉所有烦恼的魔力。我安慰自己，我的担心只是庸人自扰罢了。

沿着小径走了一会儿后，我停下脚步指给康纳一条几乎看不见的蛇，我让康纳靠近观察它——蛇是无毒的，否则我不会让他靠近。蛇逃跑了，没有一丝生气的迹象。我们继续前进。

"真酷。"康纳说。

"嗯。"

"我想养一条宠物蛇，一定会很有趣。"

"没问题，"我说，"但你知道你要用它在森林里吃的东西喂它，虫子、老鼠之类的。"

"我可以去湖边抓，"他说，"问题不大。"

我试着猜了猜格温的态度，可我猜不出。不过如果康纳真的感兴趣，即使意味着家里会有活老鼠，她也很可能会百分之百地支持他。可兰妮大概不会那么容易接受。我不去想他们姐弟间可能发生的争斗，或者说不可避免的"拯救老鼠运动"。

我在思考这个问题时，康纳说："我可以问你一个真的问题吗？认真的？"

"假的问题怎么问？"

他看了我一眼，告诉我他并不觉得好笑，他是认真的。"你和妈妈会一直在一起吗？"

"嚯！"

"你能告诉我吗？"

"伙计，如果我有个好答案的话，我会告诉你的。"

"不要说这问题很复杂，一点儿也不复杂。你要么爱她，要么不爱她。如果你不爱她，你就不应该让她产生错觉。"

我想着他说的话，沉默地走了一段路。康纳默默地指着小径旁的一只青蛙，它眼都不眨地盯着我们。我们从它身边走过时，它跳进了落叶堆里。"好吧，"我最后回答他，"这一点儿也不复杂。不过很难回答，你知道为什么，对吗？"

"嗯，因为你妹妹。"他说。

"你妈妈不能忘记那件事儿，我也不能。所以……从长期来说，我们会在一起吗？我希望吧，但是我不能向你保证。"特别是现在，特别是米兰达带着那不堪回首的往事像下水道的污水般卷土重来，想要摧毁我们时。

"好吧，你应该保证的，"他说，"这样不管发生什么，你都会留下来。你不能食言。"

我的心一下被攥紧了。"我也想这样，"我告诉他，"那事情就会变得十分简单，因为我爱你的妈妈，也爱你和你的姐姐。"

"但是你没有做出承诺。"说完，他踢了踢旁边的一块石头。

"现在还不是时候，"我说，"周末再问我吧！"

他给了我一个奇怪的眼神，警惕起来。"为什么？周末会发生什么？"

我说："天知道会发生什么呢？"

他推我一把，我也推了他，他罕见地清脆地笑出声。"你真有点儿傻，你知道吗？"他说。

"只是有点儿吗？"我做了一个仓促的决定，"来吧，跟我来。"

"但是，"我转向时，他指着前方犹豫地说，"我们的路在那边儿。"

"我知道，"我说，"走吧，让我们也放肆一回。"

我们走了大概十五分钟，康纳发现了一只鹿，兴奋地说起话来。我把一根手指放在嘴唇上，示意他安静，然后蹲下身子，慢慢朝灌木丛走去。他学着我的样子，紧紧地跟在后面。离鹿越来越近，我的动作越来越谨慎。我不禁想是否有人带这个孩子去打过猎。打猎是我在青少年时期唯一将我和我养父联系起来的事情。然后我又想这样做是不是一个好主意，因为会不可避免地让康纳想起他父亲梅尔文的罪行，还有梅尔文杀人的方式。这孩子经历过太多死亡了。

我们在灌木丛中蹲伏着观察那头鹿，看它咬断地上的植物，并且用蹄子刨来刨去以获得更多的食物。它是一头漂亮的母鹿，我们只观察了它一阵子。它走开时，我们站起身。我留意到一条很少有人走的新的小径，通往另一个方向，路边没有官方标志，更像是一条探险小径。

"我们可以走那条路吗？"康纳指了指那条路问。

"当然，"我说，"但如果我们迷路了要怎么办？"

他从口袋里掏出一个指南针，它挂在一串钥匙上。钥匙串上有一个挂钩，方便他挂在皮带环上。"往东南方向走。"他说。

"为什么？"

"这是一场测试吗？"

"是的。所以呢？"

"因为离我们最近的是旅馆，而旅馆现在就在我们的东南方，对吗？"康纳的方向感和空间感很好，不错。"你包里有什么？"

"能量棒、手电筒、水、地图、急救箱，还有一本书。"他说，"我知道你没有叫我带上书。"

"带上书也没有问题。我们找个好地方坐下来看书吧！"

我的背包也很轻便：里面有指南针、食物、水、这一区域的地图，还有一本加里森·凯勒尔的精选集，不过我没有告诉他。我还带了一把9毫米口径的格洛克手枪、一把猎刀、一套口袋捕鱼工具箱，还有一张隔热毯，以防我们晚上被困在这里，在战场的经历让我学会一件事：如果你还没有准备好应对外面的情况，最好的选择是待在原地不动。虽然这片森林看似并无危险，但是我从来不做任何它完全安全的假设。这一点我和格温很像。

　　沿着探险小径走了大概三十分钟后，我闻到臭味，一股强烈的甜酸味从喉咙深处涌了上来。康纳也闻到了，他捂住鼻子。"那是什么？"他问，"是臭鼬吗？"

　　"希望是吧！"我说。随着风向改变，味道也消失了。微风从四面八方吹来，我拐了个弯儿，试图再次找到那股味道。然后那股味道就像平底锅一样，直接击在我脸上：炎热、油腻、令人作呕。不是活的或死的臭鼬，要比臭鼬难闻。

　　我们已经偏离了原定路线，于是我停下来。"康纳，看一下地图。"我告诉他，他顺从地从背包里拿出地图。"标记我们现在所在的地方。"

　　他照做了，我查看他做的标记。我们距离猎狼河很近，它是一条更大的河流的分支。在这个季节，它只是一条流量暴涨的小溪；而在雨水泛滥期间，它有一定的危险性。来旅馆时，我们经过了这条河。现在天空湛蓝，万里无云，但是在上游几英里的地方可能会发生洪水。我们一定不能掉以轻心。

　　"我们会找到它吗？"他问，"那个死了的东西？"

　　"你想找到吗？"

　　他说他得仔细想想，随后他点点头，说："嗯。"

　　"你知道我们找到的可能是一些很可怕的东西，对吗？"

　　"我知道。"他说，我也确信他知道。他已经长大了，明白如何使用搜索引擎，还会趁格温不注意，关掉手机的家长监管模式。他抬头看着我。"但我觉得这么做是对的。我的意思是，我们找到的可能只是一只动物，可如果不是呢？毕竟这个小镇有人失踪了。"

　　如果格温知道了，她一定会恨我的，但是我并不打算将这个勇敢的男孩儿看成一个瓷娃娃。"那好，"我告诉他，"你一路都得在地图上标记我们的路线。"我拿出马克笔，在我们沿途经过的树干上一一做标记。这里的树木坚实，不过底下的灌木丛很稀疏，我们可以穿过去。我们的行进惊动了小鸟，它们拍打着翅膀，尖叫着飞走了。树木沙沙作响，几乎淹没了它们的叫声。天色逐渐暗下来，为确保安全，我让康纳停下来，拿出手电筒，同时我也拿出我的手电筒。灯光像手术刀一样划破黑暗。我调大手电筒的亮度。手电筒光照不了很远，但是我喜欢观察两旁的情况。

除了树木沙沙作响和已经远去的鸟鸣声，周围一片寂静。没有汽车的鸣笛声，没有飞机的声音。越往里走，我们就越孤独。我开始担心野生动物的攻击。死尸会引来食腐动物，特别是熊。但是我们并没有走得很远，也没有看到熊，只看到一只斑点小山猫，我看到它的那一瞬间，它就马上逃走了。

味道越来越浓烈，不过我一开始并没有看到尸体——或者说我没有认出它的真面目。它就躺在猎狼河岸边，任由绿色的河水拍打着。我想了一会儿，觉得那是一只鹿，因为形状展开得极其不自然，而且即使在两个手电筒的照射下，看上去也是黑黑的。但是鹿不会穿凉鞋，而且暴露在外的白牙齿也不会戴上牙套。

"退后，"我告诉康纳，然后走到他前面，"退后十步，马上。"

"那是……"他的声音都颤抖了，"那不是……尸体，对吧？"

"康纳，按我说的去做。往后退十步，不要看。"我用手臂捂住鼻子和嘴巴，走近了一点儿。尸体是女性，没有穿衣服，只穿了一双鞋子。我猜是有人逼她走到这里的。或许她求他让她把鞋子穿上，他大发慈悲同意了。我在附近没有看到散落的衣服。我不知道她是怎么死的，不知道她长什么样子，甚至不知道她是哪个种族的人。尸体已经肿胀扭曲得像好莱坞的怪物道具，不过还是可以看得出来她有一头金发。她的一绺头发被扯了下来，缠在附近的灌木丛上，灌木丛在溪水中轻轻摆动着。有动物来过这里，当我看到尸体旁边有多少蛆时，我立马站起身。它们像是一支军队在蠕动着，苍蝇到处都是。她的眼窝空空如也，直直地盯着漆黑的树木，就好像在寻找天空一样。

"山姆？"康纳的声音更加颤抖了，"山姆？"

我回到他身边，他把手电筒关掉，呼吸急促。我让他转身面对我。"康纳，听我说，深呼吸，可以吗？这是一件好事儿，幸好我们来到这里发现了她。现在我们要做的就是原路返回，向警察报案。"

"是有人杀了她吗？"他在发抖。我把手放到他的额头上，他整个人又湿又冷。我拿出隔热毯裹住他。"是有人将她留在这里了吗？就像我爸爸……"

"也许根本不是那样。"我说谎了，因为我觉得他需要这种安慰。"她可能是迷了路的登山客，然后心脏病发作。但现在她不再是一个人在这儿了，这是不幸中的万幸，对吗？"

这让他镇静了不少，他点点头，裹紧了毯子。

"好，那我们现在沿路返回吧！"我告诉他，拿出手机查看信号。只有一格，很不好。但回程途中，我还是试着打了"911"。康纳认真地查看地图，仿佛地图是 GPS 导航一样。他现在一定没在思考。我打开手电筒自带的紫外光，查看留下的标记，这样我们就能清楚地知道该往哪里走。

"猎狼河警察局，您有什么紧急情况？"接电话的人问我，声音像鬼魂一般十分微弱。信号实在差极了。

"我发现了一具死尸，"我告诉她，"就在猎狼河的南岸，离猎狼河旅馆大约两英里。"

"我听不清您的信息，先生。请问您可以重复……"

电话断线了。**该死**。我又打了一遍，是同一个人接听的电话。"我要报案，我发现了一具女尸，在猎狼河，离……"

"先生，请问您贵姓？"她打断我。

"山姆·凯德，离森林小屋旅馆大约两英里。"

"那个人还有呼吸吗，先生？"

我回想了一下肿胀变黑的皮肤。"没有了。"

"你试过心肺复苏吗？"

"没有，尸体已经腐烂了。"我知道他们会问这些问题，但很让人恼火。和康纳一样，我也看到了让人作呕的尸体。不过我不像他，我见过更糟糕的情况，而且是亲眼所见。"我们正返回旅馆，你派人来旅馆吧。我会带他们去找尸体的，我在路上做了标记。"

我挂断电话。把手机放回口袋时，我听到了树枝折断的声音，然后是"沙沙"声，那边一定是有些什么东西。可能是一只熊。

我不动声色地叫康纳停下。他浑身颤抖，隔热毯窸窸窣窣，我无法让他不害怕。我慢慢放下背包，拿出手枪，收起手电筒，蹲下，康纳也照做。我将手指放到嘴唇上，康纳脸色惨白，抖得更厉害了，但还是点点头。

我先注意到的是枪击，因为我旁边的那棵树爆裂开来，其中一些碎片还砸到了我手臂上。树木应枪声倒下。与此同时，我意识到我们碰到大麻烦了。我抓住康纳的手臂，把他拉到右边一棵高大奇异的橡树下，保证他的安全，然后叮嘱他："待在这里，趴下，知道吗？"

"是有人开枪了吗？"他在发抖，有点儿恍惚地问。

"不要动。"我命令他。我要引开射击者的注意力，康纳现在太不镇静了，他受到了惊吓。"康纳！明白吗？"

他点点头。我走到一棵树旁，寻找着射击者脚步声，但什么也没有听到。那个朝我们开枪的人现在正躲在暗处一动不动，等待时机。

因此我给了他一个射击目标，我脱下我戴着的那顶霓虹橙的帽子，像扔飞盘一样扔了出去。帽子飞了足足二十英尺，然后突然改变了飞行方向，以某个角度掉落在地。我没有看到把帽子打飞的子弹，但片刻之后我听到了枪声。

他是一位神枪手，不过他动作迟缓。或许他开的第一枪有点儿太快了，他一定是肾上腺素过多，才仓促开枪，子弹还差几英尺才能射中我的头部。如果他没有失手，我应该早就一命呜呼了。

我又看了看康纳。我讨厌就这样把他留在一旁，任由他发抖，但我别无选择。我得转移枪手的注意力，对付他，因为他威胁到了我的孩子，**我的孩子**。我从来都没有像这一刻这么强烈地感受到这种感觉：无论付出什么代价，我都要保护康纳。这就是我的感受，它深深地扎根在我的内心中。

我弯下腰，跑向下一棵树，我打赌枪手不擅长快速精准地开枪。事实证明确实如此。他开枪晚了，射中了我身后的树。在这棵树和下一棵树之间有一片茂密的灌木丛。我趴在地上，像作战时一样匍匐前行，把重心放在前臂和脚趾上。我行进得快且安静。转弯儿时，我爬起来，蹲伏着。面前是一片茂密的树林，从另一边看起来似乎不可穿越。但从我这边可以很清楚地看到对方的情况。于是我迅速调整位置，扩大我的视线范围以看清他的样子。

我看到了。有两个人隐藏在树林里，他们不像猎人那样往脸上涂上亮橙色或穿上同样颜色的背心。他们是狙击手和观察手，不想被留意到。我突然想到他们可能有从军的经历。如果是那样的话，观察手现在就会开始扫描周边环境。正如我想的那样，小个子的那个人缓慢而谨慎地扫视周围。我没有动。我有信心他不会发现我。

我折断了一根树枝，一根小树枝，声音听起来就像是田鼠或地鼠弄出来的。之后我又用靴尖踩了踩地面，故意制造出一些"沙沙"声。

观察手要掩护狙击手，这也是他的工作。他走过来检查情况。对我来说，在有掩护的情况下射杀他们完全没问题。我相信格温也会这么做，但我如果这么做，就不会知道派这些混蛋来杀我们的是谁。

我静静地等待着。等到那个男人经过时，我向右走一步，把枪管抵在他脖子上。他僵住了一秒钟，已经足够让我踢他的膝盖使他跪倒在地。"趴下。"我警告他，随后夺走他的步枪。紧接着我转过身，向他那位正瞄准我的朋友开枪。我连开三枪，子弹径直朝那人飞去。显然，我在警告他。他身材高大，满嘴络腮胡子，我希望他有点儿判断能力，弄清楚情况，放下手枪投降。

但他并没有这样做，相反地，他朝我举起枪开枪了。他盲目地开枪。既然他做出了这个选择，我也别无他法了。我一枪爆了他的头，眼都不眨一下。我看到他的眼睛眨了眨，随后翻了过去。接着他整个身体变得瘫软无力，一阵抽搐后，他瘫倒在地，当场死亡。

我转过身面对他的朋友，此时这人一动也不动，他意识到了情况不妙。我把枪管对准他的后脑勺，他的头发嘶嘶作响。"不要动，明白？"

"知道，知道，当然。"他说。他平趴在地，双手伸展开来。我从后面开始搜他的身，然后命令他翻身，用依旧发烫的枪口顶着他的额头，同时搜查他有没有其他武器。他颤抖着。当我搜查完毕，往后退时，他晒黑的额头上留下了一个小小的、完美的红色圆圈。

"你是海军吗？"他用本地口音问我。

"空军。"我告诉他。

"该死，没想过他们在飞行学校还会教这些东西。"

"你当过兵？"我猜道，他点了点头。我问："谁派你来的？"

"谁说是有人派我来的？"

我耸耸肩，说："就我所知，现在还不是对孩子开放的狩猎季节。"

"伙计，我们把你当成一头母鹿了，仅此而已。"

"胡说，一定是有人派你来的。"

"你杀死了特拉维斯？"

"如果你在说你的朋友的话，是的。我别无选择，"我说，"他死了。"

"那就去你的吧！我什么都不会告诉你的。"他是个健硕、坚强、三十岁左右的退伍兵，但是他的眼睛已经满含泪水，我看得到那双眼睛背后燃烧的愤怒。"你刚刚杀的是我的表弟。"

我又将枪对准他，说："谁派你来的？"

"去你的！"他的态度更强硬了，悲痛有时候会让人们变成这样。我原以为失去同伴能让他说出实话，可相反，他变得铁石心肠起来。或许警察可以从他口中套出些线索，但我不可以。

忽然，我听到了金属"噼里啪啦"的声音，我朝声音传来的方向转过头去。康纳已经丢掉了他的毯子，正穿过树木朝这边走来。我举高一只手示意他停在那里，再次拿出手机拨打"911"。我告诉警察发生了一起致命枪击案，我抓到了一个人，正用枪对着他的头。我希望这会让警方有所行动。

"这样做对你没有好处。"那个人对我说。"911"的接线员让我不要挂电话，我照做了。我将电话放在我旁边的地上。"为什么？"我问他，"你上边有人吗，伙计？"

他一直瞪着我。我感到他的杀意就像蒸气一样散发开来，他真的很想杀掉我。"不是我，"说完，他突然露出牙齿，咧着嘴笑起来，"特拉维斯是**警察**，你他妈的残忍地杀了他！我看到了，你这个狗娘养的杀人凶手！"他提高了嗓门儿。

"他没有杀任何人，"康纳说，"是你想杀我们。"

"孩子，你疯了吧！为什么两个在外打猎的人会想杀你？你简直疯了！"我意识到发生了什么，他想让该死的接线员录下这一切。

我弯腰挂断电话，但是已经太迟了，我们完蛋了。毫无疑问，我可以指出特拉维斯也朝我开枪了，我那顶被射飞的帽子也是证据，但这种情况下的疑点利益总是会归于本地人和警察，而特拉维斯两者都是。我再次将枪口对准我抓到的人，问："你叫什么？"

"滚开。"

"好的，我这就滚开。我告诉你接下来会发生什么。你最好给我说实话，因为如果你不说，我就会朝你开枪。不管是州警察还是联邦调查局，我会尽最大的努力向他们证明你是被别人雇来杀我的，你就是个骗子。如果你不聪明点儿，你就会被判二十年以上的监禁。快说，到底是谁派你来的？"

他紧闭嘴巴，低下头，狠狠地瞪了我一眼，他的表情告诉我，他永远不会合作，不管付出什么代价，他都不会配合我。他应该是收了很大一笔钱才会守口如瓶。也许是因为如果他坦白了，下一个目标就是他。也许两者都是原因。

康纳说："我们现在可以回旅馆了吗？"他听起来筋疲力尽，身体也十分虚弱。

"抱歉，不可以。我们得在这里等着。"我告诉他，"裹上毯子，注意保暖，好吗？坐下来吃点儿东西。"

他点点头。几分钟后，他就着水壶里的水吃了一根能量棒，看起来好多了。他将自己裹在毯子里，看上去就像一根用锡箔包着的闪闪发光的玉米卷饼。这一切又再次刺痛了我。他只是个孩子。仅仅一个下午的时间，他先是看到了一具恐怖的死尸，随后被枪击，现在又目睹了一场谋杀案。即使他没看到我向特拉维斯开枪——我希望他没有——他也知道我杀了特拉维斯。我本应该保护他的，我们本应该在树林里散步的。

我想象得到格温会对我说什么……这让我想起来最好给她打个电话，现在就打给她。不过她没有接我的电话，我被转去了留言信箱。我没有留言，因为我暂时还不知道要怎么告诉她这件事儿。如果她看到我的未接来电，她会回电话的。

希望她平安无事。如果有人想对付我和康纳，那么格温和兰妮也一定不会幸免，这个想法让我极度不安。我应该早点儿想到这一点的。不过就像康纳一样，我的脑子现在一团乱。我刚刚杀死了一个男人。我在战斗时的冷静与专注力在慢慢减退，只是呆呆地看着眼前的情况，不知该如何是好。

回我电话，格温。 但她没有。我想告诉她我已经尽力了，我想告诉她……告诉她我爱她，可是我没有这个机会。

警察到来时，我放下枪，跪倒在地，双手放在脑后。有人把我踢倒在地，我的膝盖一阵阵剧痛。喊叫声此起彼伏，躺在地上的男人也在大喊大叫，指控我是一个冷血的杀人犯，指控我杀了他的表弟。我看不见康纳，只能祈祷警方不要粗暴地对待他，这是我现在唯一能做的事儿了。除此之外，我什么也做不到。

我听到康纳喊道："放开他！"他沙哑的声音让我感到很愧疚。

我朝声音传来的方向转过头。"嘿，"我喊道，"康纳，别喊了。放轻松，没事儿的，一切都会没事儿的。"

"你杀了一个警察，你这个混蛋。"警察说，"信我，这事儿没完。你会被判死刑的，闭上你的臭嘴。"

突然有人打了一下我的后脑勺，我感到整个世界都天旋地转起来。我试图让自己清醒，视线却越来越模糊。在我跌落悬崖，坠入黑暗前，我最后的牵挂是康纳的安全。

第十二章

格温

回到旅馆时，情况一片混乱。停车场里有四辆警车、两辆救护车，还有一辆没有标记的车。我的心怦怦直跳，口干舌燥。兰妮一直问我一些我也不知道该如何回答的问题。我把车停好，迅速下车，快步跑回旅馆，兰妮追上我，问："妈妈！妈妈，发生什么事儿了？"

我不知道，一切都让我感到恐惧。

我被一位穿制服的警察挡住了——他个子高大，怒视着我，帽檐下的脸上表情阴沉。"你不能进去，"他告诉我，"旅馆被封锁了。"

"我儿子在哪儿？"我知道我应该更冷静、更有逻辑些，可我无法控制自己，"康纳·普罗克特！他在哪里？"

"退后。"他命令我，但我没有听从他的指挥。他向我走来时，我们撞了个正着。他停住了。他知道他不得不靠武力让我往后退，他只是在想情况会变得多么糟糕。

"妈妈！"兰妮抓住我的手臂，"康纳在哪里？他也被抓了吗？发生什么事儿了？"

"我正要去搞清楚，亲爱的。"我告诉她。出于某些原因，那个警察往后退了退，或许是因为我有一个紧张害怕的女儿这一事实触动了他。我将注意力转回他身上，试图重新开始交涉："我是格温·普罗克特……"

"我知道你是谁，"他打断我，眼神里透出冷酷，就像是水中的鹅卵石，"退后。"

"我儿子在里面！他还是个**孩子**！"

"那他就会被带到……"他停住了，因为突然之间有一群人从树丛里冲了出来，是医护人员，他们推着一张轮床，轮床上躺着一个人。看到鲜红的血迹时，我的心跳一下子……静止了。我跟跄了一下，兰妮比任何时候都要拽得我更紧，我也努力让自己站稳。

轮床上躺着的不是康纳，是山姆。他失去意识了，身下的床单满是血迹，然而我看不到伤口。天啊，他们是朝他背后开枪了吗？那个警察又把我拉回来，但是医护人员经过我身边时，我挣脱了，冲了过去。警察组成了一道防线，不过我成功冲过了人墙。虽然只是一秒钟，我看得到山姆还有呼吸，他的手却被铐在了栏杆上。

一个警察把我推开，我彻底爆发了："把你的脏手拿开！"我大声喊道，"是你对他开的枪吗？"

"女士，请冷静点儿。他只是在打斗中受了点儿小伤，"那个警察说。当我注意到他的脸时，我意识到他只是个孩子，应该才刚到能合法买酒的年龄。他看起来很真诚，不知所措，于是我稍稍往后退。"他会没事儿的。"他说。

"不要做这样的保证，"我说，"我的儿子在哪里？康纳·普罗克特在哪里？"

"妈妈？"

康纳的声音从身后传来，他在一个警察的护送下朝我走来，身上披着一张隔热毯，脸色苍白。我跑向他，拥他入怀，至少他的手没有被铐起来，真是谢天谢地，否则我得和整个警队作对。看起来他受到了惊吓。"亲爱的？"我亲了亲他的脸颊，将他往后拉，仔细观察，他没有受伤的痕迹。"他们伤害你了吗？"

他摇摇头。"没有，我没事儿。"他的声音听上去要比平时低，也更深沉，"但他们伤害了山姆，我看到了。"

站在他旁边的警察皱了皱眉，于是我立马说："我们晚点儿再讨论这个，好吗？"我又将他拥入怀里，保护着他。我直视警察的眼睛，说："我想现在带他回房间。"

　　"女士，他需要跟我们回警局一趟，我们要给他录口供。"

　　"你看他这种状态！他这种状态怎么可能……"

　　"不。"康纳往后退了退，脱下了毯子。在我看来，我的儿子在这一刻好像一下子长大了，变成一个小大人儿，这伤透了我的心。"妈妈，我得去。山姆需要我把真相说出来，我没事儿的。"他有事儿，然而我知道我完全不能保护他远离这些。

　　我的注意力又转回警察身上。"他是未成年人，"我说，"我要和他一起去，我的女儿也会跟着一起去，她不能一个人待在这儿。"这个警察无法反驳我，但看起来他想找一个借口拒绝我。我没有给他时间。"我会开车带他去警局的。"我说。

　　"女士，他得跟我走。"我看得出来他并不打算在这一点上妥协，因为这是他可以强制执行的事情。"他是警察谋杀案的关键证人。"

　　"行，"我厉声说，"那就把我们都带上。"

　　他找不到拒绝的理由，于是我们几个挤进巡逻车的后座。我们和警察之间隔着钢丝网，经验告诉我后门是不能从内侧打开的。我们现在就像身处牢笼里，正是他们想要我们在的地方。

　　但我们也并非只能坐以待毙，我开始执行自己的计划。开往猎狼河的途中，夜幕降临在这个令人压抑、令人绝望的小镇，我开始给我的联系人发短信。每一位联系人。

　　到警局后，我坐在审讯室里，听着康纳录口供。我听到他说的话，听到发现尸体的过程和回旅馆路上遭遇的埋伏，我不知说什么好。就我所知，康纳没有撒谎，他为人正直且坦率。他告诉一个我不认识的当地警长，他没有看到枪击发生的那一幕，这正是山姆会不会被指控的关键。听到枪声时，他刚好在环顾四周。他的口供对山姆帮助不大，不过我很高兴他没有编造故事。对警方来说，要诱导一个他这样年龄段的孩子犯错简直易如反掌。

　　尽管康纳非常勇敢，警长离开时他还是低下了头，我意识到他在哭。**终于结束了**，我感叹。我抽出纸巾递给他，让他把情绪释放出来，我很高兴我的儿子还能哭得出来。

　　他哭完时，我说："不要感到内疚，亲爱的。山姆也不希望你说谎，你说了实话，这才是最重要的。"

　　"我知道，"他说，"但是，妈妈，他们……他们对待山姆的方式……"

　　他仍然记得我被抓时警方是怎么对待我的。比起猎狼河的警察，抓我的警察很可能要更加温柔，但也已经给我的孩子留下了永久的创伤。"他会没事儿的，"我安抚他，"我已经让赫克托·斯巴克斯去医院保护他了，以防警察过早地给他录口供。只要一有空，麦克·鲁斯提格就会赶来猎狼河。凯姿和哈维尔也知道了。我向你保证，一切都会没事儿的。"

　　"不要向我保证，"说完，康纳苦涩地笑了笑，"山姆就没有这样做。"我不禁思考他说的是关于什么的保证，不过我没有继续追问，我现在无暇顾及。"很抱歉你要经历这一切，"我对他说，"我知道这一定不好受，我知道这会让你想起那些难以忘记的事情。"

　　"没事儿。"他说，尽管显然不是这样。"我很庆幸我们发现了她，她不应该就那样……被留在那里，就像是完全没有人在乎一样。"

　　"她现在被找到了。"我温柔地对他说，"你和山姆帮了她。"

　　"她很可能是她们当中的一员，那些失踪了的女人。"

　　"也许是，"我说，"但我们不能确定。"

　　他只是摇摇头。"我觉得她是。"

　　我不想跟他深究这一点，于是问他要不要喝点儿什么。他点点头。我敲了敲关着的门，要了一瓶水。之前的警察走进来，在我的儿子面前放下水、一些纸和一支笔。

　　康纳下意识地拿起笔，而我拿起纸张查看，问道："这是什么？"

　　"我们打印了他的口供，女士。需要他的签名。"警长说。我认真地看起口供，刚看两句，我就从康纳手中夺过笔，开始在纸上做笔记。这份

"抄录"更像是自由的改写。我把口供纸扔回给警长，他一脸不悦。"女士，我们是严格根据录音来录入的……"

"来打个赌吧，"说着，我拿出手机，"来吧，我知道你们的把戏，敢不敢和我对质？因为我刚刚也用我的手机录音了。"

他清清嗓子，凝视了我几秒钟，没有说一句话便起身离开了。康纳看了看我，惊讶地问道："哇，真的吗？你真的录音了？"

以防万一，我没有承认也没有否认。我只是笑了笑。

他们重新打印了一份口供，这次和我印象中康纳说的大致相同。我让康纳认真看口供，修改错误的地方。他改了一个句子，然后签了名。在他把口供还给警长时，我快速拍了张照。

警长的脸更加阴沉了。我确信他们肯定在密谋其他见不得光的事情，但是我拍照了，他们就不能那样做了，尤其是在我有录音的情况下。其实我没有，不过他们并不能确定。我们对视了一眼。他离开了。

康纳拧开水瓶盖，大口大口地喝着，就像是已经一天没喝水那样。我想让他慢点儿喝，但我没有说出口。康纳喝完后，我接过水瓶，没有扔掉。我最不希望的就是让这些警察伪造一些 DNA 证据，把我儿子牵扯进来。就我目前的观察来看，我觉得警察局局长很可能就是幕后黑手，他们并不是针对我的儿子，而是想警告我这里谁说了算。

我意识到我又不自觉地妄想起来——这些警察可以从康纳使用过的笔或者是他刚刚签了名的口供纸上收集指纹——我要尽力保证他的安全。我们被困在这个房间里面的事实让我抓狂。

我的手机响了，我看了看来电号码，是赫克托·斯巴克斯。"普罗克特女士？是我，我想告诉你我现在到医院了。山姆醒过来了，他们刚刚给他的颅骨做了 X 光检查。他说他没事儿，不过他的头皮缝了五针。我了解局长韦尔登，我知道他一定会坚持说山姆暴力拒捕。我们无法反驳，特别是在这个小镇，仅有的目击证人还是一名当地警察。"

我松了一口气，但并不代表我不再愤怒……接着我身体一僵，"等一下，警察局局长的名字是韦尔登？"

"嗯，"斯巴克斯问，"怎么了？"

韦尔登是在汽车修理厂里说话的其中一个人，他和修理厂老板考尔在一起。我不喜欢事情目前的发展方向，一点儿也不。"你会一直在医院等到我过去吗？"

"我只能再等上……"我几乎可以听出他在看时间，"两个小时。不过，赫尔默警官告诉我，只要山姆一出院，他就会被直接送到警察局。我想你现在应该在那儿？"

"嗯。"

"那太好了。那么只要他一出院，我就可以走了。我不想让帕尔夫人等我吃饭。"

但愿不会这样，我差点儿脱口而出，不过我还是控制住了自己。就现在来说，斯巴克斯的法律援助很可能是多余的，可我不敢得罪我认识的唯一一个律师，代价太大了。

我再次敲门，还是同一个警察给我开了门。"我儿子才刚刚十二岁，他经历了痛苦的一天，也录完了口供。要么给他一些食物，要么就放我们走。"

"在里面等着。"他命令我，然后当着我的面关上了门。我只能等着，来回踱步。此时的我就像是一头被困在牢笼里的狮子，康纳却十分镇定和安静。我想在山姆到来之前离开这里。

我的愿望成真了。五分钟后，警察给我开了门，说："你可以走了。不过局长有令，你不能离开镇子。"

简直是胡说八道，我就知道事情不会这么简单。康纳又不是嫌疑人，是目击证人，他们不能这样对待一个未成年的孩子。尽管如此，我还是控制住自己的情绪。我带着康纳离开，走出走廊，来到接待区。兰妮戴着耳机，呆坐在座位上。看到我们，她兴奋地跳起来，跑向康纳，给了他一个熊抱。"不要这样吓唬我。"她低声对他说，康纳也抱住她。我的喉咙深处有股灼烧感，我知道如果我走过去，一定会流下泪水，喜悦的泪水。

兰妮随后也向我跑来，拥抱我。"我们可以走了吗？可以去探望山姆了吗？他现在是不是在医院？"

"我们要在这里等他，"我告诉她，"只要山姆一出院，他就会被带到警察局。我希望他们可以火速起诉他。"

"你希望什么？为什么？"康纳一脸不解，我对他笑了笑。

"因为他们越早起诉他，我们就可以越早保释他，"我向他解释，"就可以越快离开这个鬼地方。"

"但是……如果他不可以保释怎么办？"兰妮担心地问，"如果……"

"兵来将挡，水来土掩。"我回答。

山姆果然被带到了警局。我们不被允许靠近他，但他可以走路了。我们的眼神交汇在一起，这几秒钟是无价的。他用嘴型对我说"**没事儿的**"，与此同时我也对他说"我会在这里"。然后他就被径直带到牢房进行审问。我一直等到晚上十点，直到无意中听到他们以过失杀人罪逮捕了山姆。

传讯的消息午夜才到达。兰妮说对了，山姆不能被保释，我们也不能和他对话。我不应该感到意外的，但事实上我确实感到震惊，感到深深的恐惧。我不希望山姆今晚待在牢房里，不希望他今晚待在这个小镇。我应该预料到他们会得到法官的支持，应该提前做出应对计划的。但是我太累了，我很害怕，我感到自己已无所遁形。

值得庆幸的是，山姆被带走时，麦克·鲁斯提格赶到了。麦克是个好人，是一个佩戴联邦调查局徽章的黑人，我很确定他将会是韦尔登局长最大的噩梦。我们在一起待了十分钟，我详细向他讲了我掌握的可靠信息，包括我无意中听到的韦尔登局长也参与了汽修厂的谈话。我也告诉他我的猜测：玛琳·克罗克特知道一起车祸，修理厂主人考尔先生参与了，警方想要迅速抹平这事儿。谈话现场还有第三个叫卡尔的人，目前我还不清楚他的身份。但这件事儿一定能让他们得到很高的报酬，高到足以让他们为之杀人。

"这是不是……"麦克开始思考，不过他没有说完，"不过现在不要紧了。我们先撑过今晚再说。听着，我要你带着孩子们离开这个小镇，带他们回家。"

"但是，山姆……"

"他就交给我吧。我今晚绝对会尽力保护他的。我向你保证，他不会孤身一人。"他顿了几秒钟，继续说，"今晚不要再待在这里了，我知道你想冒这个险，我也理解你为什么想这样做。但是我要先保证你和孩子们脱离危险。"

他说得没错。六号汽车旅馆不再安全，森林小屋也是。我们需要回家，那里有我们的朋友，有支持我们的盟友。但要抛下山姆离开，是一个艰难的决定。

"我可以留张纸条吗？"最后，我问麦克，"你可以帮我转交吗？"

"语音留言更快，"说完，他把他的手机递给我，"用录音机吧。我保证会让他听到的。这样的话，他们就不能说些我试图给他一把刀之类的屁话。"

看来，麦克对这个地方的印象和我一样糟糕，这可不是什么好兆头。"如果你需要帮助，给这个人打电话。"说完，我给他发了费尔韦瑟的手机号码。信息送达时，麦克的手机振动了一下。"他是田纳西州调查局的，我感觉他也不是很喜欢这里的一切。但他昨天被调走了，我也不知道怎么回事儿。"

"这是个该死的谜团。"说完，他对我淡淡一笑，"去吧，跟你的男人说些甜言蜜语，我不会偷听的。"

"骗子。"我开玩笑地说。他走远了几步，可按下"录音"键的那一刻，我沉默了。我可以说些什么呢？山姆当初执意跟我来，保护我，我现在却要开车离开他，留他独自一人在猎狼河。我要说些什么才能弥补这一切？

"山姆。"我还是开口了，我的声音听起来很奇怪，很情绪化，这不是我想要的。我深吸一口气。"对不起，我要带孩子们离开这里，带他们去一个更安全的地方。因此我大概明天就会回到家，但是我一定会尽快赶回来。我希望哈维尔和凯姿可以暂时照顾他们，等我和你成功离开这个该死的小镇再商量下一步计划。同时，麦克会在这里照顾你，我会回来找你的，我保证。"说完，我闭上眼睛，顿了顿，然后继续说，"我爱你，山姆·凯德。我很抱歉我……对不起，但是请记得我是爱你的。"

我结束录音，把手机还给麦克。他注视了我很长一段时间，打量着我。"你要伤透我朋友的心了，对吗？"他问。

"或许吧，"我说，"他会伤透我的心吗？"

他没有回答我的问题，"你要确保孩子们的安全。如果他们在我眼皮子底下出了什么意外，山姆这辈子都不会原谅我。"

我看着他走开，才回到了在外等着的警车上。警察把我们载回旅馆，我们把越野车停在那里了。我不想进旅馆拿回我们的东西，可兰妮坚持要拿回她的笔记本电脑。我确信店员知道我有武器，但我不怕他找我们麻烦。我们在十分钟内快速地收拾完行李，随后就开车上路，准备回家。我们会睡在自己的床上，不管明天会发生什么。至少，我们已经在回家了。

我正要驶入主干道，手机却响了。我一接电话，睡得迷糊的孩子们就开始抱怨，但马上又睡着了。"喂？"我警惕地说。现在已经很晚了，我筋疲力尽，而且我还是在一条昏暗无光、蜿蜒曲折的路上开车，在一片森林里开车。周围一片漆黑，沥青路上仅有的色彩就是我的车灯，还有路上中线的黄色以及车外一闪而过的树木的绿色。

"普罗克特女士？"我认出了这一口弗吉尼亚州口音。"我是费尔韦瑟警长，抱歉这么晚还打给你。"我看了时间，现在已经快凌晨一点了，我的骨头每到这个时间就会痛起来。

"是这样的，"他说，听上去和我一样疲倦，"我刚从距猎狼河五十英里外的地方回来，我在那儿做了一遍指纹搜集。线报称，埃莉·怀特可能在那里。但除了脏手和酸痛的腰背，我一无所获。"

"所以你打给我是……"

"我听说了凯德先生的情况，"他语气严肃，"你保释他了吗？"

"没有，警方不允许保释。"

"县拘留所？"

"不是，"我说，"他在猎狼河镇。"

"好吧，见鬼。"从他嘴里听到一句脏话，还是有点儿令人震惊的，

· 186 ·

"我担心他今晚在监狱里会有麻烦。"

"他们真的有那么糟糕吗？猎狼河警察局？"

"总会有意外发生的。"他直截了当地说，并没有正面回答我。大多数警察都不会越界办案，我并不意外。"我明早可以做点儿什么，但是……"

"但是什么？你担心他会在半夜用床单上吊自杀吗？"

"差不多。孩子们还好吗？我听说枪击案发生时，其中一个孩子也在场。"

"是康纳。"说完，我看了一眼后视镜，康纳头靠在一旁的车窗上睡着了。"他没事儿。我们现在在回去的路上，回静湖。"

费尔韦瑟说话时，我听得出他声音里有无尽的疲惫。"这样的话，我最好还是去猎狼河一趟，找个理由看看山姆吧，好让他们知道田纳西州调查局也在跟进。"

我非常感激他，同时我也很警惕。我并不是很了解费尔韦瑟，他**看起来**是一个值得信赖的人，但或许并不值得信赖。或许自我来到这个黑暗的小镇时，猎狼河就已经吞噬了我，让我再也无法相信任何人。"不需要了，山姆的朋友是联邦调查局的人，他会在那里帮他。"

"高层的朋友？"

我没有承认这一点，"山姆会顺利度过今晚的，我也会尽快在明早赶回来。我们会让他离开那里的。他开枪打死了一个想要杀他和康纳的人，纯粹的自卫行为，就这么简单。"

"如果受害者是执法人员的话，事情是永远不可能简单的。我听说他被控告过失杀人，想要把这起案件变成自卫恐怕不是那么容易。你打算请赫克托·斯巴克斯做辩护律师吗？"

"我还有别的选择吗？"

我经过了一个里程碑，距离猎狼河已经五英里远了，我放松了不少。可我还有一段路要赶，回到家打个瞌睡我又要继续赶路了。然而远离那个阴郁小镇已经让我感到好点儿了。"谢谢你给我来电，警长。知道你还关注着小镇的情况，对我来说意义重大。"

"哦，相信我，我会一直关注的，"他接着说，"好了，普罗克特女士，小心驾驶。我们下次再……"

突然，有人用步枪朝我们的后窗开了一枪，子弹从前窗穿了出去。我立马留意到玻璃上出现了裂痕，随后我听到剧烈的枪击声。我一下子慌了，想要反击，我考虑是否要靠边停车。但是汽车不断打滑，能做的只是控制好油门儿，努力保持直线行驶以防翻车。兰妮在尖声叫着，我这时才意识到我的前车窗被射出了一个洞，裂缝就像蜘蛛网般不断扩大。后车窗的情况更糟。我倒吸一口凉气，检查后视镜。

我们被跟踪了。在我们身后是一辆卡车，一个男人站在车斗上，身体前倾抵在前车厢上，手持的似乎是一把步枪，他在瞄准我们。我们开得很快，但追击我们的人也不慢。

"康纳！"我大喊，"你有事儿吗？"

"没事儿！"他说。

"兰妮！"

"妈妈，他们在**向我们开枪**！"

"你们两个，给我趴下，**抓紧了**！"

我要争分夺秒让他们隐藏好。为了保护他们，我来了个急转弯，随后又掉头，以扰乱这个混蛋的瞄准，争取时间。确保孩子们没事儿后，我深呼吸，简单地做了个祈祷，重重地踩下刹车。越野车发出尖锐的声音，车身急剧摇晃，往前滑行。这个急刹在马路上留下了长长的黑色痕迹。

跟在我后面的卡车也被迫急刹，因为他们一直在加速以追上我们。那个枪手因为惯性重重地从车厢上摔落在地，手中的枪"咔嗒"一声掉在地上，滑到了沟渠里。在他们完全停车前，我又踩住越野车的油门儿，拿起手机。我想着拨打"911"，但我全然忘了费尔韦瑟警长还在电话另一头，他在我耳边大喊："格温！格温！刚刚那究竟是……"

"打'911'，"我告诉他，"我们刚刚在主干道开过距猎狼河镇五英里的路碑。然后我们被一辆小卡车尾随了，还有一个带步枪的男人站在车斗上向我们射击……"

追击的人又开了一枪，击碎了更多玻璃，**他还有一把备用枪**。前窗的裂缝让我几乎看不到前方，不过我可以俯下身来看清马路。我一直开车，不敢放慢车速。费尔韦瑟在说着些什么，但是我听不清，我的注意力全在后面那辆车上。最终，我听清楚了，他在问我车牌和车的样子。事实上，他在大声地朝我喊着。

　　"我看不清，"我告诉他，"这里没有路灯！我只知道那肯定是一辆小卡车，卡车上有枪手。天啊，我的孩子们还在这儿……"

　　我可以听到他在重复我说的话，他一定是同时在和两边通话。"好的，县里正调派一队巡警去你那边，他们会从反方向来。看到他们的车时，你要靠边停车，听懂了吗？"

　　"那辆卡车不停的话，我是不会停车的！"我告诉他，"我的孩子……"

　　后面的人又朝我开了几枪。我转头看，枪手已经重新站了起来。他是一个留着胡子的混蛋，穿着一件旧迷彩夹克，戴着一顶卡车司机的帽子。他的步枪丢了，但他还有一把半自动手枪，他不断快速地朝我们开枪。我深呼吸，说："司机是白人男性，胡子刮得很干净，看上去很瘦，大概三十……"前面是弯道，我得减速，否则就有翻车的危险，又有多发子弹射中车身。我听到了枪声，也感受到了子弹的冲击力。不过他的手枪射击技术不如步枪好。我开过弯道，再次加速，我的越野车性能比卡车更好。

　　我依旧没有看到对面有警车开来，我们完全是孤立无援的状态。"警车到底要多久才会到？"我向费尔韦瑟喊道。

　　"五分钟，"他说，"坚持住，格温。他们在路上了。"

　　在这五分钟内，如果那个枪手射中我们的轮胎，我们就死定了，这也正是他想做的。"孩子们，你们有事儿吗？"我的声音在颤抖，我不知道是因为愤怒还是恐惧，或许二者兼有。

　　孩子们没有回答我，我内心一沉。随后康纳说话了，他的声音从后座的地板上传来："我没事儿，妈妈。"

　　"我也没事儿。"兰妮说，她在副驾驶座下，蜷缩成一个球，保护着自己。她抬起头看我，脸上满是不解。似乎在说**为什么这一切要发生在我**

们身上？

说实话，我不知道。我试图隐藏我的恐惧，但是我的嘴巴就像死亡谷[1]一样干燥。我试图把注意力集中在眼前的马路和身后的卡车上。我的孩子们没事儿，我们会没事儿的，**我们一定会没事儿的。**

我看到下一个弯道了，不像其他弯道那么急。机会来了。

"等一下，"我和费尔韦瑟说，他正在和我说话，"我得试一个新计划。"说完，我把手机放到旁边的座位上。

我来了个急转弯，卡车也跟着我越过了双黄线。枪手在装弹，所以停下了射击，但装完子弹后，他又开始射击了。他以最快的速度扣动扳机，我们身后不断传来"砰砰"的声音。我松开油门儿，让车子依靠惯性滑行。然后我猛踩油门儿，沿弯道急转。

他们并没有想到我还有这一招。司机一门心思想着追我，开得太快了，一时难以转变方向，当我把车开到弯道那边时，他发现他正往沟里开去。他想转变方向，但卡车的后轮已失去了牵引力。我看到整辆车剧烈地摇晃起来，开始打转，轻型的卡车车斗被甩了出去，驾驶室扭向另一边。

车斗上的男人也被重重甩了出去，在卡车车灯的照耀下，我看到他被抛到空中。卡车一直在打转，随后我听到一声急促恐慌的喊叫。他从我视线里消失了，我听到他摔倒在地的声音。他的情况应该十分不妙。我继续开车，通过后视镜观察，那辆卡车停在了错的车道上，车头也对着错的方向。但几秒钟后，卡车又突然加速，笔直地驶入正确的车道上，朝反方向急速驶去，开回猎狼河小镇。车上的人没有为朋友停下。

我往前看，依然没有看到警灯或是听到让人安心的鸣笛声。**那辆卡车可以掉头折返回来**，但我不认为他们会这样做。他们已经失去了一把步枪、一把手枪，至少他们其中的一个人还受了伤躺在路旁，他们不知道他们是否打伤了我们中的谁，但他们确实知道我们可以继续逃跑。

我松开油门儿，随时留意后方有没有车跟着我们，但什么也没有。周

---

[1]美国莫哈韦沙漠与科罗拉多沙漠生物圈保护区的主要部分，因炎热干旱而著名。

围的黑暗让人感到窒息、压抑。我知道我要继续前进，那个朝我开枪的混蛋还在那里，他的枪可能还在。

他也有可能正流着血躺在地上，祈求帮助。关乎我家人生死时，我是一个多疑的人，可我也有人性。我不想就这样抛下他，让他独自死去，即使他曾经想杀了我们。特别是，我还可以从他身上得到**线索**。

"妈妈？"我低头看看我的女儿。"他们走了吗？"她听上去坚强又冷静。可透过仪表盘的灯光，我还是能看到她脸上的泪痕。

"是的，亲爱的，他们走了。没事儿了，康纳呢，你还好吗？"

康纳已经爬上了后座，注视着破碎的后车窗。我看向后视镜，一点儿动静也没有。"嗯。"他说，再也没有说别的话。我想是因为这样我就听不出他有多害怕了。他今天已经被枪击过一次，现在是又一次，我短暂的同情心消退了，我想杀掉那些人渣，包括躺在路上的那个家伙。

"你们两个，系好安全带。"我看了车速，比最高限速还要快，但我一点儿也不在乎。我要报警。终于，我在树林间的缝隙中看到了闪烁着的红蓝色警灯，前面一定还有弯道。

我这才想起来费尔韦瑟还在电话另一端，当我想拿起手机时，它却不见了，应该是掉到了副驾驶座位和门之间的缝隙中，很难拿出来。

我放慢车速，靠边停车，关掉引擎，花了好几秒钟才控制好自己的情绪。我下了车，手抖得厉害，以至于我想把车钥匙给兰妮时，差点儿把它弄掉了。"找到我的手机，应该是在你那儿。希望费尔韦瑟警长还没有挂我的电话，如果挂了的话，请再打给他。告诉他发生了什么，以及我们现在的情况。把门锁上，保持警惕。如果我被抓了，或者出了什么意外的话，你立即和康纳离开，只管开车走，知道了吗？打给哈维尔和凯姿求助，找一个安全的地方藏起来。不要停车，除非你认为已经安全了。除此之外，我不在乎别的。"

兰妮点点头。我对她的要求太多了，但是我了解她。我知道她能做到，而且一定会做到。"妈妈？"准备关门时，她喊住我，我们的眼神交汇在一起。"我爱你。"

"我也爱你。你们两个我都爱，我很爱你们。康纳，在我回来之前，请务必听从你姐姐的话。"

"我会的，"他罕见地答应了，"我也爱你，妈妈。"

我关上车门。举高双手靠在越野车上时，我感觉兰妮锁上了门。县治安局的警车从拐角处急速驶来，随后又迅速减速，靠到路边，停车。他们没有立即下车——我猜应该是在报告他们的位置和我的车牌号码。然后一位警官下车了，他慢慢地走向我，留意到了我的越野车和车里的两个孩子，还有我高举的双手。他举着枪，问："你叫什么名字，女士？"他问的不是"是你打电话求救的吗"？很聪明。

"格温·普罗克特。"我说。他明显放松了，但还是要查看我的身份证，于是我递给他。他是个大腹便便的中年男子，非裔美国人，剃了光头，胡子修剪得很整齐。"我不知道发生了什么，我们被一辆卡车追击，有人想用步枪射杀我们，之后又用手枪向我们射击。"

"有人受伤吗？"

"没有，我们都没受伤。"

"你能让孩子们下车吗？"

我不想让孩子们下车，还不是时候。"在你封锁这片区域前，我想让他们留在车内。"

他皱了皱眉，说："女士……"

"追击结束的时候，那个朝我们开枪的男人被甩了出去，但是我不确定他是否仍然有能力开枪。在我确定他解除武装前，我要确保孩子们的安全。"

他没有反驳，问道："他的位置在哪里？"

"在弯道后面，"我指了指，"我和你一起去吧，他好像被甩到了北边。"

"不用了，女士。您只需要和您的车子待在这儿，**不要动**。我会尽快赶回来的。用不了几分钟，第二辆警车就会到达，您在这里等吧！"说完，他消失在夜幕中，只有手电筒光束的晃动显示着他的方位。

我敲了敲车窗，坐在驾驶位的兰妮降下车窗。"手机，"我对她说，她将手机递给我。"谢谢，亲爱的。把车窗关上吧！"

我看了看手机，有两格信号，谢天谢地。更幸运的是，费尔韦瑟没有挂我的电话。"格温？我的天啊，你吓死我了。"

"我知道，对不起。"我条件反射般地说。我并不感到抱歉。误打误撞让他成为这一切的见证人使我开心极了。"我得想办法甩掉他们。现在那辆卡车已经开走了，往猎狼河的方向去了。我们没事儿，第一辆警车也到了。警员正在找那个被甩下车的枪手。"

"你看清楚车的牌子和型号了吗？"

"嗯，它打转的时候看清了，是一辆红色的福特 F-150 型号，我很确定。要找到应该不难，那辆车看起来挺新的。"

"孩子们怎么样了？"

"吓坏了，"我说，"即使没有刚刚发生的那一切，他们经历的也已够多了。如果警方想要证据的话，我的车身全是弹孔，或许还能找到一颗真正的子弹进行弹道比对。这不是什么无聊的乡村骚扰事件，那辆车上的人想要我死，警长。我想知道是谁做的，还有他们为什么要这么做。"其实我心里已经有了答案，但是我还未彻底信任费尔韦瑟，还不能向他坦白。

我意识到我的音量提高了，整个人都在颤抖。随着事情平息下来，我的肾上腺素水平也慢慢降下来。我满脑子都是孩子们受伤的恐怖画面，他们血流不止，因此死去。之前，我还是很冷静的，此刻却无法抑制怒气，我想杀掉那些威胁我孩子性命的人。

费尔韦瑟警长仍在跟我说话，我试图跟上他说的话。"……车牌号？"

"没有看到，"我告诉他，"像我之前说的那样……路上太黑了。大部分时间我从后视镜里只能看得到车头灯。"

"卡车出事儿了吗？有没有人受伤？"

"有一个人摔下来，卡车旋转打滑，随后司机又重新发动了卡车，开回猎狼河镇了。"

他捂住话筒，和某人说话，应该是调度员。我可以听到他说话的声音，但听不清他说了什么。"好，"他说，"我会通知人去追踪那辆卡车的，你还留意到了什么明显特征吗？比如保险杠贴纸、凹痕、铁锈之类的？"

"车上面沾了些泥巴，不过整体而言是干净的。"我回忆，"后车窗贴了美国国旗的贴纸，但我没有时间认真看。我忙着保命。"

树林里闪烁着第二辆警车的警灯，于是我挂断费尔韦瑟的电话，将手机放到一旁。第二位警员下车时，我又再次举高双手。他看上去比第一位警员要更加警惕。"举高双手！"他命令道。他的手电筒亮得让我睁不开眼睛，灯光照在越野车上，打在马路上。"举高点儿！"

如果我再把手举高点儿，我的肩膀就会脱臼，但我还是照做了。我一动不动地站着，因为他像那种只要我稍微一动就会开枪的人。他让我转过身，把我按在越野车的引擎盖上。

这仿佛立刻让我身处另一空间，我的手掌像是抵在吉娜·罗亚的车滚烫的引擎盖上，我看到脆弱的孩子们睁大双眼透过挡风玻璃看着我，看到我们那座老房子被撞倒的车库墙。断墙内，一个死去的女人在金属套索末端摇晃着。

我又想起往事了，且是糟糕的往事。警员紧紧地用手按住我，我有种十分强烈的欲望，想要甩开他。**深呼吸**，我告诉自己，**这不一样。现在是现在，你安全了，你安全了**，却一点儿作用也没有。

他终于往后退了，不过还是将一只手放在我的背上。"不要动，"他命令我，"让孩子们……"

下车。这是他想说的，但他还没说完，另一个警员喊了他一声。他又推了一把我的脊背，强调叫我不要动后，才迈着重重的步伐离开。我转过身，看到他用手电筒照着他的非裔同事。

他们两个正站在枪手身旁，那个男人躺在路边，上半身垂在沟里。他一定是死了或是深度昏迷，因为他一动不动，甚至都没有调整这极不自然的姿势。两个警员默默低头看着他。最后，其中一个警员蹲下，往沟里探身，另一个则抓住他的腰带以保持他的平衡。他们应该是在检查那个男人是否还活着。那个警员重新站起身时摇了摇头，答案显而易见。随后他们两个人向我走来。这一次，我没有举高双手，我双臂交叉。

"看看她的车身前端有没有损坏。"白人警员命令道，我注意到黑人警员不悦地瞥了他一眼。但黑人警员最终意识到这样是不值得的，于是他去检查了。"没有，"他说，"车身前端没有损坏迹象。"

我意识到他们在寻找证据，他们怀疑那个男人是我撞死的。"他是在卡车打转时被甩出去的。我没有撞过他或者是那辆卡车，"我说，"用你们的说法，这是一场谋杀未遂事件中发生的意外。"

刚刚检查车身前端的警员绕过车子，朝后方走去，他说："天啊，快来看看这儿。不算窗户的损坏，至少有五发子弹击中这里。"

那位白人警员走了过去，用手电筒照着破碎的、有裂缝的玻璃。"哈，"他说，"谁知道这些弹孔是不是之前就在这儿了呢！"他鄙夷地说，语气中满是不信任。

这时我才清楚地意识到，这个人认识我，因为他没有像第一位警员那样要求看我的身份证，也没有问我发生了什么。他已经先入为主地认为我的存在就是个错误。我不禁感到一阵恶心，喉咙深处涌起一股金属味。不管我是格温·普罗克特还是吉娜·罗亚，总是会有人把我往最坏处想，用各种小手段让我的生活变得更加艰难。

"看，后面的路上到处都是弹壳，"黑人警员说，我看得出来他越来越不耐烦，"她整个过程都在和费尔韦瑟通话。我接电话时都听到枪声了，你没有听到吗？"

"我们晚点儿再讨论这个。我现在去通知警长。让他们自己解决这个烂摊子吧！"

一方面，这是个好消息。我本来担心他会把第一位警员赶走，报告说我抢了他的枪就逃跑了，最后他只能在孩子们看不到的地方把我杀死。我有被害妄想症吗？是的。但是，我敢肯定有人想对付我。另一方面，让费尔韦瑟警长参与进来意味着什么还是个未知数，他也不一定站在我这一边。我只能祈求他会为我出现。

事实上，费尔韦瑟警长确实出现了。他把我和孩子们带到县治安局，车程大约半个小时。我的越野车被拖车拖走了，说是要收集证据。

我知道我又要进行漫长而暗无天日的录口供过程，一遍一遍地重复同样的事情。孩子们也不例外。我没有告诉孩子们要说什么，他们知道要实话实说。

走进治安局时，我抬头看了看漆黑的天空。我想着山姆。**拜托，你一定不能有事儿。**

毫无意外，录口供的过程很漫长，让人身心俱疲。录完口供后，我双臂交叉，趴在桌上打了个瞌睡。醒来时，孩子们躺在一张折叠沙发上熟睡。"他们没事儿，"费尔韦瑟告诉我，"只不过被碎玻璃刮了一下，皮外伤而已。你呢，有事儿吗？"

"腰酸背痛，"我告诉他，"不过是压力和睡眠不足造成的，你应该也有这种感觉。"

他没有说话，给我递了一瓶布洛芬，我就着味道一般般的咖啡吞了两片。"山姆怎么样了？"他问我。有那么一瞬间，我不禁思考，我们之间互相防备的关系是在什么时候变成可以以名字相称的亲密关系的。不久前，他还以"普罗克特女士"和"凯德先生"称呼我们，现在却是"格温"和"山姆"。我想应该是他听到有人朝我开枪的时候吧，他亲身感受到人们为了对付我会做出多么疯狂的事情。我现在已经成了他会真正关心的人。

"麦克给我发短信了，"我告诉他，"看起来是个平安之夜。"

"麦克就是你说的那个联邦调查局探员？"

"嗯，麦克·鲁斯提格。"

"他就是那个破了阿布萨隆一案的人。"费尔韦瑟说。我扬扬眉。"我时常关注新闻，他好像被嘉奖了。"

"就是他，"我说，"他现在至少在联邦调查局里是风云人物。韦尔登警长应该也知道。"

"嗯，说起韦尔登，"费尔韦瑟搅了搅他的咖啡，"五年前刚调到警局时，他是位神枪手，为人也坦率，不过他最近有点儿……"

"阴暗。"我说。

"这样说吧，在当地人眼里，镇上有些人是不会做错儿的。"

"但绝对不是薇·克罗克特。"

"不是她，也不是玛琳。"

我冒险地问："玛琳在修理厂工作，老板是考尔先生。你认识吗？"

"考尔是个古怪的老家伙，他在镇外有片地，一个围片区。"

围片区，这个说法有故事。"访客应该不受待见吧？"

"他建了一堵墙，"费尔韦瑟表示同意，"墙的顶部是摄像头和探照灯。他应该不是很喜欢访客，我从来没有去过那里。"不过我猜之后他应该会去那儿打探消息。

"他是韦尔登警长的朋友？"

"表弟。"

"他们在这里还有别的亲戚吗？"

"这是个小镇，普罗克特女士。他们有很多表亲。"

"他们当中有人是会计吗？银行家呢？"

他盯着我看了几秒钟，说："卡尔·韦尔登在银行工作，他和韦尔登警长是堂兄弟。为什么这样问？"

我不想告诉他更多细节。如果我说了，之后却发现他不值得信任，我的孩子们就会处于更加危险的境地。他已经掌握了足够多的信息，如果他没有参与那一切的话，他一定会提高警惕的。于是我摇摇头，转移话题。"还有多久他才能让我们离开？"我瞥了一眼挂在咖啡机上的钟表，已经是凌晨三点半了。尽管喝了一杯咖啡，我还是感觉肚子空空的，胃在"咕咕"叫，提醒我已经很久没有吃东西了。我确保孩子们都吃上了东西，不过我自己倒没有吃任何食物，我饿坏了。

"你随时都可以离开，不过你的越野车要留在警局，让警方收集证据。你还有别的方法回家吗？"

我没有，我甚至不确定现在还值不值得回一趟家。"我不知道接下来该怎么办，"我告诉他，"坦白地说，我现在筋疲力尽。我还很担心我们住的森林小屋旅馆也是他们对付山姆和康纳计划的一部分，我不能回那里。"

"你可以回到之前那个六号汽车旅馆……那不是什么豪华旅馆，但我可以向你保证它不是韦尔登家族经营的。我可以用警车送你回去，吩咐一些同事留在那里，确保你的安全，你至少可以休息几个小时。"

我讨厌这样，但是他说得没错。"如果我不能拿回我的越野车的话，晚些时候我还需要别人送我一趟。"

"我有个朋友在喷泉岭外有一间修理厂，用不了一个小时他就能把他客户的车弄出来一辆，不过他会收不少押金。"

"好。"老实说，我长舒了一口气。没有任何办法逃离的感觉糟透了。"可以帮我联系他吗？我告诉你信用卡号码，谢谢。"他点点头，表示只是举手之劳。我没有再说话。

他打电话时，我坐下来喝咖啡。孩子们还在睡觉，我只想爬过去加入他们，然而我不能这样做。即使在这里，即使身边都是所谓的公正的县警察，我还是不能掉以轻心。我甚至不确定为什么，但我总觉得事情不会这么简单，还有更多阴谋等着我。

我得想办法把山姆从这个烂摊子里解救出来，越快越好。我还要保护孩子们远离这场永无止境的黑风暴。只是现在这两个愿望感觉像是完全无关的目标。我脑海深处却有一个声音告诉我并不是这样的，不完全是。解决一切的方法就是要回到那个我不愿回的小镇，面对那些我不愿再面对的人。猎狼河还没有放过我们。

警车把我们送回六号汽车旅馆，警察和我们一起走进去。进入两个相连的房间时，他告诉我们他会在停车场等我们，直到我们准备好去县治安局取那辆租来的车。我想要睡一觉，非常想。

孩子们显然累坏了，这一定是他们最累的一次，他们倒在自己房间的两张床上，倒头就睡。但我睡不着，我停不下来。我已经精疲力竭了，可还是一直在想事情，想着山姆，想着薇·克罗克特，想着我生命中的这永无止境的噩梦。

我把连通门打开了一会儿，但是我需要释放内心不断增加的痛苦，最后我关了连通门，爬上床，蜷缩到一旁，我用枕头捂住自己的脸。我崩溃了。我对着枕头尖叫，声音就像是蒸气一样沸腾起来，枕头把我的声音隐藏起来。我无比悲痛，无比愤怒，仿佛置身地狱。

最后我停了下来，并不是因为我内心没有受伤，而是因为我再也没有力气去尖叫。我大口喘着气，蜷缩成一个球，企图保护自己。我不断祈祷，祈祷我有办法再次挺过这一切。我对山姆说的话是认真的：我不会从静湖逃走。我不能那样做。不管将来遇到什么，那栋房子都是我们一起建立的家，我们要在那面对一切。我们要留在猎狼河，即使它不欢迎我们。我原以为静湖会淹没有关梅尔文·罗亚的最后一丝回忆，但他并没有消失，他永远都不会消失。他对我、对我们造成的伤害是永久性的。如果梅尔文看到我现在的处境，一定会放声大笑。我这副束手无策、受到创伤的样子正是他想要的。

我把枕头放到一边，整个人还在颤抖。我浑身是伤，内心血流不止。可一想到梅尔文得逞的笑容，我就逼自己坐直身子，深呼吸，振作起来。逃离这一切的道路也许是黑暗且艰辛的，但我一定能逃出生天。

那山姆呢？山姆怎么办？ 他和我一样，也在经历暗无天日的时刻。尽管他有事情瞒着我，但他还是那个会在我孤立无援、受伤绝望的时候给予我支持和帮助的男人，是那个在孩子们消失时会帮我找他们的男人，是那个击倒阿布萨隆的男人，是那个昨天救了康纳的男人。难道这都不作数吗？难道就没有办法，**真的没有办法，**让我们两个都重回光明吗？

因为这些想法和压力，我的头痛得不行。于是我起身向浴室走去，盯着镜子里的自己：额头上、眼角边都有细纹，眼睛布满红血丝，一脸震惊。镜子中的人陌生得很，看上去就像是从鬼门关逃回来的。

我真的要好好休息一下。

这时我的电话响了，我将手机放在浴室的柜子上，看了一眼来电显示，是一个陌生号码，不过我还是接听了。

"我要和你谈谈，"一个冷静优雅的声音说，"我想要进来谈。"

进来？

几秒钟过后，我才意识到来电者是谁，刚消散不少的愁云又迅速笼罩全身。我挂断电话，再次看着镜子中的自己。之后我走到门口，打开门，直面米兰达·纳尔逊·泰德维尔。

停车场外面，警员从警车里出来，向我们走来。米兰达一定知道警员在朝我们走来，但她没有转身往回看。她比我要高要瘦，一些富有的人就是这样，就像从襁褓中就开始节食一样。她身穿一件黑色衬衣和一条牛仔裤，佩戴了一枚小鸟形状的金色胸针，她女儿很喜欢小鸟，在学校时，那个女孩儿想成为一名兽医。

"一切都还好吗，普罗克特女士？"警员的手按在枪托上问道。他不清楚我们之间发生了什么。事实上，我也不确定。

米兰达扬起了她那完美的眉毛。她很冷静，她在挑战我。

"我们没事儿，"我告诉他，"她想进来喝杯咖啡而已。"

警员并不喜欢我的回答，但他还是点点头，回到了警车上。

"咖啡？"米兰达忍俊不禁地说，"这个地方能有什么好咖啡？不管怎样，我们还是得将就一下。"

我们对视了很长一段时间。她有一双令人难忘的眼睛，蓝色的，看上去就像是北极冰山一样，眼神会随着她心情的变化而变化。她那头浅金色头发里有几丝白发。

我退后一步，她走了进来。锁门时，我的目光始终没有离开过她。她才应该是感到害怕的那个人。毕竟，她现在和我锁在同一个房间里面。但我看得出来，她一点儿也不害怕。她仔细地打量着房间，似乎有点儿反感，她突然问我："你的孩子在这儿吗？"

"不在这间房，"我说，"他们在隔壁。"

"好。"她突然直视我的眼睛，"很抱歉，把他们也牵连进来了。"

"得了吧，"我说，"你就是想让我感受你的痛苦。你以为我不知道一个母亲失去孩子的痛苦吗？审讯的时候，我每天都能看到你脸上的那种表情。我承认我曾经以为你已经重新开始生活。可你还是来找我了，你始终无法释怀。"

"是的，我来找你了。"她上下打量我，试图看透我的想法，"我不敢相信他们竟然会让孩子们待在你身边，毕竟你做了那些事情。"

尽管我很想提高音量，但我忍住了。"我倒想问问我做了些什么，除了逃离那个连你都认为是怪物的男人的魔掌以外？"

"你纵容他，支持他，帮助他。"

"我，是幸存下来的。"

"我的女儿没有。"她的表情依然没变，我甚至不确定她是否还能变换表情。整形手术很成功，效果却不自然。尽管如此，我还是看到了那张脸下隐藏的情绪，就像是一个怪物在外壳下移动。

"那个纪录片……你还要拍多久？"我问她，"对付我是一回事儿，但是骚扰到我的孩子们……怎么样都不行。你是不是还想着对付山姆？"

"山姆？他选择了自己的立场，至少看起来是这样。"她语气满是不屑，"在去静湖之前，山姆显然是知道吉娜·罗亚是个什么样的人的，然而你还是能把他折磨得不成人样。"

"米兰达，我很累。你为什么会在这里？"我直截了当问，我已经厌倦了她的把戏，而且我还有种强烈的欲望，想要一把抓掉那精心打理过的头发。

"你是帮凶，你也参与杀死了我的女儿。我想知道为什么一位母亲会做出这样的事情。一个妈妈怎么能在做了这样的事情后不割喉自杀？"

终于，这一切还是来了。这么直截了当、赤裸裸地质问，甚至都没有一丝愤怒的情绪。在她看来，她是在陈述事实，她在要求一个解释。

"是梅尔文·罗亚杀了你的女儿，"我告诉她，"他不需要也不想让我帮忙。他是个连环杀手。所有的跟踪、绑架以及谋杀都是他自己策划的。我活了下来是因为我愚蠢，因为我相信了他加班、在车库制作桌子的蠢话，你知道为什么我会相信他吗？因为在某种程度上，**他吓坏我了**，我怕到甚至都不敢去质疑他，问他为什么。"我喘了一口气，"你完全不知道我回顾过去时有多么难过。一想到我没有做到本应该做的事情，没有救下那些生命，我的心如同刀绞一般。"

如果她是在期待我认罪的话，她估计要失望了，但我无法猜透米兰达现在的感受。她是冰美人，即使内心怒火蔓延，脸上的表情也丝毫不变。

她转过身，走向那张小小的书桌。直觉与训练让我保持不动，待在原地。"你知道我等这天等了多久吗？面对面地和你对话？"她拿起一个便宜的一次性杯子，"我记得你说过请我喝咖啡？"

我插上过滤器，撕开一包速溶咖啡，加入水。等待咖啡煮沸的过程中，我们谁也没有说话。咖啡煮好后，我给她倒了一杯，她优雅地抿了一小口，眼神看向别处，不放过房间的任何一个角落。"我想看看我提及梅尔文时，你的表情是怎样的。"她说。

"那你看到了什么？"我问。

"你是个说谎高手。"她又喝了一口咖啡，我静静等着。"难怪你可以成功骗倒山姆，我从来没想过你可以做到这种事儿。如果他刚回国的时候你就认识他，你一定会为他那生气的样子，还有他多么想要伤害你而震惊。他对你说过吗？"

她靠在桌子上，手里拿着咖啡，除了她别着的胸针，我看不到她有其他武器，但我能感到她的暴力，很奇怪。我感受得到她无穷无尽的恨意，让我们之间的气氛愈发紧张。米兰达最可怕的一点就是，我知道她的仇恨来源于程度极深的悲痛，这让我无法伤害她，也能让她轻易地置我于死地。

"你为什么要邀请我进来？"她问，"你可以直接让我站在门阶上的，你可以完全忽视我，结果你还是让我进来了。"

"我前夫杀了你女儿，"我告诉她，"我无法忽视你。我知道你一直在责怪自己没有保护好你的孩子。这么多年来，我一直在尽力保护我的孩子们。我完全理解你的愤怒，我只是希望那些仇恨不是针对我的。"

她没有说话，放下喝了一半的咖啡。我留意到她其中一只手放在口袋里，立马紧张起来。我完全没有想过她会在口袋里藏东西。我看不到什么危险的物品，但是我不能冒这个险。"你自己知道你为什么一直抓着我不放，而不是梅尔文吗？"我问她。

"你老公死了，我没法伤害他。"

"即使他还活着，你也没有对付他，"我说，"你针对的是**我**。你觉得那是为什么呢？"

"因为你被无罪释放了。"

"因为在你的狭隘认知里，我的责任就是让梅尔文开心，对吗？我要是让他称心如意，他就不会杀害你的女儿，而我没有做到。但我不是梅尔文的保姆，他的罪过与我无关。"

她退缩了，虽然动作不大，但我留意到了。"你知道自己干了什么好事儿。你的邻居看见你帮助他了，还有视频录到你们一起带一个女孩儿进屋。"

"我的邻居在说谎，她只是想博取关注。视频也是伪造的，联邦调查局已经证实了。你真的相信每一个可以证明你臆想的疯狂理论吗？"

"我要亲眼看着你被毁灭。"

"米兰达，放手吧！你甚至都不知道申请限制令要花多长时间。"

现在她怒视着我，说："'失落的天使'不会放过你的。就算我不能让薇薇安沉冤得雪，但知道你余生都要为你的所作所为付出代价，至少可以让我得到一些安慰。"

我得承认，她动作很快。我看着她那双冷酷眼睛中的怒气不断集聚，她从口袋里伸出手，我看到那只手拿着什么东西。我侧身闪到一边，扑倒在地板上，同时从枪套里拔出枪，瞄准她的心脏。我不能在这里死掉，我的孩子们需要我。

尽管她举高双手做出要捅我的姿势，但当我意识到她手里并没有刀时，我抑制住了自己想要杀她的冲动。她手里拿着的是手机，她脸色苍白，看起来却兴奋极了，就像一个愿意牺牲自己灵魂的殉道者。她早有预谋，走进来的那一刻，她就做好了死的准备。如果可以让我坐牢的话，她会很乐意牺牲自己。

我松开扳机。她脸上的兴奋消失了，整个泄了气。有那么一秒钟，我们两个人都没有动。随后她说："我以为会成功的。"她垂头丧气，轻轻垂下双手。

我心有余悸，她差点儿就成功了，如果我向她开枪，我就成了一个冷血的杀人犯，因为她连武器都没有。我很可能会被定罪，而且还是我告诉警员让她进我房间的。只有我自己的证词能为我的开枪行为辩护，再无别的物证。他们一定会在我的审判现场上演电视剧般的质问场景。案子会以我有罪的判决了结。

我把枪放回枪套里，平复紧张的情绪。"嗯，但没有成功，不是吗？"说完，我站起身，"你现在可以走了，我再也不想看到你。我不想在这里或附近再看到你，不希望你在我孩子身边出没。不管你和山姆曾经做过多么变态的事情，都过去了。也放过他吧，明白吗？"

"我们不会忘记的，"她说，"'失落的天使'永远不会停手，绝不。在你得到应有的惩罚前，我们不会停手。如果山姆要阻止我们的话，只能说他不识相。"

"平静的生活是我和山姆应得的，"我告诉她，"顺便说一句，你也一样。我希望你能找到内心的平静。现在请滚出我的房间。"

她抿了抿嘴，"你说话还是那么粗俗，"她说，"那好，我不会让任何人对你感到同情的。"离开之前，她使出了最下三烂的把戏，"帮我转告山姆，我想念他。"

我想拔枪把傲慢自大的她杀死，但是我没有。我一直克制自己，等到她离开后，我瘫倒在床，浑身颤抖着。她差点儿就得逞了。

不。我差点儿就中计了。

第十三章

山姆

　　我不喜欢待在监狱里，这是我第一次坐牢，比想象中要糟糕。我没有幽闭恐惧症——毕竟我曾经是飞行员——但这里的空间很狭窄。不管他们带我进来之前我对格温说了什么，我现在只感到很失落。我感觉自己就像是孤独一人待在野兽的肚子里。

　　两个小时过去了，我试着闭上眼睛，却不敢真正入睡。此时监狱外传来一个声音："打开六号室。"我就在六号室。我听到门锁发出的"咔嗒"声，便迅速坐起身来，随时准备拿起我临时制造的武器。

　　看到麦克·鲁斯提格弯腰跨进来时，我觉得自己蠢极了。他身后的门又再次锁上，但他似乎没有注意到。他朝我的武器点点头，说："你袜子里是块肥皂，还是说你很高兴见到我？"

　　"天啊，伙计。"我放下手里的东西，坐回到狭窄的浅铺上，床垫感觉就是用碎石铺成的，"你来这里干什么？"

　　"你坐牢了，你说呢？"

　　"我没想到你会抛弃自己的名声，选择与一个重囚犯扯上关系。"

　　"首先，我没有牵涉进来，我是来**调查**的。其次，闭上你的臭嘴。你和他们谈话了吗？"

　　"实话实说罢了。"我告诉他。他靠在墙上。麦克是个身材高大的家伙，块头大到简直不能相信他可以坐进飞行员的驾驶舱。但不论他的体型如何，他是一个非常好的人，也占了这个小地方的不少空间。"我只是说了实情。"我说。

"你比我更清楚，"他说，"不管你说什么，他们都会歪曲事实，特别是在这个小镇。"

我看着他，十分认真地观察他。他累了。他大老远从华盛顿过来，而且很可能是自掏腰包来帮我的。"格温给你打电话了。"我说。

"见鬼，是的。不过她给我打电话也是一件好事儿。因为在这个疯人院，我敢向你保证到了早上你身上就会发生一些**插曲**，最后你不是死了就是被打得半死。"他刻意强调了"插曲"二字，"杀死一个警察已经够糟的了，你杀的还是这个小镇的警察，镇上的人大概都以为南北战争是上周的事儿。如果你是黑人，情况会更糟，幸亏你不是。"

"但你是，"我说，"或许你不应该来这里。"

"才不是这样，兄弟，没有人比我更适合来了。从现在到我半夜叫起来的法官搞定你的保释听证会，我都是你最好的朋友。"

"我还有保释听证会？我完全不知道。"

"我和法官们又谈了谈。"

"哦，"我摇摇头，"谢谢，不过你千万不要付保释金。"

"为什么？你想抛弃我吗？"

"除非他们说我可以离开这个小镇。不过我是认真的，不要付保释金。"联邦调查局探员并不富有，麦克在这件事儿上已经陷得太深了。"格温和孩子们，他们怎么样了？"

他换了换坐姿，我立马警惕起来，因为他说话的语气变了。他又说起那套安慰人的官话："他们没事儿，伙计。听着，我先说明，他们确实遇到了问题，但他们很安全。"

我不自觉地站起身，我需要站起来。"发生什么了？"

"有人在路上追杀他们。车被枪射得稀巴烂，但他们没受伤。"

"谁做的？"我的关节传来疼痛，我才意识到我握紧了拳头，"**谁……**"

他举高双手，示意我冷静。"目前还不知道，"他打断我，"我们得到的信息暂时只有那辆卡车的外形，还有一个男人在马路上身亡。格温没有杀他。卡车打转的时候，他被甩了出去。我们会尽快找到司机问话的。"

"我们？"

"我，还有一个相当正直的田纳西州调查局探员。"

"费尔韦瑟？"

"他名声还不错。如果还有其他优秀探员的话，我们会调派人手。但恐怕我们不会在猎狼河有收获。这个小镇的腐败勾结很严重。"

麦克的话听起来似乎夸大其词了，不过我不质疑他的直觉，哪怕只是一瞬间也没有。"再告诉我一次，他们没事儿。"

"是的，山姆。他们没事儿。他们在西边的县治安局，大约半小时车程。他们很可能一整晚都待在那儿。如果我有什么新消息的话，会第一时间通知你。"

我慢慢地坐回床上。心情虽没有好转，我还是伸了伸懒腰。"他们需要保护。"

"费尔韦瑟会保护他们的，我问过了。"

"你也应该去保护他们。"

"除非你被保释了，否则我哪里都不会去的。"

我重重地叹了口气，整个人筋疲力尽。"谢谢你，麦克。"

"行了，发财后可别忘了我。"

"说得我好像永远都做不到似的。"

"你就是个光说不练的混蛋，"他从口袋里掏出一部手机和一副耳机，"这是给你的。"

我看了他一眼，戴上耳机，不知道他要干什么。接着，他播放了格温的留言。我闭上眼睛，倾听着她声音中真实的情感，当她说"我爱你"时，我睁开眼，盯着黑色的天花板。手机微弱的亮光拨开了一切迷雾，让我长舒一口气。她不知道，我一点儿都不值得她爱，也不知道我多么需要听到这些话。

我扯下耳机，把手机还给麦克。"别删了。发给我吧！"

他没问为什么。这再次证明如果我努力了，还是能交到好朋友的。

我们用零钱和乱七八糟的东西做了一副象棋下起来，直到警卫再次回来，打开牢房的门。"法官准备好了，"他说，"走吧！"

"他就交给我吧，"麦克边说边拉着我的胳膊。为了让警卫信服，麦克抓住我时，力度大得可以扯掉我的手臂，这也是为什么我没有像之前那样戴上手铐。至少这样走起路来容易些。"试着装得可怜点儿。哦，你根本就不用装。"

"闭嘴。"

他押着我走过大门。

去法院的车程大概两分钟。我猜麦克是否和我一样警惕。现在已是黎明，天气寒冷，雾气像逃跑的鬼魂一样从地面升起，而我们两个和猎狼河的警察在一辆车上，他们看上去完全不友好。我们有可能莫名失踪，再被发现葬身于猎狼河岸边，就像我和康纳发现的那具女尸一样，甚至我们的尸体也许永远都不会被人找到。不过，对这个小镇来说，让一个杰出的联邦调查局探员消失也未免太难了。希望如此。

这个时候，路上只有三辆警车及许多辆黑色越野车，这令人感到意外。我指了指一辆停在法院旁的越野车，问："那是你们的人吗？"

麦克点点头，"怎么了？"

"你还带了同伴？"

下一秒钟他就意识到我为什么这样问了，因为他留意到另一辆类似的车子。"不是，"他说，"他们看上去不像本地人。"

"确实不像，"我表示同意，"我现在只能看到三个人。"

"生面孔很多。"

"你确定他们不是联邦调查局的？也不是田纳西州调查局的？"

"我确定，"麦克说，"你认为保护这个小镇要花多少警力？"

"整个镇子？"有那么一秒钟，我以为他在开玩笑，但他没有。"嗯……只有一条主干道进进出出，应该几辆车就可以。如果有人要攻击这个小镇

· 208 ·

的话，首先会攻击警察局，对吗？"

"嗯。"他说。

"但没有发生这种事。"

"还没有发生而已。"

他没有再说话。天还没大亮，我们离得太远，看不清越野车的车牌，但我确定麦克一定匆匆记下了信息或者拍了张照片。我想，他一定有点儿头绪，只是不告诉我而已。

我们下车走进法院，我稍稍松了口气。法官是一个脾气暴躁的外地老头儿。随着时间流逝，他变得越来越愤怒，而且他一定是被上司叫醒来处理案件的。他朝打哈欠的书记员招招手，书记员正在查看卷宗。我意识到我的律师并不在这里。好吧，不过也没关系了，法官只是发表了一个声明，听上去就像是在照本宣科一样。"根据对补充证据的审查，我将修改之前的审判，并且准许嫌疑人被保释，保释金为 25 万美元，被保释人须遵守一般保释规定。"

书记员一定是会速记，因为她在不停地打字，打的字看起来比法官说的话要多。等她停下来，法官敲了敲小木槌，就匆匆离开了。他的长袍下面似乎还穿着睡衣，下一个被告人可走运了。

"好了，你可以走了。"麦克向我走过来。我惊呼道："天啊，我不相信你有那么多钱。"

"伙计，我没有钱。不过你很幸运，有人帮你付了。"

肯定不是格温。没错，她的确存钱以备不时之需，不过肯定没有那么多。麦克送我出去，我不知道走上人行道时我在期待着什么，但是当我认出那辆租的别克车时，我愣住了。

麦克打开车门，示意我上车，让我坐到米兰达·泰德维尔旁边。

"你在开玩笑吗？"我问他，"麦克，拜托。"

"上车吧，你需要一位天使。"

"可她是魔鬼。"

米兰达探出身子说："山姆，别让我后悔投资了你。拜托，上车吧，听听我们说的话。"

我看看她又看看麦克·鲁斯提格，"所以，现在是'**我们**'了。"我感到内心的抗拒和友谊的断绝。一直以来，我都很珍惜麦克以及我们之间的友谊，我认识他的时间比我认识米兰达的时间还长，我从来没有想过有什么东西可以动摇或破坏这种信任。但现在我感到信任的链条在一点儿一点儿断裂。

"上车吧，伙计。"麦克再次对我说。我可以走开，但问题是，我又可以走到哪里呢？格温不在这里，她的情况比我还要糟糕。

于是我上了车。麦克爬到前面的副驾驶座上，轿车发出响声，轻轻摇晃起来。"好吧，"我对米兰达说，"至少你没能让他当你的司机。即使是对你来说，那也很难做到。"

"去你妈的，"麦克说，"你以为我这样做是为了钱？"

"我怎么知道你为了什么？麦克，为什么你不告诉我，你和一个我讨厌的女人勾结在一起了？"

"鲁斯提格先生可是处处为你着想，山姆。"说完，米兰达发动汽车，别克车从路边驶离。我不知道我们要去哪里，我并不喜欢这种感觉，"你需要别人帮忙，把你从你自己手中拯救出来。如果你非得认为麦克和我串通一气的话，也只是因为我们关心你。"

"哦，你现在倒关心我了。"我直截了当地说，希望她可以听出我语气中的讽刺。她坐回座位上，直视前方。"嗯，"她说，"即使你做了那么多事情推开我，我还是关心你。"我记得这种语气，这种声音。低低的，带着些许的沙哑，就像猫舌头一样。我一下子就像回到了过去，这让我害怕极了。

米兰达看上去并不像平时的她：她的头发垂下来，柔软地披在肩膀上，身上穿着一件纯黑色衬衣和蓝色牛仔裤，当然是高档货。她就算死去时也绝不会穿着平价衣服。但此刻她的样子确实是我见过她在清醒的状态下最随意的……随后我才意识到她喝醉了，不是以前那种酩酊大醉，但也足够醉了。"你做了什么？"我紧张地问她。

"我去见吉娜了，"她告诉我，"别担心，我没有泄露你的秘密。我只是……想考验考验她。"

"你伤害她了吗？"听到自己声音的这一刻，我才意识到我有多生气。麦克按住我的肩膀，他知道我这种语气意味着什么。我站起身，身子向前倾。"放开我，麦克。你伤害她了吗？"

"没有，"米兰达说，"她没事儿，显然孩子们也没事儿。我没有看到他们。"

我这才放下心来，缓缓坐回座位上，"你为什么要那样做？"

"她把你也拖下水了，"米兰达说，"这种事情不应该发生的。我不想让它发生，山姆，从来都没想过。我太在乎你了，不想看到你这样……自甘堕落。"

"那就别看，回到堪萨斯，放过我们吧，"我告诉她，"收手吧！"

她的脸涨得通红，脸颊和额头上还有小小的红点。她喝醉了就很难保持冷静。"你没有做过母亲。我十月怀胎生下我的孩子，她就这样被毁掉了，必须有人为此付出代价。"

"已经有人付出代价了，"我说，"梅尔文·罗亚脑袋上中了一枪。"

"你们所有人都知道她是帮凶，却任由她逍遥法外。"

"没错，我曾经是被愤怒蒙蔽了双眼，执迷不悟，但是我已经往前看了。你也应该往前看。"

"纪录片的拍摄一定会完成的，"她说，"你们的生活依然会支离破碎，因为吉娜从阴影里走出来的那一刻，你们的关系就注定要走向终结。你那么聪明，应该知道这一点的。"她把手伸进口袋，拿出一张折叠好的纸，递给我。

这是一篇从网络上打印出来的文章，有人激愤地说格温·普罗克特是她丈夫谋杀案的帮凶，而且文章不是五年前而是最近才发表的。

"我没有打印评论部分，"她说，"但我可以向你保证，这篇文章有成千上万的跟帖，人们一如既往地愤怒，也许更愤怒。没有人相信她是无辜的，一个也没有，除了你。一旦纪录片开播，就再也不会有人相信她是无辜的。从现在起，她的生活再也无法回归平静，我们终于可以讨回一定程度的公道了。"

我的天，这篇文章所讲的怪物并不是格温，而是坐在我旁边的这个女人，而我帮忙创造了它，"取消这一切吧！"

"这是你挑起的，山姆，是你创建了'失落的天使'，是你将她的照片打印成通缉令，是你让我们在她住的街区张贴通缉令。你督促我们跟踪她的一举一动，留意她改了的名字，不断骚扰她直到把她赶走。总而言之，你才是想出这个主意的人，你搬到静湖成为她的邻居，好证明她是真的有罪。为什么我要取消这一切？我曾经信任你，相信你会帮我们完成这一复仇大计，**你却爱上了她。**"

听到最后一句话时，我内心一紧。啊，天啊！不要告诉我这才是她不肯收手的原因。我看到她眼里的红血丝，悲伤与愤怒溢于言表。她对格温的敌意不仅是因为她的女儿，还因为我。我一直都骗自己我们只是盟友，但对她来说，我们的关系不仅仅于此，我们还是**伴侣**。可我从来没有这样想过。她只是我复仇的一枚棋子。对她来说，我也只是一枚棋子。

我不可置信地盯着麦克，问道："你和她是一伙的？"他面无表情，但我知道他内心一定感到很愧疚，他一定会感到内疚。

"听我说，兄弟……我喜欢格温，真的。但是我必须把我的兄弟放在第一位，格温的过去是不能抹去的，那太沉重了。我不想你和她一起堕落下去。"

"所以看到她被骚扰、跟踪，甚至被谋杀，看到孩子们遭罪，你内心都没有一点儿触动吗？"

"不，"他说，"我不忍心看到他们那样。但同时我也不忍心看到你受到间接伤害，听听这个女人说的吧，这就是我的全部要求。"

"你不了解这个女人，"我告诉他，"天啊，米兰达，难道你还不明白吗？我从来没有爱过你，我甚至都不喜欢你。我们只不过恰好都失去了亲人罢了，而现在一切也已经结束了。"

米兰达没有立即回答。她放慢车速，转弯驶进一个熟悉的停车场，是六号汽车旅馆。"山姆，我现在给你一个选择：接受在佛罗里达州的工作，给自己一个重新开始生活的机会，不要再继续堕落下去。你只要……接受就可以了。"

难怪，我终于知道了。这种感觉真难受，"所以推荐我的并不是麦克，对吗？你动用自己的人脉，给我提供一份舒适又轻松的工作，好让我远离格温。"

"我确实把你推荐给了他们，"麦克说，"我想让你活着，兄弟。恐怕继续这样下去，你难逃一死。"他听上去十分失落，我想也是。他从来没有喜欢过米兰达和她的阴谋，也不喜欢我曾经参与其中，但他从来没有放弃过我。我现在开始理解他为什么要这样做了。可是他完全错了。

我听着引擎的声音，数着自己的脉搏，因为这样可以让我保持冷静，压制自己想要粉碎这辆车的冲动。

"你有机会改变你的生活，"米兰达接着说，"我要开车带麦克回纳什维尔机场了，如果你答应的话，我会在机场准备一架私人飞机，送你到佛罗里达。麦克和我会撤销对你的指控，因为显然你不是杀人犯，你不过是自卫而已，州警察的调查也会查明这点。你接受那份工作，再找一个女朋友，从她对你造成的伤害中恢复过来，再也别回这里。"

"我还有别的选择吗？"我问道，声音一紧。

"你现在下车，等吉娜回来。我对天发誓，如果你这样做，我会下定决心毁掉你们两个，不达目的誓不罢休，"她说，"我会让你和吉娜·罗亚变得声名狼藉，任何和你们有关联的人都会被毁灭掉。"

焦土政策，她是认真的。我听到麦克在反对，但我没有仔细听。他可能还没意识到她说了什么，然而这是他引起的，他脱不了干系。

"你不能这样做，"我告诉她，我试着缓和自己的语气，"你不能这样惩罚无辜的孩子们。"

"我期待着看到有人将那些孩子毁掉的那天，就像是梅尔文毁灭我的孩子一样。这样我就可以休息了，因为那样梅尔文·罗亚就真正从这个世界消失了。"

这很骇人，但她是认真的。我了解这个女人，我关心过她。看到她的狂热、她的残忍，就像看着镜子里的自己，两年前的自己。"你疯了。"我说，真心为她感到悲哀，而同时我也惧怕她，"你太偏执了。"

"即使到了地狱，我也不会忘记惩罚吉娜·罗亚。"她说，"山姆，如果你现在下车……你的下场也将是如此。"

我的视线从她身上转到麦克身上。他看上去十分震惊，显然他没有想到米兰达会这样做，也不知道她会如此极端。有那么一瞬间，我为他感到难过，随后我又想到他曾试图让我离开我爱的人。"那我们地狱见吧！"说完，我打开车门，下了车。

我看着车开走。东方天色破晓，不过这个季节，早上依旧冷得出奇。

我靠着六号汽车旅馆的外墙坐下，等待着即将到来的一切。如果来的是猎狼河警方，恐怕我就没有机会看到下一次日出了。但如果是要我在看着格温受难还是与她一起受难中做出抉择……我会选择和她一起。不管多少次，我都会选择和她在一起。

半小时后，他们终于出现了。三个男人迎面向我走来，他们来这里并不是要办事儿，因为他们四处张望，看到我后就径直向我走来。三人中，站在中间的人瘦瘦高高，一头红发，留着浓密的胡子；另外两个人个子较矮，都是一头黑发，胡茬也是黑色的。虽然发型不一，但他们长得很像。我不认识他们，显然他们也不认识我。

"伙计，"我说，并没有起身，我累了，"我们一定要现在开打吗？"

我原以为他们一开口就会责备我杀死了他们的小镇英雄特拉维斯，但他们让我吃了一惊。红发高个子说："她在哪儿？"

"格温？"我耸耸肩，"怎么了？"

"我们有一个约会，"他说，笑得跟驴叫一样，"我听说，那个骚货要给我吹箫呢！"他不笑了，因为他看到我没有任何反应。我一点儿也不觉得好笑，一点儿也不。我只感到恶心与不舒服，一点儿想笑的心情都没有，直到他说："我说的不是妈妈，我才不会浪费避孕套去上她。我说的是那个好女儿。"

一切都静止了。我的筋疲力尽、我的沮丧都消失了。我再也抑制不住自己的恐惧。我站起身，说："你说的是**我的女儿**。"兰妮就是我的女儿，说什么我也不会让这个混蛋如此口无遮拦，"你的臭嘴真能说。你家里人知道你这样说话吗？"

显然，他们是冲着我来的，只是在找借口罢了。我们的打斗可不像那些该死的电影：双方礼貌地等待，直到一方按捺不住出拳。他们包围我，推搡我。我挣扎着，差点儿失去平衡。其中两个人把我的右臂反扣在背上，然后第三个人，那个高个子，用他那像咖啡罐一样大的拳头重重地砸在我的肚子上，重到我感觉他好像都打到我的肋骨上了。我没有还手，因为我试着找出他们的弱点，而不是盲目反击。高个子身手笨拙，整个人的重心都在右边。小菜一碟。我忍住拳头带来的疼痛，抬起穿着工作靴的脚，狠狠踢中他的右膝盖。我听到软骨碎裂的声音，他高分贝的尖叫声在汽车旅馆大堂的水泥砖头上回荡。

他单脚往后跳，号叫着撞到墙上，靠在墙上不停地叫喊着。他还没有倒下，不过就目前来说，他已经退出了这场打斗。

他那两个紧紧抓住我手臂的同伙震惊地看着他们的朋友。要摆脱他们，我只需一记左勾拳击中第一个人的头部，扯住他的头发，再用膝盖朝他脸部重重一击。我打断了他的鼻子，他跌跌撞撞地倒在角落里。

还剩一个。没有人再牵制住我。我不觉得疼。能把这些家伙打趴下让我感到一种极病态的喜悦。他看得出来。他举高双手，后退。

我说话时，声音十分平稳，连我自己不禁感到惊讶，"我问个问题：谁派你们来的？"

那个鼻子被打的人想要用脏话骂我，却突然咳嗽起来，喷出了血。我皱皱眉头，同时感到前所未有的满意。

红胡子男人说话了，他恨我恨得牙痒痒。"混蛋，"他这两个字鼻音很重，一口浓浓的田纳西州口音，"大家都知道你也参与其中。"

"参与什么？"我原以为他说的是这个小镇，说的是我枪杀特拉维斯的事情，但不是。

"你是梅尔文·罗亚的小跟班，"他说，"大家都知道。你和她一起，帮梅尔文拐走那些女孩儿。你他妈死定了。"

他说完后，我的脑袋"嗡"地炸开，就像是有人朝我脑袋开了一枪。我一脸不解地看着他，感到一阵恶心。**我的天**。我深吸一口气，又吐出来，整个人都不安起来，"你在哪里听说的？"

"酒吧。"红胡子男人说。

那个仍然举高双手的男人说："有人在脸书上这样说的。"

我转过身，问他："到底是谁说的？"

"怎么？"鼻子断掉的男人吐出一口血，牙齿被血迹染成粉红色。他咧嘴笑着说，"你也要上那个女人吗？"

那个女人。我想他们是米兰达派来的，我感到恶心。这的确像她会做的：捏造、传播各种谣言，全然不理会真相。没有任何证据支撑、毫无价值的指控却传播得很快。因为我的个人经历，我了解人性：人们很容易对别人产生仇恨，能让他们觉得自己是大英雄。

我抓住没受伤的那个男人的肩膀，说："给我看看。"他拿出一个质量极好的手机，颤抖着打开脸书，递给我看。

我看了看帖子，不是米兰达发的。或者说至少看起来不像是她，而是一个叫多琳·安德森的女人发的。从头像看，她是个胖女人，头发金色，住在亚特兰大。我看了看她的脸书：和她的孩子在糕饼义卖会上、在教堂里拍的相片，还有一张和两个男人的合照，其中一个人看起来很眼熟，但是我没有立刻认出他，直到我在模糊的背景中看到一辆白色面包车。他们一脸喜悦，大拇指竖着。

我想起来了，她是摄制团队的一员。我查看了她的就业信息，她曾是一名银行职员，如大多数人那样因为自动取款机的普及而下岗，现在的工作是纪录片制片人。

她的文章明显暗示我是梅尔文·罗亚的助手，我和格温一起住也是因为我们都是他的帮凶。全文没有给出确切证据定我的罪，而我是绝对不会做出违法的事情让她得逞的，那样只会火上浇油。文章中还有很多"如果他……""或许他们两个……"之类的猜测，这种论调充斥着当今的新闻行业。她在抹黑我。如果她想给我制造麻烦，那她已经成功了。就像米兰达告诉我的那样，这一切还只是开始。

我将手机扔给那个男人，他笨手笨脚，没有接住。手机跌落在地，我希望屏幕能碎掉。"你们三个蠢货给我去你们提到的那个酒吧，说你们来过，想找我、格温和孩子们的麻烦。你们下一次再也不会这样做了，因为你们很庆幸我没有杀掉你们三个。现在赶紧给我滚。"

"死基佬。"红胡子男人向我吐口水。但我反应很快，他没得逞。

"你侮辱人的伎俩就只有这些吗？真为你感到悲哀，高个子。顺便说一句，你的韧带伤了，如果不想用拐杖走路的话，最好去医院一趟。"

"我的鼻梁骨断了，"第二个男人插嘴，就像他的伤势不明显一样，他的语气与其说是悲伤不如说是悲痛，"他妈的断了。"

我只是点点头。他们三个人相互搀扶着走到角落：没有受伤的第三个男人扶着红胡子男人，他只能全程单脚跳着；鼻子断了的男人企图用牛仔夹克袖子止血，但没有成功。他们很有可能直接去警局报案，让警方撤销我的保释，那样的话我也没有办法。如果猎狼河警方想抓我回去，我一点儿法子也没有。至少我花了米兰达25万美元，也算得上是报了仇。不，就是在报仇。

我向树林走去，想找一个地方小便，这时一辆方方正正的白色轿车开进了汽车旅馆的停车场，我没有认出那辆车，因为刚刚的肾上腺素已经消散，疲倦感再度向我袭来，直到这辆车猛地停在我面前。我退后一步，下意识伸手去拿我腰间已经不存在的枪，这时我才留意到开车的是格温。我们两个互相盯着对方看了很长一段时间，我往车后座看了看，孩子们和她在一起，很安静，一脸闷闷不乐。

"上车。"格温说，"我们要离开这里。"

"我们哪里也不能去，"我告诉她，"我们需要谈谈，现在。"

第十四章

格温

　　山姆不太对劲儿，他脸色苍白、神色疲惫，情绪十分低落，脸上也出现了我从未见过的细纹。我不知道他俯下身子从敞开的车门看我时，看到了什么。他钻上车，"砰"的一声关上车门，我立即开车。

　　"你要去哪里？"他问我，听上去筋疲力尽，我肯定他还没能睡上一觉。和我一样，一切都让他消瘦了不少。

　　"离开这荒唐的所有，还有这该死的小镇。麦克给我打电话，说你被保释了，还告诉我要去哪里接你，他人呢？"山姆没有回答。我说："算了，我们回家吧！"

　　"家不是避难所，"他说，"停车。"

　　我才掉了个头，还没有完全离开汽车旅馆的停车场。我按他说的将租来的车停进一个车位里。"你说什么？"我有种不好的预感，我一点儿也不喜欢这种感觉。他犹豫了很长一段时间才开口，"我不想让孩子听到这些。"

　　"我很确定我们需要知道这些事儿，"我的女儿说，"不要再向我们隐瞒了！我们已经不是小孩儿了。"

　　可对我来说，他们永远都是小孩儿：个头儿小小的，肌肤嫩嫩的，手舞足蹈地来到这个世界，需要我的保护。我一时喘不过气来，如果不是很严重的事情，如果不是会改变一切的消息，山姆是不会这样说的。但他听了兰妮的话，他靠着副驾驶的门，看看我，又看看孩子们。

他将真相娓娓道来："米兰达·泰德维尔以前和我十分亲密，"他说，"我曾和她住过一段时间。在你胡乱猜测之前，听我说。我当时需要一个落脚的地方，她给我提供了她家里的一间房，一间客房。"

"你们同居了多久？"我问他。

"我从战场回来后到搬到静湖前的那段时间一直住在那里，"他说，"我和你说过，我搬去静湖是因为我想证明你和梅尔文的犯罪有关，这是真话。我只是没有告诉你有人给我提供资金。"

"资金。"我重复他的话，"是米兰达。"

"我想，她现在终于知道了自己的投资不会有回报。"

我内心一阵刺痛，如同鱼骨般锋利。他到这时才告诉我这件事儿，而不是把它当成能和我共享的秘密，却和米兰达共享。"她知道你要搬来静湖，要来伤害我。如果可以的话，你会让我坐牢。"

"嗯。"

康纳说："是那个电视上的女人吗？是那个人吗？你和她一起住过？"

"是的，"他哽咽了，不想向康纳承认这一点，"你们不知道的还有很多。是我建立了'失落的天使'小组，刚开始只有我们两个，渐渐地梅尔文其他受害者的家人和朋友也加入了进来。如果其他人没有加入进来，我们的关系或许会更近一步。它本是个疗伤的地方，我怎么也没有预想到它会变成现在这样。"

"山姆……"我知道"失落的天使"小组，一股恐惧感油然而生，"**不，这不是真的。**"

"我是创始人，"他说，"米兰达和我对你做了那些事情。天啊，格温……"我看得出来他将这个秘密隐藏了很久，也看得出来这对他的心理折磨有多大。我为他感到难过，即使他伤透了我的心。"刚开始我们只是聊天，在互联网上发布谣言，企图让自己心情变好。后来……后来我制作了那些通缉令。我查到了你改名后的住所。"现在的他看起来很可怕，"我们每天都去你的住所附近张贴通缉令，坚持了好几个星期。我们还跟踪你。"

我想吐，我趴在方向盘上。我还记得我那时候多么开心：孩子们又重新回到我身边，我被无罪释放；新的住所安全、温馨。我们终于可以重新开始了。那时候我还相信人们的善意与宽容。我天真地以为我们终于可以摆脱梅尔文的冤魂，开始新生活。迎接我的却是街区附近印着我照片的通缉令，指控我帮助强奸、折磨和谋杀他人。我的邮箱里塞满了那些，有的还直接贴到我们的前门上，贴到孩子们学校的校门上。

听到山姆坦白这一切……我内心有些东西被烧成了灰烬。他摧毁了我们的安全，他让我们四处逃命。有了第一次就会有第二次，事情一发不可收拾，变得不受控制。红迪网上满是猜测的帖子，人们分析我与那些谋杀案的联系有多深，最后得出结论说我才是幕后主谋，梅尔文只不过是我的替罪羔羊。

自那时起，我和孩子们就一直被人肉搜索，再也找不到一处安全的地方。"失落的天使"小组，还有追随他们的无数暴徒给我们发送越来越多暴力图片，幻想着我们有一天能死掉。

我打了个冷战，猛地意识到，山姆也发了那些东西。刚开始他一定这样做过。那样的邮件层出不穷，我的邮箱每天都会被丧心病狂的追踪者塞满。

山姆是造成我们苦难的罪魁祸首。我甚至都不知道应该如何去消化这一切，他深深地背叛了我，即使这一切都发生在我们相遇之前。

我的双眼布满泪水，内心冷得都快结冰了。我很痛苦，一切都是那么伤人。**你怎么可以不告诉我？你怎么能让我再相信你？你现在又想要什么恶心的把戏？**我全身失去了知觉，几乎快要晕倒。但我没有，我无力地面对着世界，这个丑陋、支离破碎的世界。我问道："你之前向我求婚，也是她叫你做的吗？和我结婚，然后伤透我的心？还是想杀……"我再也说不下去，这太伤人了。我浑身战栗，声音颤抖。随后我意识到，**我还没有和孩子们提起他求婚的事情**。现在我的孩子不仅是目击者还是受害者。他刚才问我时，我就应该听从他的意见，到车外去听他的忏悔，因为这一切……会将他们摧毁。他们信任他。

我转过身看他们：康纳低下头，我知道这个姿势代表什么，他在保护自己不受伤害；兰妮则一脸恐惧地盯着山姆。

她的恐惧逐渐转化成愤怒："**你这个混蛋，**"她大喊，"**你是个怪物！**"她在引用她父亲的话。"**吉娜，你不知道他是谁。你不知道他可以做什么。只要一想到你引狼入室，我就忍不住哈哈大笑，你活该。**"

或许我真的活该，但我的孩子们不应该承受这一切。

山姆的脸色极其苍白，他依然注视着我。"我刚开始接近你时的确是想伤害你。而且没错，米兰达也知情。但是后来发生了变化，一切都**变了**。当我说我爱你、爱孩子们的时候，我说的是实话。我知道你为什么拒绝我，我理解你。拜托，**拜托你一定要相信我。**"

我听得出他声音里的痛楚，也看得到他眼里的痛苦，他眼中闪烁着的泪光就像从我脸颊上流下的泪水一般。他冷静地说出这一切，可我想要尖叫，一直尖叫直到世界静止下来。在此之前，我从来没有想过山姆会成为梅尔文那样的怪物，直到这一刻。现在我看清了，一切都太真实了，他和梅尔文对我们造成的伤害一样深。

"我不相信你，"我说，"米兰达刚刚付了你的保释金，不是吗？"

他发出的声音就像是我把他开膛破肚了一样。有那么一瞬间，他一动不动，只是低下头，静静地呼吸着。我等待着，如果他向我或者孩子们靠近，我一定会抓住他的手臂，把他打到脱臼。我会一直扭着他的手臂，直到他向前趴下，这时我就会用我坚硬的拳头直接扭断他的喉咙，我清楚地知道每一个步骤。但是当我想象这一系列动作时，他的脸并没有出现在我脑海中，我的脑海一片空白。因为在这一刻，我一点儿也不了解我面前的这个男人。

他打开车门冲了出去，就像是想要迫不及待逃离我一样。但是他踉跄了一步，倒在车上，倒在兰妮的那边。他翻了个身，双手撑在大腿上，大口喘着气。

"快走，"兰妮喊道，"快开车，妈妈。"她的脸上满是泪水，"我想回家！"

我让他们失望了，又一次辜负了他们。我不知道如何才能让事情重回正轨。"好的，"我告诉她，"我们会回家的。"

我还没来得及发动汽车，康纳就打开车门下了车。我愣住了，因为我不知道他要做什么，直到他绕过车子，走到山姆面前，说："你刚刚和我们说的是实话吗？每一句话都是实话？你能保证吗？"

山姆点点头，浑身颤抖着，喘着气。我想象不到我儿子现在的感受，但是我不想阻止他，我不能那样做。

"妈妈！"兰妮用坚硬的拳头砸着我的后座，"别干坐着！让康纳回到车上，然后开车走！"

"康纳！"我叫道，可他听不进我的话。我爬出驾驶室，"康纳，回车里来！"我的儿子忽略了我，而待在车里的兰妮快要崩溃了。康纳目不转睛地盯着山姆。他说："我明白，"他不是在和我说话，他是在和山姆说话，"他们很愤怒，我也是。人们很容易听信别人的话。即使我知道更多的真相，我……我还是选择了相信我爸爸。"他哽咽了，我看得出来他很紧张，以及他花了多大的勇气才说出这番话，"我们以前就知道你是谁，你并没有改变，只是我们知道了你另外一面。"

"康纳，"山姆低下头，"你应该回车里去，你妈妈和姐姐想回家。"

我试图说些什么，却一句话也说不出来。康纳和山姆的谈话很重要。

康纳接着说："你恨过我们，但你放下了一切。我也仍然相信你。"

他这番话伤害到我了。我的脑子现在一片混乱，像是锋利的钢刀在里面不断旋转，伤害着我。**康纳还是个孩子，他只是个孩子，他理解不了。**然而从某种程度上来说，我的儿子懂的东西比我更多。

山姆发出一声痛苦的喘息，他将我的儿子拥入怀，将康纳抱得紧紧的，让我感到一阵阵痛苦。康纳也抱住他。我知道山姆脸上的表情代表什么，我感受过，亲身经历过。我知道那种失去、害怕的感觉，更重要的是，那是爱。山姆爱我的儿子。山姆是真的爱他。

"妈妈！"兰妮下了车，脸色苍白、神色慌张，不知道发生了什么。我用胳膊搂住她，拥她入怀。"妈妈，康纳不能……不能就这样原谅他。"但她错了。在我眼前是一幅既美好又珍贵的画面，就像一道突如其来的阳光。没有人值得拥有这一切，除了山姆。

"兰妮，"我平静地说，"康纳是对的。"

"妈妈，我们不能相信他！"

我知道，世界上再也没有一个理由能让我相信山姆，除了……除了他来到我们身边后做的一切。他从来没有伤害过我们，直到他的过去逐渐浮出水面。他从来没有采取过什么行动伤害我们，一路以来，他陪伴我，保护我，捍卫我，这是不是演出来的？**不，不可能是，**因为我现在看到了结果，亲眼看到了结果。他很诚实。他知道会发生什么，但还是选择坦白。这是勇敢的行为，是我熟悉的山姆会做的事情。

山姆亲了亲我儿子的额头，说："我爱你。请记住这点，好吗？"

康纳往后退了一步，说："你不能走。"

"但我必须得走，"山姆说，"不是吗？"

山姆和我从车的两边互相看着对方，我屏住呼吸，又感到一阵痛苦。我看到他的心碎，伤害已经造成了。"山姆，"我说，"快上车吧！"

他眨了眨眼，我看到他眼神中转瞬即逝的一丝希望。"米兰达……"

"你说过她会毁掉我们，不要让她得逞。"

"太迟了，不是吗？"

我真的不知道。"你不能就这样……离开。你没有钱，也没有别的办法离开这里。除非麦克……"

"不，"他打断了我，"麦克和她是一伙的。"

我不知道该说些什么。我不是今天唯一一个被背叛的人，他已经受伤了，现在情况变得更糟。我想，这大概是他感觉最孤单的时刻。

"你说得没错，是她保释了我。"他说，"她和麦克给了我一个选择。我选择了你，选择了这一切。"

如果他说的是实话，那么这就是别人为我做过的最伟大的事情。尽管我们之间隔着背叛的鸿沟，尽管他的所作所为让我感到痛苦，但那已经是多年前的事情……我不能忽略他为我们做出的牺牲。

兰妮低声说："妈妈？妈妈，但是……他的所作所为……"

"重要的是他现在为我们做的事情，"我转头看向她，"你相信我吗？"

她不情愿地点点头，泪水在眼眶里打转。她既困惑又受伤，我理解她的心情。

我又转向山姆。再次开口时，我的声音变得温柔了，"赶紧上车吧！"

他凝视我，愣了一秒钟。他吸了一口气，用手擦了擦脸。"对不起。"

"我知道。"

等到他上车后，我才上车。康纳也上了车，坐到我们后面，现在就剩下了我的女儿了。兰妮在车外犹豫着，瞪了我一眼，溜到了后座。"谢谢。"我告诉她，她双臂交叉，看向别处。显然，她还没有准备好，不过她会接受的，我希望如此。

我们不是一家人，但是我们在一起。这是一个全新的开始。

"拜托告诉我，我们现在要离开这个鬼地方。"兰妮说。

"你可以离开吗？"我问山姆，他正在扣安全带，他耸耸肩，"保释用的是米兰达的钱。"

这句话足以让我踩下油门儿。

开了十五分钟车后，我的手机响了。我看了看来电显示，想要挂掉电话，但这是赫克托·斯巴克斯的来电，我觉得有必要接。我打开扬声器，说："格温·普罗克特。"

"普罗克特女士，我现在需要你的帮助。你一定要找到她！"他听上去上气不接下气。

"找到谁？"

"薇·克罗克特，"他说，"她逃走了，现在她的处境十分危险。"

"什么？她到底是怎么……"

"警方声称是工作疏忽，"他打断我，语气听起来很紧张，似乎正在来回踱着步，"不过我认为他们是故意让她逃跑的。他们说在法院的面包车上没有人看守她。我认为这是警方想要杀人灭口的诡计。现在她潜逃了，很容易被杀死。"

"因为她知道的信息？"我的语气尖锐起来，"和她谈过话后，我们就是同一条船上的人了，难道你没有意识到吗？你难道不知道杀死玛琳的人也会来杀我们吗？还是你真的那么愚蠢？"

斯巴克斯沉默了一会儿，然后说："这个镇子里就只有你可以帮我了。除你之外，没有一个人能帮我。如果你可以找到薇，并将她带到我这儿，我向你保证我能并且一定会保证你们的安全。前提是你们要找到她。**情况紧急**。普罗克特女士，我说没有我们的帮助这个女孩儿一点儿希望也没有时，并没有夸大其词。"

该死。我应该继续开车的，我不欠薇什么，什么也不欠。我透过后视镜看到我的女儿：她嘴巴张得大大的，不再处于防御的状态，她盯着我看，期待着我可以做些什么。此时此刻，我不能再让她失望了。我掉转了方向。

"我知道她去哪儿了。"兰妮说。

"你怎么可能……"

"她在她家的房子里。她现在一定很害怕。如果知道他们一定会杀了自己，那里就是她会去的地方，不是吗？"

我的孩子很聪明，比我还聪明，因为她说得完全正确。我不禁猜想，如果兰妮也曾这么绝望与孤独的话，是否会选择结束生命。从她的眼神中，我得出了答案，她有过同样的想法。她当然有过这样的念头，她被迫过着这样的生活。我和山姆给她造成了创伤，虽然原因各不相同。我必须确保我不会再让她失望。

警方正进行地毯式搜索，先从法院开始，很快就会查到已被封锁的克罗克特家。我开车直奔那里，在路边停下车，目前这儿暂时还看不到一辆警车。我看到那些曾经也封锁了我家前门的封条。那条被子弹穿过的封条被扯掉了，在角落里随风飘着。

"待在车里。"我命令道，指挥着每一个人，但是没有一个人听我说话。跑向房子的门口时，我往回看，山姆在朝我跑来，更糟的是，我的女儿也跟着下车了。来到前门台阶上时，我放慢了速度。薇上一次试图杀了那个吓到她的人。我举手示意山姆和兰妮往后退，一脸严肃地看着他们，执意要他们往后退。

山姆抓住兰妮，让她停下脚步。我小心翼翼地缓慢前行。

房子比我想象的还要糟糕。这是一栋摇摇欲坠、被人抛弃的房子，没有扶手，门廊几乎都腐烂了。我推了推前门，咯吱作响。扑鼻而来的是一阵干掉的血的恶臭，我努力控制自己不要呕吐。"薇？"我轻声问，"薇，你在里面吗？我是格温。"

我回头看向山姆，他还抓着兰妮的手臂。我指了指车，指了指康纳，山姆依旧犹豫不决。我用嘴型对他说："**看好他们。**"山姆毫不犹豫地点点头，往回走。他没有质疑我，我在心里默默感谢他。随后我意识到他很少怀疑我。这种无条件的信任是一路以来他无声赠予我的礼物，我却一直没有看到。

我走进去，房间很暗，还弥漫着一股死尸的味道，但出奇的整洁。我想玛琳已经尽力了。地毯虽然旧却很干净，墙上挂着薇小时候的照片，旁边还有一个双手祈祷形状的石膏摆设和一个简单的十字架。

薇正坐在一把旧摇椅上，弯着腰，一动也不动，身上穿着的还是我们之前见面的监狱囚服，头发垂下来盖在脸上。我打量着她，注意到她手里拿着一样东西。是一把刀。

就在这时，兰妮气喘吁吁地闯进前门。"我不要在车里等着！"她喊道。天啊！我立马挡在兰妮和那把刀之间，说："薇，请把刀放下。"

我听到兰妮脚步一顿，停了下来。她意识到发生了什么，不再冲动行事。

"你帮不了我。"薇说，她的声音变得不一样了。她抬头看我的眼神也不一样了。结冰的湖面开始融化，她看起来就像一个终于恢复了知觉的女孩儿，尽管她感受到的东西让她仿佛置身地狱，"他们杀了我妈妈，很快也会把我杀了。如果不是你试着帮我，我恐怕已经死了。对不起，我听到了他们的谈话，说你就是下一个，**我对不起你。**"她在哭，泪水顺着她的脸颊滑落，整个人都在颤抖。我想用毯子裹住她，拥她入怀，但是我不能这样做。只要她还拿着那把刀，我就不能安慰她。"我只是太害怕了。"

"这不是你的错，"我告诉她，"跟我们走吧，我们可以帮你。"

她摇摇头，把刀刃放在手臂上。她要割腕，割断大动脉，她很快就会因失血过多而死。我听到兰妮倒吸一口凉气。我看到刀在薇手臂上的压痕。

她还有一丝丝犹豫，任何变故都可能让她行动。我紧张得不敢说一句话。

可我的女儿说话了："我爸爸是个杀人犯，你知道吗？大家都认为我妈妈是帮凶，他们想要将妈妈从我和弟弟身边永远夺走，而且……"兰妮深吸了一口气，"我看不到任何出路。那时我才十二岁，但有那么多人讨厌我。薇，这种事儿太多了。我只想……"

薇没有动，但她在听。"你试过吗？"兰妮停顿的时候，薇问。

请回答没有，我祈祷着，我的女儿却说："嗯，试过一次。那时我和外婆一起住，吃药后我很害怕。后来我把药全扔了，她完全不知道。"

我也完全不知道，这彻底震撼了我。

"你可以改变自己的想法。"兰妮对坐在椅子上的女孩儿说，她离死亡只有咫尺之遥。"我就这样挺过来了。你比你想象得要勇敢，你没有罪，我妈妈也没有罪。你看她，她每天都在战斗，你也可以。我相信你，薇。"

"为什么？"薇哭得更厉害了，静静地，撕心裂肺地哭着，"没有人相信过我。"

"那么就有人应该这么做。"兰妮说，"来吧，和我们一起，不要向那些人认输，为你的妈妈而战。"

薇喘着气，手中的刀掉落在地，弹到远处，我迅速捡了起来。兰妮径直走向薇，把薇拥入怀中。薇颤抖着，在兰妮的怀抱里整个人都放松了，仿佛那个拥抱就是她需要的。现在她所需要的就是有一个人去相信她，需要有人告诉她是值得被拯救的。

"走吧，"我轻声地对她们说，"薇，你要跟我们走一趟。我们要带你去见斯巴克斯先生。"

她无精打采地点点头，仿佛又回到了那个被动的状态，但没有之前那么可怕。她现在的状态更像是得到了解脱。

我们走出屋外。我擦了擦刀子，把它扔到杂草丛生的院子里。我最好不要在这里的任何物件上留下我的指纹，或者是薇的指纹。

我们交换了座位，康纳坐到前面来。山姆和兰妮在后面看着薇，以防她再次逃走。我加速驶离房子，来到一个拐弯处。就在此时，一辆猎狼河的警车拐进街道，停在了街口的第一间房子那儿，没有跟上我们。

地毯式搜索，我现在可以利用它。

赫克托·斯巴克斯的家庭办公室就像是安全的港湾。我把车停在整洁干净的房子前，关掉引擎，转过头看向薇·克罗克特，"在我们进去之前，我需要你告诉我一些事情，可以吗？你妈妈知道什么？我认为你一定知道，否则你就不会这么担心他们杀掉你。"

"如果我说了，他们会把你们也杀了的，"她说，"你知道的，对吗？"

"反正他们已经动手了。"山姆说，他听上去冷静、坚强，这就是她需要的东西，我看得出来。她缓缓点头，抬起下巴。毫无疑问，这个孩子有困难，需要帮助。同时我也看得出来，她有难言之隐。创伤是会留下痕迹的，在性格中也是如此。"我妈妈看到了残骸。"薇说。

康纳转过头，盯着她。我想他是第一个反应过来的。"那辆幽灵车的残骸？"

"那不是幽灵车，"她非常严肃地告诉他，"只是一辆老式福特 T 型车，开到了河边的公路上。两辆车正面相撞。其中一个司机是住在山上爱喝酒的老人。"她哽咽道，"他死了。妈妈对我说她看到他的头被压扁了。"

所谓的幽灵车残骸，我想起来了，大概是一个星期之前。"薇，"我说，"你妈妈在汽车修理厂工作，她是怎样看见的？"

"他们缺司机，于是妈妈开了两辆卡车的其中一辆，把死了的人载到他们被埋掉的地方。"

"你说住在山上的那个老人死了，那另一个司机呢？"

"他也死了，"薇说，"问题是他不是当时车里的唯一一个人。妈妈说她听到有人在后备厢里哭，刚开始妈妈以为那是他的鬼魂，但是当他们打开后备厢时……"

"然后呢？"兰妮问，她抓住薇的手，薇的情绪逐渐稳定下来。

"然后他们就发现了那个小女孩儿，"她说，"我猜，她应该还在这里。"

"哪个小女孩儿？"山姆问，而我已经知道了答案。"埃莉·怀特。"我告诉他。

现在一切都合理了。玛琳看见了事发过程。修理厂老板考尔、警长和警员，还有银行家，他们绑架了可怜的埃莉，要求家属打一笔赎金到他们的离岸银行。难怪他们想让我们都死掉，毕竟赎金就快到手了。他们已经认定在监狱采访时薇就把事实和盘托出了。

他们都参与了，即使不是所有警员，大多数也都参与了这场绑架，还有修理厂里的每一个人，也许还不止这些。

"薇？你妈妈说过那个小女孩儿怎么样了吗？"我问。

"考尔先生带走了她，"她说，"他告诉妈妈，如果妈妈守口如瓶的话，可以得到一万美元。"

但玛琳没有保持沉默，她给我打了电话，担心自己无能为力，担心小女孩儿的安全。她一定是听到了一些消息，担心埃莉被撕票。

我们现在要做的就是向联邦调查局报案，让他们派大量人手到这个小镇，查明真相。问题是，如果我们这样做，难保这些绑匪不会一看到联邦调查局就撕票抛尸。他们并不害怕田纳西州调查局，显然后者的调查方向完全错了。

我顺着这条思路继续想下去，才意识到我错过了一些细节。他们已经看到了联邦调查局的探员——麦克·鲁斯提格。昨晚，他保护山姆时露出了他的徽章。天啊！他们一定是以为联邦调查局已经查到了他们身上。他们或许已经把那个小女孩儿杀了。

"妈妈？"兰妮喊我，我才意识到我沉默了很长一段时间。"我们要进去吗？我们不应该待在外面太久的，对吗？"

事情一下子变得非常复杂起来。据我所知，只有一条路可以离开猎狼河。那些人只需要在我们试着逃离这个小镇的时候一次性抓走我们。我突然担心起麦克·鲁斯提格，还有米兰达·泰德维尔，如果她和他在一起的话。

要是那些人想要通过赎金敛财而又不受制裁的话，他们会尽可能快地灭口，包括我们在内。

"下车，"我告诉他们，"走吧！"

第十五章

格温

　　我重重地敲门，帕尔夫人脸色阴沉地给我开了门。"他不在家，"她说，"你应该先打个电话的。晚点儿再来吧！"

　　说完，她就要把擦得闪闪发亮的门关上。我把手放在门上，往后推，破坏了门的光泽。"他在哪儿？"

　　"他现在没空。"

　　"我不管，他给我们打电话了。"我告诉她。我的语气在警告她不要耍我。我不能被拒之门外，不能暴露在敌人眼皮子底下，置薇和孩子们于危险境地。

　　帕尔夫人不悦地看了我们一眼，往后退了一步。我敢肯定，她穿着的还是之前那条裙子，只是颜色不一样，还系上了另一条十九世纪风格的围裙。经过她时，她看了看我们，说："我现在连你的孩子们也要照顾了吗？"言下之意是说社会工作者早就该把他们带走。

　　"不用，谢谢，"我说，"有心了。"我径直走向通往律师办公室的走廊，接着看到了在办公桌后面的斯巴克斯。他正准备起身，帕尔夫人却突然走到我前面，我只能停下脚步，以免撞到她。"你们要在会客室里等，"她说，"在你们的左后方。"

　　赫克托·斯巴克斯把门关上。"不好意思，"他说，"请等我几分钟，等我打完这个电话。"他没开免提，也没拿着话筒。我还没来得及告诉他我找到了他失踪的当事人，他就把我甩在门外了。

如果这是个陷阱……我又开始妄想了。但事实是，我们的选择不多。是的，我有一把枪；不过我想山姆应该没有，他的应该被警方当作证物收走了。我的另一把武器锁在越野车里，可车也被扣了。我已经不再确定麦克是否可以帮助我们。我还记得镇子里的那些黑色越野车，如果考尔和他的同伙雇用外人封锁道路，将多管闲事的我们都灭口……我们现在可谓是孤立无援。

"刚刚那到底算什么？"兰妮问，依然扶着薇，或者应该说是薇扶着她，很难说清楚。"不是他让我们来这里的吗？！"她的语气听起来既生气又紧张。我不怪她。我仍然面对着帕尔夫人，她对我们的厌恶就像是乌云般笼罩在我们头顶。

"在你们的后面，"她又说，"左、后、方。"她一字一顿地说。我不是很想听从她的指示，可我听得到其他人转身往那里走去的脚步声。我是最末一个转身的人，最后还是跟上了他们。

"认真的吗？会客室？"帕尔夫人关上门时，兰妮说，"这种东西不是很久以前就消失了吗？"

她说得没错，会客室早已过时，然而这是一间正式的会客室，有一张维多利亚时代的马鬃沙发，一张真皮椅子靠近空壁炉，墙纸是复古风格，古董柜子装满闪闪发亮的茶杯，火炉旁有一根拨火棍。我把这些记了下来，以防万一。斯巴克斯向我保证我们的安全会在这里得到保障，但他又该如何保证这栋房子是安全的呢？

"你相信这个人吗？"山姆问我。和兰妮一样，他环顾四周，觉得这里十分古怪。薇紧紧地靠在我的女儿旁边，兰妮鄙夷地看了山姆一眼后将薇带到了沙发旁，她们两个人坐下来。沙发上有一张针织毯子，兰妮抖了抖毯子，盖在薇身上。她还在浑身发抖。

"我现在谁也信不过，"我告诉山姆，"我们得帮薇换衣服，她不能再穿着这套监狱囚服。"

"但是……你不是要把我带回监狱？"薇一脸茫然，我不怪她。"我为什么要换衣服？"

"我来这里并不是让斯巴克斯把你带回去的。我要说服他，让你离开这个小镇。因此我们需要另一辆车，一辆他们无法追踪到的车，我们要为你找掩护。"

"妈妈，这是……怎么说的来着？协助和教唆逃犯？我们不会坐牢吗？"康纳看向我。我相信我儿子，他说的就是我们即将要犯下的罪行。

"会，"我说，"不过关键在于，如果我们向田纳西州调查局和联邦调查局反映情况，让他们安全带离薇离开并照看她的话，我们就不算协助和教唆逃犯。我们只是在帮助那个被绑架的小女孩儿，我们大家都是，包括薇。即使她不明白情况，但她是第一知情人。"

"你认为这个男人会帮忙？"山姆说，"我们应该给麦克打电话。"

"我还以为你不相信他。"兰妮说，朝山姆皱着眉，我看得出来她依旧信任他。

"我是不，"他告诉她，"但那是私人问题。现在说的可是一个小女孩儿的性命，在办案能力上我是相信他的。"

我不想坦白我的怀疑：麦克和米兰达可能根本就没有成功离开猎狼河小镇。"那就发短信告诉他我们已有的线索吧，"我告诉山姆，"他越快参与进来越好。但是不要告诉他我们在哪儿。"

看到山姆还拿着他的手机时，我松了一口气。山姆被释放后，他们应该不得不把手机归还给他。山姆快速地发短信时，我悄悄打开会客室的门。帕尔夫人正站在门口，仿佛在偷听我们的谈话，也许是在等待着。她让我感到毛骨悚然。"你有能让薇·克罗克特换的衣服吗？"

她想了一会儿，然后笑了笑。和她平常酸溜溜的表情一样，我一点儿也不喜欢她的微笑。"为什么要换衣服？哦，我想应该有的。"她说，"我马上回来，请稍等。"

她沿着大厅朝另一边的楼梯走去。我看向斯巴克斯锁着的办公室门，我听不见任何谈话声，不过我想他应该是在打电话。

"妈妈？"是康纳。我关上门，看向他，"警察不会搜查这里吗？"康纳问道。

"警察当然会搜查这里。不过斯巴克斯先生可以拒绝，除非警察有这栋房子的搜查令……但他们不会有。"我告诉他，"一切都取决于警长的办案力度。不过我们最好找个地方把车藏起来，虽然不是登记在我名下的，最终他们还是会追踪到那辆车。他们查的时候，我们最好是已经离开了这个小镇。"

山姆发完了短信。他没有抬头，问我："你有费尔韦瑟的电话，对吗？"

"有，怎么了？"

"我们应该做好万全准备。"

他说得没错。如果我的猜测没错，我们应该找个本地人当后备援军。费尔韦瑟不是本地人，但至少他离得不远。此外，到目前为止，他的所有行为都让我觉得他没有和猎狼河那帮人同流合污。

帕尔夫人"嘎吱"一声拉开滑动门，拿出一套衣服。衣服被折叠成完美的方块，我一点儿也不意外。她大概也知道该如何把床单折叠整齐。"这些应该合身。"说完，她把衣服塞到我手里。我还没来得及跟她说声谢谢，她就把门关上，走了，让我松了一口气。我抖了抖衣服，是牛仔短裤，一件已经褪色的锈红色 T 恤，和一件牛仔夹克，没有鞋子。我不禁思考这些衣服是不是她小时候穿过的老古董，不过这些衣服看上去较新，她也不像是会留下旧衣服的人。

我将衣服递给薇。"好，换掉那套囚服吧，"我对她说，"穿上这套衣服。如果你感到不好意思的话，那边有一个衣柜。康纳和山姆不会偷看的。"

事实上，他们俩已经走到另一个角落，正透过被窗帘厚厚挡住的窗户盯着大街看。薇点点头，然后在毯子的覆盖下，解开囚服的扣子，把它们脱下来。兰妮把短裤递给她，她穿上裤子，然后伸手去拿 T 恤。

我给费尔韦瑟发短信，要他尽快赶到斯巴克斯家。我决定透露多一点儿信息，于是在短信的末尾加上了"埃莉·怀特在猎狼河镇"，这一定会让他更快赶来。

兰妮的动作顿了顿，看向我，问道："那是什么？"

"什么？"

"那个噪声？"

我听了听，隐约听出来这是一阵不平常的重击声，就像是在敲打着金属。听起来很耳熟，但我不太确定。之前，我在这栋房子里也听过类似的声音，斯巴克斯对我说那是维修工在工作。我敢肯定，这次不是一回事儿。

"可能是那个女孩儿，"康纳在房间另外一边大声地说。他没有转过身。这时，薇已从沙发上起身，扔掉了毯子。短裤太大了，松松垮垮地挂在她的腰上，但还是勉强可以穿的；T恤和夹克虽有一点点紧身，也还算合适。她穿着的没有鞋带的鞋子和袜子仍然是监狱的囚服，不过并不引人注目。

"什么？"我问我的儿子，"什么女孩儿？"

"埃莉，"他说，"或许她在这里。"

我身体一僵。**她在这里吗？我是不是完全错信了斯巴克斯？**这个男人是很古怪，帕尔夫人同样也让人害怕。如果他参与了绑架，那么或许他现在正在和当地的腐败警察通话。或许我们所有人现在都身处陷阱中，很快就会落到他们手里。

敲击声或许是埃莉·怀特故意发出来的，想引起我们注意。**天啊！**

我把门打开。我分不清声音从哪里传出来。在地下室的某个地方？在另一个大厅？我试着寻找它来的方向，但到阶梯尽头声音就消失了，我实在无法判断。

大家都跟着我走是我没有想到的。薇也跟了过来，她紧紧地与兰妮走在一起，兰妮则用一只手臂搂着她的肩膀。薇看上去不再是我第一次见她时的那个眼神空洞、目中无人的女孩儿。她恐惧、脆弱，她是**我该肩负的责任**。

"山姆，"我说，"给哈维尔、凯姿和普雷斯特发信息，告诉他们我们在猎狼河镇有麻烦，而且我们好像在这里发现了埃莉的下落。"

话音刚落，山姆镇静又急切地说："格温。"

我转过身，赫克托·斯巴克斯正在办公室门口站着。我没有听到他开门的声音。帕尔夫人站在我的左边，旁边的门应该通向餐厅。我有种怪异的感觉，就像我们正在交战，尽管没有人拿着武器。

"普罗克特女士，我不知道你说的是谁，"斯巴克斯说，"但是这里并没有你所说的埃莉·怀特。"他听上去很沮丧，一点儿也不恼怒，"恐怕你听到的是洗衣机的声音。如果你跟帕尔夫人去看一看，就知道我说的是什么意思了。"

帕尔夫人说："请跟我来好吗？"她带我们穿过正式的餐厅，里面有一张擦得光亮的饭桌，还有许多张椅子。我对它们毫不在意。之后我们到了一个小而整洁、闪闪发光的厨房，就像杂志上那么富丽堂皇。

厨房里有一台洗衣机，正前后摇晃着，像是快要倒下。帕尔夫人向前走，"砰"地掀开机器顶部。里面的衣服旋转着，最后慢慢停了下来。整个房子都安静下来了。

"应该是被子卷到一块了，"她说，"这是台老机器了。抱歉给你们造成了困扰。我很确定这对你们来说很重要。"她干巴巴地说，言下之意是不敢相信我竟然会怀疑他们，我简直是疯了。"当然，你完全可以四处查看。我不想让斯巴克斯先生认为我没有协助你们**调查**。"调查这个词语的重量不容置疑。"正如斯巴克斯先生所说，不管那个怀特小姐是谁，你都不会在这里找到她。"

有趣的是，我相信她。然而这个厨房还是有些不对劲儿的地方，我感受得到。

斯巴克斯先生一直跟在孩子们身后。我们看着那台安静的洗衣机时，他说："普罗克特女士，我深表歉意。我刚刚正在和我的一个十分私人的客户谈话，我得保护客户隐私。我知道你找到了薇，做得不错。亲爱的薇，你在这会很安全，我会尽全力保护你。请你跟我……"

我们跟着他回到办公室。斯巴克斯听了薇和玛琳·克罗克特的故事，他一脸震惊又担心的样子让我长舒一口气。他坐回椅子上，盯着薇看，又看看山姆，然后又看向我，"你的意思是，那个被绑架的可怜孩子现在很可能在猎狼河镇？而且是韦尔登警长和考尔先生做的？"

"我不认为玛琳有任何撒谎的理由，"我问他，"你认识他们？"

"当然。我的家族世世代代生活在猎狼河，我认识这里的每一个人，"他看起来确实很痛苦，"可怜的姑娘，还那么**幼小**。我们确实需要外地警方介入，我可以打几个电话。"

我看向山姆，问道："麦克回复你了吗？"

"没有，"他说，"我也给米兰达发信息了。"

我想厉声呵斥，问他为什么要那样做，但我知道原因。如果山姆最后一次看到米兰达时，她和麦克在一起的话，他一定想知道他们两个是否都失踪了。我确保我的语气是平静的，说："她也没有回复吗？"

他摇摇头。这可不是什么好消息。如果一切正常，他们当中肯定会有一个人回复他，至少米兰达一定会抓住这个机会。

我转向斯巴克斯。"打电话吧！"我对他说。

他看了看电话，但没有拿起来。"我想我最好应该先让你们离开这个小镇，然后安排我们在别的地方见面，"他说，"或许在县治安局的办公室。你的车在哪里？"

"我的越野车在县治安局的法医实验室里，"我告诉他，"你知道那个实验室吗？"

斯巴克斯表情看上去不太对劲儿。"我原以为，或者说是希望那是你的仇人来找你的麻烦，而不是与这个小镇有关的麻烦事儿。不过只怕那辆攻击你的卡车已经被归还给了一个当地的男人，他说那是他被偷了的车。他恰恰是考尔先生的叔叔，十分不幸地印证了你的猜测。"

"我们稍后再考虑那个问题。你有地方可以藏起我们来的车，在警察发现之前把它从街上弄走吗？"

"有，我马上帮你们藏。"斯巴克斯打开抽屉，拿出一个遥控器，"这可以打开后门的马车房，那儿放得下两台车。"

"山姆？"我把钥匙和遥控器递给山姆。他点点头，快步走了出去。我放松了一点儿，因为我看得出来斯巴克斯很乐意帮助我们，甚至是急切地想要帮助我们。"那你怎么保证薇的安全？"

"不用担心，"他说，"我保证，警长知道不能擅闯我的地盘。"

"在正常情况下可能是这样，"我提醒他，"现在可是非常时期。昨天早些时候，韦尔登派了一队人去杀山姆和康纳，晚上又在路上伏击我们。我有种感觉，不管发生什么，他都会竭尽全力掩饰一切。你最好有一个后备计划，别想着他们会对你以礼相待。"

"相信我，这栋房子固若金汤。我们可以保证你的安全。"突然，他转过身，向兰妮伸出手，"你是亚特兰大小姐，对吗？"

她惊慌失措地看我一眼，不过还是和他握了握手。"啊，是，先生。"

"这是康纳先生？"康纳尴尬地和斯巴克斯握了握手。斯巴克斯走到书桌的另一边坐了下来。"薇小姐，"他说，"我很高兴你安全了，真的。孩子，你经历了一段艰难时期，但是我向你保证：你一定会平安无事，没有人可以再伤害你。"

薇突然哭了起来，兰妮抱了抱她。在这一刻我看到她释放出自己的感情，放下所有的紧张与戒备，真的感到了安全，这既让人心碎又让人感动。但实际上我们并不安全，至少目前还不。

从我站的地方，我看不到山姆，也看不到车库，尽管马车房就在我们后面。窗户都被窗帘遮住了。**他没事儿，我们大家现在都没事儿。**我深吸一口气，这时我的手机振动了起来，我从口袋拿出它，查看信息。

是凯姿·克莱蒙特，她直奔主题："到底发生了什么？"

我开始回复她，打了长长的一段话，向她解释所发生的一切。正打到一半时，走廊里传来了帕尔夫人的声音："斯巴克斯先生？警察在房前停下了车，正朝门口走来。"

"请去迎接他们，"他说，"普罗克特女士，或许你可以去帮一下帕尔夫人？不过请隐藏好自己。"

"我们没事儿。"兰妮告诉我，还给了我一个甜甜的微笑。她还在抱着薇，仿佛永远也不会松手似的。我心情复杂，但是我现在没有精力管那么多了。

我跟着帕尔夫人走出去，她打开前门时，我从会客室里抓起壁炉旁的拨火棍。我只能等一下再回凯姿的信息。即使站在帕尔夫人身后，她还是让我感到害怕，程度完全不比站在门阶上的两个警察低。

警察告诉她要搜查房子，她冷冰冰地说："恐怕不可以。"其中一个警察大胆地把手放在门上，她说，"你真的想被起诉并罚款100万美元吗？如果你想，我确定斯巴克斯先生很容易就能做到。搜查令呢？"

另一个警察说："夫人，我们要检查这栋房子，否则我们就得通知韦尔登警长亲自来一趟。我们也是执行命令。"

"那好吧，"她说，嘴上依然不饶人，"请你转告韦尔登警长，我很乐意冲泡一杯他爱喝的茶，为他做个奶油蛋糕，欢迎他的到访。但是如果没有法庭的搜查令的话，他依旧不可以搜查这栋房子，我要说的就这么多。"

她关上门，闩住门闩，然后看向我。我感觉自己拿着拨火棍的行为十分愚蠢。我把它放回原处。这时，我才意识到大厅有些不对劲儿。斯巴克斯的办公室门现在锁上了。

好吧，也有道理。万一警察不顾我和帕尔夫人反对，执意进门，至少他可以保证孩子们在另一道屏障后。

我扭了下办公室的门把手，没有锁。我打开。"帕尔夫人送走他们了。"我说，但我是对着空气说话。办公室里空无一人。

这怎么可能。我没有看到兰妮、薇和康纳穿过会客室。他们会去哪里？而且斯巴克斯也不见了。搞什么？他们就这么……凭空消失了。

我转过身，却看到帕尔夫人手里拿着一把步枪。我还没来得及反应，她就把枪反过来，用枪托狠狠地敲我的脑袋。我摔倒在地。

第十六章

山姆

　　我将白色轿车开进斯巴克斯所说的马车房的第一个空位。我想这应该是一百年前的叫法吧，那时没准儿福特 T 型车都还没有出现。这里原本是一个宽敞的谷仓，被改造成了有三扇金属门的大型车库，每一扇门都开得进两辆车，不过我手上的遥控器只能打开一扇门。

　　我将钥匙留在车里，站在车子旁边，又看了看手机，还是没有收到麦克的信息，也没有米兰达的信息，这不是个好兆头。我知道，米兰达一定会抓住这个机会重新与我联系。在他们离开镇子的路上一定发生了意外，我感觉得到，就像是蕴藏在风中的血迹味道一样明显。我不知道他们是生是死，这完全取决于实施这场阴谋的人的想法。

　　仅仅是怀疑一个女人有可能背叛他们，他们就直接朝她胸膛开了一枪。杀死一个人不是一件易事，但是一旦开了这个先例，在他们看来杀死下一个人就是不可避免的。我很担心麦克，甚至是米兰达的安全。他们完全不知道自己被卷入了什么麻烦当中。

　　我正准备关掉手机，身后却传来鞋子摩擦地面的声音，一个冷冰冰的东西从后面顶住了我的脖子。我感到一阵燥热，内心一沉，十分懊恼——对自己懊恼。为什么我没有听到脚步声？为什么我认为我们在这里是安全的？

"放轻松。"我身后的人说，不是斯巴克斯，也不是帕尔夫人。我从来没有听过这个声音。他淡定，冷静，一副一切尽在掌握的感觉。"双手举到后面。"

不是警察，不然他们一定会先表明身份。我试图转身看他，但枪管压得更紧了。"别动，"他说，"举高双手，现在。否则我就让你死在这里。她在哪儿？"

"什么她在哪儿？"

"那个孩子。"

"你说兰妮？她躲在一个你找不到的地方，很安全。"我撒谎了。事实上，只要他走进房子就能找到她，**天啊**，为什么他们要抓兰妮？我不能让这种事儿发生。

"谁是兰妮？"他毫无耐心，"我问的是那个女孩儿。"

"薇·克罗克特？"

"闭嘴。我们晚点儿再处理这事儿。现在，举高双手。如果我需要打爆你的头，进去抓走你的女人，我会那样做的，还有她的孩子们。听懂了吗？"他是认真的，于是我把双手背到后脑勺上。他给我戴上了手铐。**该死**。"我说的是埃莉·怀特。如果你再说谎，就得挨揍了。"

"不是薇？"说实话，我感到震惊。我以为只有我们发现了有关埃莉·怀特下落的线索。

"我只关心那个女孩儿，其他人都是附带损害，听懂了吗？你、你女朋友，还有那些孩子。我知道你知道埃莉在哪里，告诉我们。"

我们。他不是一个人。趁他还没想到要进屋搜查，我要尽快让他离开这里。我不想他靠近我的孩子们。

"谁告诉你我知道的？"我问他。因为一定是有人这么说了，我想可能是警方，也许是考尔，反正是参与了绑架的人。但他说："你的兄弟。"

麦克，他们抓了麦克。"在你带我见他之前，我什么都不会说。"

"正合我意，不管怎样，我们都得到一个隐秘点儿的地方。"

他推着我走到马车房的后面。之前我还没有留意到这儿有一扇小小的门，另一边是个车棚，一辆黑色的越野车停在那里。他让我坐到后座。我第一次看清楚他的样子。显然他不是这个镇子的居民。他身材高挑、瘦削，橄榄色皮肤，一头黑发修得整整齐齐，留着恶魔般的山羊胡和小胡子。若不是他手里那把西格绍尔手枪，我还真以为他是个嬉皮士。他穿着一件皮夹克，夹克下是挂肩枪套。我一上越野车他就把枪放了回去。

后座里还有一个人，比他矮，脸色也更苍白。我一上车，这个人便用枪指着我。他眼神冷冰冰的，就像以前杀过人一样，我相信他是会这么做的。**他们需要我**，我告诉自己，**我要让他们远离格温、兰妮和康纳**。现在我只需要保持合作，配合他们。一定会有机会脱身的，天无绝人之路。

"谁雇你找那个女孩儿的？"抓住我的那个男人坐到了驾驶位上，我问他。他没有回答，系上安全带后就倒车出去。"给你一点儿建议，"说着，他从后视镜里盯着我，"最好闭上你的嘴。"

"是她的父母吗？"我记得很清楚，那对父母很有钱，而且迫切地想找到他们的孩子。我真的很希望这些老练的臭家伙们是雇佣兵，是正义的一方，尽管他们手段卑鄙。

坐在我旁边的男人到目前为止还没有说过话，他只是静静地拿枪抵着我的膝盖。我闭上了嘴。

透过浅色车窗，我看到猎狼河的警车经过。警察正在进行地毯式搜索，可他们忽略了我们。真是糟透了，因为我现在恨不得听见这些混蛋报告有人把我铐在了后座里。**不过他们也可能把我们所有人都杀了**。我的天，这个小镇。我再也无法确定任何事情了，一切都不对劲儿。

至少格温和孩子们现在所在的地方是安全的，我希望。我无法改变什么，但我了解格温，只要一察觉到危险，她就会为孩子们变成一头灰熊，她会和任何企图伤害孩子们的人抗争到最后。

保持冷静就行，我告诉自己。我汗流浃背，把太多注意力放在了我无法控制的事情上。我的注意力应该放在这辆车和这两个有武器的男人身上才是。

我试着弄清他们要带我去哪里。警车的警戒线逐渐消失在我的视线中，我们朝着反方向行进，开往小镇的中心。穿过中心后，我们到达镇子另一边的郊区，这一路不算很远，但已经足够远离斯巴克斯的房子了。小镇的这片区域人烟稀少、杂草丛生，到处都是用木板钉死的破房子。我甚至看不到哪里可以寻求帮助，这里荒无人烟。

越野车停在了一条两边都有风化的木栅栏围着的泥泞小巷子里。司机走下车，打开车门，还不忘用枪指着我。坐在我旁边的人终于说话了："下车。"

总是会有机会的。

戴着手铐会使人动作笨拙。我穿着靴子的脚踩在踏板上。司机伸手扶我时，我故意向前倾，随后双脚一滑，撞到他身上，显然他没有想到还有这一出。他跟跄着往后退，差点儿摔倒，差点儿。我真希望他把枪扔掉，可是他没有，他身手敏捷。我迅速爬起身，躲到越野车后面，我知道我没能争取到足够的时间。与我一同坐在后座的男人急急忙忙地想要下车。我感觉得到在我身后的越野车掉转了方向。我有一秒钟的时间来思考和决定。**他们会朝我的后背开枪吗？**

应该不会。麦克的话让我变得有价值，他们需要我。但这并不意味着他们不会朝我的腿、肩膀或者一些不会致命的地方开枪。

不管怎样，我逃跑了。

"嘿！"我不知道他们当中是谁在喊，不过不重要了。我没有听到枪声，只听到身后传来沉重的脚步声。手铐拖慢了我逃跑的速度。我藏身在一个栅栏后面，身体紧贴在粗糙、倾斜的木头上。那个嬉皮士司机冲过来时，我伸脚绊他，他趴倒在地。这一次他的枪掉了。我迅速趴下、翻身，试图用一只手抓住枪托。我疼得要命，但还是用左手撑住身体，右手抓住枪，从背后瞄准他。我感觉我的肩膀就要脱臼了，关节上传来阵阵刺痛。透过栅栏空隙，我看到第二个男人，他的眼神在纠结是否要开枪。当然，他可以杀了我，然而在这种距离下想要开枪又不置我于死地，他得十分谨慎才能做到。他的兄弟又正在试着站起身，挡住了他的视线。我的视野里没有障碍，如果他想杀我的话，也可以做到。但我打赌他不会冒险。

"放下枪，"我说，"现在就他妈的给我放下。"

他耸耸肩，弯腰把枪放下。"你觉得你可以脱身吗，伙计？我们有两个人，你只有一个人，你还戴了手铐。我们只需要揍你一顿。"

"如果你死了的话就没这么容易了，"我告诉他，"我枪法很准。"

"这种姿势也很准？"嬉皮士说，"我可不相信，伙计。"他站了起来，有点儿生气，但没有受伤，他从脚踝的皮套里又掏出一把枪，把枪对准我，瞄准肩膀，"我的枪法也很准。"

他赢定了，他知道，我也知道。但他们仍然需要我活着，要从我这里套出信息，否则他早就扣下扳机一枪杀死我了——如果我逼他，他会开枪的。

我放下枪，打了个滚，后背着地，肩膀放松下来，就像一阵电流穿过我的身体。两个男人把我拉起来，押回小巷，我没有反抗。矮个子男人紧紧地抓着我的胳膊肘，力度大得仿佛要把我胳膊扯下来一样，高个子男人则一脸轻松，没有和我计较。

我们没有说话。他们带我绕过越野车，来到了一个同样破旧的木栅栏旁，我们走进一扇开着的后门，穿过齐腰高的杂草丛，来到一间贮藏步枪的破旧棚屋的后门廊上，这间棚屋似乎在二十世纪五十年代发挥过很大的作用。屋子里后门打开了，他们把我推了进去。

里面是一个厨房。我立马冲上前去，假装绊了一跤，靠着肮脏的料理台起身。这个地方应该已经空置很长一段时间了，我看到一个洞，以前那里应该是灶台。冰箱也不见了。他们离我只有一两步远。在我触手可及的范围内，我看不到任何有用的东西。他们把我翻了个身，带我穿过一个肮脏的、墙皮已经剥落的走廊，走廊的天花板上有洞，以前应该是用来装灯具的。这个地方臭气熏天，到处都是霉味和没冲水的马桶的臭味。

但这里并非空无一人。我现在在的地方以前应该是一个狭窄的客厅——至少我猜是这样的，因为靠墙边有一张凹陷的沙发，还能看到砖砌壁炉的痕迹——有另一个男人在等我们。

在沙发上坐着的是米兰达·泰德维尔和麦克·鲁斯提格，有那么一瞬间，我认为他们是一伙的……随后我注意到米兰达的嘴巴被塞住了，他们两人身上都有瘀青和刀伤，双臂被绑在后面。他们也是囚犯。

有人踢了我的膝盖一脚，我重重地摔在地板上，却感觉不到疼痛。我看到米兰达眼中的恐惧和绝望。她一直在哭，黑色睫毛膏顺着脸颊流下来，弄脏了塞住她嘴巴的灰白色碎布。她手臂上有很多带血的伤口，大腿也受了伤，蓝色牛仔裤上有不少血迹。她的左眼肿胀，呈深红色。

她正处于最可怕的噩梦之中，面临着无助、痛苦的死亡。曾有多少个夜晚，她为女儿被谋杀痛哭流涕，告诉我她永远不想那样死去？

麦克的嘴巴也被塞住了。如果说两人有什么不同的话，只能说他的情况看上去还要更糟。他们没有对他手下留情。

"你们这些人渣，"我说，"放开他们。"

一直在这儿的那个男人忽略了我，转头问坐在沙发上的两个人："是他吗？"麦克没有理睬他，米兰达点点头。更多的泪水夺眶而出，顺着她的脸颊滑落下来。

"好。"这个男人年纪更老，态度也更强硬，皮肤像涂了漆的胡桃木。他穿着一件纯黑色的 T 恤，像是在西尔斯百货随手买的。**真像监狱风云。**他看起来像一名罪犯，也许他在最艰难的时刻活了下来，从此变得暴戾无比。他右手拿着一把锋利的战刀，转过身面对我，眼神空洞。"他们说你知道埃莉·怀特在哪里，告诉我。"

他们想要对麦克严刑逼供，真是人渣。麦克没有告诉他们—— 倒不是因为他不知道去哪里找那个女孩儿。米兰达屈服了，不过她说了谎。她这样做仅仅是希望我可以让她逃离这一切，让她活下来。她让他们来找我，希望我有办法阻止他们。我不怪她。我只怪这些人。

"让我猜猜，"我说，"你们应该是最初的绑架者，对吧？最开始绑架那个女孩儿的团伙？"我保持这段对话的时间越长，他们就会越放松。我想让他们沾沾自喜。

他抿抿嘴。厌恶？开心？我无从得知。"你为什么这么说？"

"你很有条理。显然，你知道自己在做什么，"我回答，"你怎么弄丢那个女孩儿的？"

"不清楚。来到这个破地方附近，汽车导航突然就失灵了。"

"或许你的司机破坏了导航，自己把人质带走了。"

"我了解我的人。"一眨眼，那把刀就抵在了我的喉咙上。我本能地往后退，但另外两个男人抓住我的手臂，我待在原地动弹不得。男人脸色没变，就算他要割我的喉，可能也不会有一丝波动，他肯定会那样的。他刚刚才向我承认了一项重罪，更不用说他还绑架了坐在我对面的联邦调查局探员。我们三个不可能活着离开这里。在内心深处，我很害怕，可我不能让恐惧支配我。恐慌无济于事。

"快说，"他说，"谁绑走了埃莉·怀特？她现在在哪儿？"

我应该识时务地告诉他。但我一告诉他，我的处境就危险了。事实上，我意识到那孩子藏身之处的线索是我的筹码。虽然赢面不大，至少可以试一试。"大约一周前发生了一起两车相撞的事故，"我告诉他，"在这个镇子的郊区，车祸发生时是晚上，死了两个男人。如果你还想知道更多的线索，放走那个女人，让你的两个手下送她去医院。"

他盯着我看了一秒钟，点点头。"好，"有点儿不对劲儿，我头皮一阵发热，"成交。"他冷静地把刀从我的喉咙上拿开，插回他腰带上的刀鞘里，然后以同样的平稳动作从另一边的枪套里掏出一把半自动手枪。他转过身，瞄准，开了枪，朝米兰达·泰德维尔的头部开了枪。

那是致命一击。米兰达正看着我，没有看这个男人，她担心我会死去，所以显然没预料到自己会死亡。因此我看到她最后的眼神里充满了痛苦，为我感到痛苦。

男人射出的子弹在她的额头上留下了一个斜着的小圆圈儿，那后面是前额叶，她的学习能力消失了，她的记忆也随着海马体一起消失了。颅骨碎片连同子弹一起穿过组织，将她的大脑击得粉碎。像这样的高速子弹在人体里留下的伤口是其直径的十倍。

听到枪击的那一刻，我的大脑充斥着各种无用的信息，但是米兰达已经死了。她的四肢柔软无力，眼睛空洞无神。子弹还在她的头颅内，唯一可见的伤害就是那个小小的、锯齿状的圆圈儿和一滴血。她的身体跌落在沙发上，成了一具空空如也的躯壳。

而麦克正在努力挣脱束缚。

我一下子愣住了，一股震惊、恐惧的感觉朝我袭来，我尖叫。这是一声痛苦和愤怒的哀号，我无法停止，那两个男人也不能让我安静。他们也被那一枪吓得后退了一步。我冲上前去，直奔那个杀死了米兰达的男人，用头撞向他的胸部，像斗牛一样把推他到壁炉旁倒塌的砖块上。他倒下了，头撞在一块凸出的砖头上，碎片散落在地，他头昏眼花。他又拿起枪，试图射击，但是我迅速起身，用肩膀撞掉他的枪。他没有射中我，而是射中了房间的另一头。我听到他其中一个手下的叫声。他们应该就在我身后，他刚刚慌乱的一枪射中了自己人。

我不知道麦克在干什么，也没有时间看。我低下头，身体向前倾斜，双腿全力一蹬，用头使劲儿顶着胡桃肤色男人的下巴。惯性让我像冲出铁轨的火车一样，但显然对他的冲击更大。猛烈的撞击使得他的头一下撞到墙上。灯熄灭了，他的双膝弯了下去。

他倒下时，我感到他其中一个手下来到了我身后。**我不能死在这里。**那样的话就太讽刺了，格温会认为——不，**知道**——我最后选择了米兰达。于是我直接往后退，我只能背水一战。

我撞到那个手下了。他大喊大叫，我们两个都跌倒在地，我更幸运，因为他受的伤更多。他给我垫了背，就在他扭动身子想要把我摔下去时，我的指尖碰到了他右手握着的枪。于是我抓住他的手腕，使劲儿往下摔。我感觉他的手松开了，他在一阵抽筋儿中扣下了扳机。与此同时，他大叫了一声，子弹射中了他自己。

我的视野逐渐清晰起来，我看到胡桃肤色的男人躺在地上不省人事，他旁边还有一把枪；嬉皮士刚刚射了自己一枪，而他的矮个子兄弟正靠墙站着，大口喘着气。他的半边 T 恤已被鲜血染红。我不知道他哪里中枪了，不过应该伤得很重。麦克从沙发上一跃而起，站了起来，尽管他还摇摇晃晃的，在流着血。没过多久，嬉皮士就用力挺直背，把我摔了下去，我侧身躺下。

嬉皮士手里还拿着枪。麦克重重地踢了他一脚，踢中了他的头，把他踢得转过头去——并不致命，但是绝对能让他暂时忘记自己在做什么。嬉皮士试着翻身站起来，我又踢了他一脚——正中他的伤口。

他倒下了，蜷缩在地。我将手枪从他身边踢走，踢到了沙发下面。然后走到胡桃肤色男人身旁，把他的枪也踢到沙发下。麦克没有多说什么，将第三个男人的枪踢走了。其实没有必要那样做，他已经失去了意识，顺着墙滑落，呆坐在地上。墙壁上是一道长长的血迹。

我们终于有时间喘气了。麦克坐在地板上，尽管他块头很大，但还是设法把被铐着的双手绕过屁股和双脚，直到把他的双手拿到前面来。他翻找了他们的口袋，嬉皮士有手铐的钥匙，麦克先解开我的手铐，然后解开了自己的。

他取下塞住他嘴巴的布后说的第一句话是："**混账东西。**"话语间怒意十足。他将手指放在米兰达的喉咙上，但也无法改变她已经死了的事实。我本可以这样对他说，可是我没有说出口。或许我是错的。

我没有错。麦克叹了口气，摇摇头，跌坐在地上。我紧紧闭上眼睛，试图将这幅画面从我脑海中抹去：当子弹穿过她的头颅时，她还在担心着我。我心如刀绞，但我得收拾好心情。

我试着安慰自己，说她现在再也不用面对这一切了，所有的痛苦、恐惧与愤怒都不复存在了。这至少是真的，然而这样冷酷的事实并没有起到任何安慰作用。"他们怎么抓到你的？"我的声音不应该这么冷静的。

"在离开镇子的时候，我们的轮胎被长钉子扎破了，"麦克说，"就在我们放下你五分钟后。他们的行动十分高效，全是专业人士。他们一包围我们，我就放弃挣扎了，我想着那样可以救她。"他看了一眼米兰达。尽管他的脸很肿，我还是可以看到那张脸下的失落。他沉默了一会儿，继续说："他们想要知道埃莉·怀特在哪里。"

"但是你不知道。"

他摇摇头，说："米兰达猜格温会告诉你她掌握的所有消息，米兰达知道你是我们唯一的希望。如果可以的话，他们早就去抓薇·克罗克特了，但她被关押了，所以……"

"她没有。"他愣了一下，一脸惊讶地看着我。"她逃出来了。看起来是猎狼河的警察故意让她逃跑的，这样他们就可以追捕她，把她杀掉。"

"警察？"

"只能确定其中一些是警察，"我说，"他们正进行地毯式搜索，寻找她的下落。或许十分钟后他们就会到这条街。如果在这片不毛之地上有人听到枪声并报了警，不到十分钟警方就会来到这儿。"

他突然弯腰咳嗽起来，吐出了一口血，这把我吓坏了。我伸手想扶他，他摆摆手，说："我没事儿，更糟的我都经历过。只是嘴巴划伤了，我的肺没事儿。"

"屋后有一辆越野车。"我告诉麦克，翻过嬉皮士的身子拿出他口袋里的钥匙。他仍然昏迷着，但显然没有死掉。我让他躺在一边，用他铐住过我的手铐铐住他。他还在流血，继续下去可能会失血休克，不过警察很快就会赶到，我可没时间同情他。我探了探躺在壁炉旁的胡桃肤色男人的动脉，他还有呼吸，不过头骨上的伤似乎很严重。我在他的身上搜了搜，在口袋里找到了一束扎线带。我用它们绑住他柔软无力的手臂，强忍住自己想要踢他一脚的冲动。接着，我给他的第二个手下戴上手铐，他还有呼吸，简直是个奇迹。我又检查了一遍他们的口袋，以防有备用的手铐钥匙。

接着我起身对麦克说："该离开这个鬼地方了。拿上几把……"我正打算说**枪**，因为他比我离枪更近。我们的双手还被铐着时把三把枪全都踢到了沙发底下。他那巨大的、举起的双手攥成拳头，示意我停下，我僵住了。随后，我听到地板吱吱作响，**该死**。

我与麦克对视。我们默契十足，他点点头。我比他更快。

我平躺在地板上，毫不在意噪声，手臂横扫沙发底部，但只找到其中一把枪和一堆死蟑螂。拿起枪时，我的手指嘎吱作响，可我几乎没有意识到。我继续躺在地上，紧靠着沙发，完全忽略了米兰达一动不动的双腿就在我旁边，我的注意力全在通向房间的走廊上。

隐约中，我看到一张脸，他正在查看各个角落。从我的位置观察，他大概有六英尺高。回忆向我袭来，过了几秒钟我才想明白，我试着让心跳放缓，**该死**。"费尔韦瑟？"

"凯德？"他问道。当他来到角落这儿时，小心翼翼地把手放在了枪套上，十分谨慎，"这到底怎么回事儿？"他带着专业警察的警觉观察着这一切，缓缓环顾四周，试图找出头绪，"她死了吗？"

"嗯。"麦克说，我无法回答这个问题。过去就像是炽热的铁丝网般紧紧缠绕着我，是一个永远也无法逃脱的痛苦陷阱，但我知道我从来都没有期待过**这样的结果**。我从来都没有想过米兰达会被抓走，会在恐惧中死去，她的下场不应该是这样。"那个人杀了她。"麦克指着壁炉旁的胡桃肤色男人，"他们还活着。"

费尔韦瑟点点头，从腰带里拿出一台小型无线电台。他对着电台报告地址，说有两名伤员。然后他犹豫了一下，看了我和麦克一眼，说："我要往警局带两个人，他们有线索。我现在马上返回警局。"

他收起电台。我意识到我还用枪指着他，有那么一瞬间，我在想为什么我没把枪放下，这念头一闪而过，随后我对自己说我只是太担忧罢了，以致不能理性思考。我将枪递给麦克，他别在了腰带上。我又伸手到沙发底下，咬紧牙关，因为沙发底下有活蟑螂。我甩掉它们，掏出另一支枪。我才意识到杀死米兰达的那把枪上很可能沾上了我的指纹，很有可能。也许就是现在这把枪，也许是刚才那把。该死。我并不是认为费尔韦瑟与猎狼河警方或考尔同流合污，而是……我很烦恼。

费尔韦瑟查看整个房子，检查每一具静止的尸体，然后看着我们两个，说："走吧，我的车在外面，是田纳西州警察局的警车。我会带你们离开这里，护送你们到一个安全的地方。我会让县里的武警来处理他们的，不过我首先得保证你们的安全。"

"我们要去救格温和孩子们，"我告诉他，"在斯巴克斯的房子那儿停车，救他们出来后再离开。"

我看得出来他不想那样做，但他还是点点头。"走吧。"他说。我犹豫了，他叹了口气。"快点儿，山姆。你到底信不信我？"

·249·

他的目光注视着我和我手中的枪。虽不情愿，我还是把枪放下了。

我们跟着费尔韦瑟走出房子，在招呼我们上车前，他十分仔细地检查了周边环境。"趴下。"我和麦克挤进车时，他提醒我们。麦克呻吟着，他还在流血，鼻青脸肿的。"越低越好。"

我钻进副驾驶位下方，麦克痛苦地躺在后座上。"不要告诉任何一个当地警察，"我告诉费尔韦瑟，"我们不知道该相信谁。"

警长低头看了我一眼，"你最好从头给我说清楚。就我所知，你们都想洗清薇·克罗克特的嫌疑。**房子里的那些人到底是谁？**"

"我们现在还在帮她。玛琳一定是被韦尔登或考尔杀死的，"我告诉他，"她知道镇外的高速公路上发生了一起车祸，就在森林附近。她帮忙处理了事故现场。"

"然后呢？"

"一个司机死了，他的汽车后备厢里有一个被绑起来的小女孩儿。"

他神情严肃。"天啊，埃莉·怀特。"

"绑匪并没有想到会有一场正面相撞的致命车祸。而韦尔登局长和拖车司机决定利用这场车祸发一笔横财。赎金是什么时候付的？"

"三千万美元，四天前付的，"他说，"电汇到一间离岸银行去了。"

"我猜，有两个天才策划了这一切，他们让当地一些银行家负责把钱洗白。他们可以证明那个女孩儿还活着，这事原先的绑匪是做不到的。"我听到警笛声越来越大。

"趴下，警车来了。"费尔韦瑟放慢车速，停了下来，摇下车窗，"嘿，发生什么了？"他只能大声喊叫以盖过警笛声。警笛被关掉了。

"逃犯，"两辆车子都停了下来，我听到另一个声音，"薇·克罗克特跑了，你敢相信吗？"

"我刚回到镇上，还没见过她，"费尔韦瑟说，他说的是真话也是假话，"我正准备回警局。"

"小心点儿，靠近薇·克罗克特的人死了不少。"

真狡猾。这个警察已经在暗示费尔韦瑟与我们保持距离。

他们继续聊了一两分钟，费尔韦瑟关上车窗，继续开车。我听到躺在后座的麦克在呻吟。"你还好吗？"我问道。

"没事儿，"他有事儿，他的声音更低了，"如果我和你待在一起的话……"

"可能也是这个结果。"我打断他。讽刺的是，米兰达的死与她自己、与格温、与梅尔文·罗亚都一点儿关系也没有。她死于一场因金钱而起的争斗，纯粹而简单。但我愿意相信即便她知道了什么线索，她也永远不会说出来。米兰达是一位母亲，一直都是。她从这个世界消失给我一种难以言述的感觉。爱和仇恨都不再重要了。她曾经占据了我生活很大一部分，我还需要一些时日去接受她的离去。

"你认为考尔和韦尔登是幕后主谋？"费尔韦瑟问，"孩子在他们手上？"

"很有可能，"我说，"除非那个可怜的孩子已经死了。"

"我们有证据表明那个孩子还活着，不过那是交赎金之前的事儿。如果她还没死的话，我们时间不多了。"他回答。沉默了一会儿后，他又说，"我不会回去接格温的。"

"等一下。"说完，我开始起身。

"**趴下**。后面有一辆黑色越野车跟着我们，"他说，"是最开始的绑匪，对吗？他们来找人质了，他们还想着要赎金。"

"我不管，"我说，"我们一定要回去。"

"他们待在那个地方是安全的，对吗？"

"我不确定。他们和那个律师在一起，斯巴克斯。"

"那他们现在就是安全的。快给我趴下。"他看着后视镜。我看得出来他的紧张。然后他说："考尔在镇子外有个围片区，他声称自己是农民，其实也只是参与什么'主权公民运动'[1] 的疯子。想藏起那个孩子，那儿

---

[1] 美国的一种恐怖主义运动，参与者认为即使他们在美国居住，他们也是独立于美国，具有独立主权的。

可是个绝佳的地方，我得报告这个情况。"

麦克问道："当地的警察不会接到这通电话吗？他们不会监听？"

费尔韦瑟的手正伸向电台，他犹豫了。"你提醒了我。该死，我们可不能一开始就搞砸。"

我也关心绑架案，可我更急着想要找到我的家人。"格温和我们的两个孩子，我现在就要找到他们，否则我跳车了。"

"你想死吗？"他问，"如果我不把你们两个送出镇子，**死就是你的下场**。而且不仅仅是你们，格温和孩子们也一样。"

我不喜欢听这样的话，但他说得没错。"说实话，你认为斯巴克斯也和他们是一伙的吗？"

"我不这么认为，"他说，"他是个失败者，不过肯定跟考尔和韦尔登不是一伙的。斯巴克斯是个孤僻的人，也不是个好律师。他的律师资格考试考了多少次才通过来着？好像是三次？多年来，他一直假装自己是镇上的大人物，却从来没有处理过一起刑事案件。"

我震惊了。"从来没有？那为什么会给他分配薇的案子？"其实我已经知道答案了，韦尔登之所以安排斯巴克斯，是因为知道他肯定会搞砸，让薇失望。如果薇没有在她妈妈死的那天给格温打电话，韦尔登可能已经得手了。没有人预料到会有那通电话。我问了一个对我来说很重要的问题："**他们和斯巴克斯在一起安全吗？**"

费尔韦瑟思考了很久，这一点儿也没有让我感觉好起来。"我只知道他不可能参与到绑架案中，韦尔登和考尔都不信任他，"他给出他的答案，"并不是说我喜欢他。究竟什么样的人才会让他的姐姐做他的保姆，还用一个假名来称呼她呢？"

过了一会儿，我才反应过来他说的是帕尔夫人。"你一定在开玩笑。"

"真希望我是，那栋房子简直就是个哥特式的噩梦。很有可能他们两个……"费尔韦瑟不说话了，他耸耸肩，"谁知道呢？"

"我们要回去，"我说，"现在就回。"我现在比以往任何时候都更迫切地想要找到我的家人。

"我们已经在镇外了，"他告诉我，"我是不会掉头的。"他拿出接收机，接入频道，"10-34，10-34，请求立即支援。费尔韦瑟警长和联邦调查局的探员鲁斯提格，还有一位公民在……"

子弹几乎是迎面打来，穿过了挡风玻璃。从我的位置看不到是谁开的枪，但我听到了。费尔韦瑟手里的电台掉了下来。"该死！"他喊道，然后向左猛打方向盘，随后又向右。有那么一瞬间，我以为那一枪没有射中他……事实却并非如此。子弹射中了他的锁骨下方，正中命门，射穿了一个洞。伤口很大，鲜血不断涌出，流到他的衬衫前方，浸透了棉料。鲜艳的红色很快就盖过了衣服的白色。费尔韦瑟低头看看自己，仿佛不太清楚发生了什么。我冲上前，在他双手脱离方向盘之际抓住。我艰难地控制住车子，它开始疯狂地向另一边打转。费尔韦瑟松开了油门儿，但这种本能完全是错误的，如果现在停车，我们必死无疑。有人在树林里埋伏我们，要是不开过去，他们一定会不断朝我们开枪，直到把我们都打成蜂窝。

费尔韦瑟翻起白眼，他失去了呼吸，胸口也不再流血。他死了。我讨厌自己能判断出这一点。

我没时间为他默哀。我拉开驾驶座的车门，用手指猛地按下安全带，然后把他推了出去。我爬到血淋淋的驾驶位上，座位还是温热的，他的血浸透了我的裤子和衬衣后方。我试着不要去想他，不去想我刚刚抛下了一个正直的人。我踩下油门儿。"麦克！"我喊，"坚持住！"

"好。"麦克说，声音听上去很冷静。不开玩笑，他可是麦克·鲁斯提格，即使是身处战场，他也稳如磐石。

挡风玻璃碎了，碎片散落开来，但是我没有时间处理它们。我忽略车身的损坏，努力看清前方的路。五秒钟后是急转弯，四秒钟，三秒钟。

他们又朝挡风玻璃开了一枪，接着又是一枪。这两枪都没有射中我，因为射击角度越来越小，碎裂的玻璃也阻碍了枪手的视线，我一边开车一边靠到最左边的角落。我转弯，狠狠把脚踩下去。后轮不断打转，发出刺耳的声音。车子还在摆尾，但我又重新开回车道上。

"你的六点钟方向。"我喊道，因为现在我们正经过那个枪手的位置，使得他有时间调整方位，从我们后方开枪。也许从他的位置能看到麦克，取决于他的位置。在现在这个节骨眼儿上，不管看到什么目标，开枪就对了，也许枪手同样祈祷着能够射中我们。

我回到座位上，用力地踩着油门儿。我不断听到子弹射中车身金属外壳，打碎更多玻璃的声音。"就是现在！"我说。

"收到！"麦克迎着呼啸而来的风朝我喊道。碎玻璃不断掉落，砸在我的脸上。我不能减速。这个混蛋枪法很准，如果我挺到下一个弯道的话……

我不能。

不知道是因为子弹还是因为压力，一条车胎爆了，物理作用让整辆车猛地倒向一边。我不能减速，我继续开着车，但是开不了直线。

"趴下！"喊完，我迅速蹲下，因为我知道要跌入阴沟里了。我没能及时刹车，我感到方向盘里有些东西松了，碎了。我们完蛋了。我们的车翻了。

第十七章

康纳

当妈妈跟着帕尔夫人出去时，斯巴克斯对着我们三个——我、兰妮和薇——笑了起来，他把手指放到嘴唇上，走到门边，轻轻地把门关上。"那么，"他低声说，"现在，我要把你们转移到一个安全的地方，以防那些警察不顾我们的反对闯进来。"

他从桌子里拿出一个遥控器，按下一个按键，其中一边的书架悄悄地滑开了。我能想到的唯一一件事儿就是**这个机关真酷**。我只在电影中见过，从来没有在现实生活中看到过，就像是蝙蝠侠的把戏。

听起来他是要帮助我们，但我也不确定。为什么妈妈在的时候他不这样做呢？我不想她不知道我们在哪儿，于是我看向姐姐。"兰妮？"我之所以问她，是因为我不确定，而她可以做决定。

兰妮看了看那扇被隐藏起来的门，又看看赫克托·斯巴克斯。她皱着眉，说："或许我们应该等一下妈妈。"

"没时间了，"斯巴克斯说，"难道你想看着薇被抓走、被杀死吗？"

兰妮摇摇头，她不再坚持，朝那扇隐藏门走去。我不喜欢这样。我也不知道为什么，完全不知道，但我就是不喜欢这样。于是我向办公室的门走去，打算告诉妈妈。

我还没走到门那边，就听到"咔嗒"一声。我试着开门，却扭不动把手。"妈妈！"我用力拍着门。

"安静点儿！"斯巴克斯厉声说，"和你姐姐一起进去，孩子。你在下面会很安全的。"

我转过身，他一动不动地站在桌子后面。"开门！"

听到声响，兰妮转过身，她和薇正站在门那边看着我。"康纳？"我姐姐说，"来吧，我们应该按他说的做。"

"除非我们让妈妈知道！"

斯巴克斯先生叹了口气，拉开抽屉，说："我真的没有想过会这么棘手，这是你自找的。"他拿出一把枪，是一把老式左轮手枪，那种只有在黑白电影中才会看到的枪。但不管怎样，他拿着的还是一把枪，我僵住了，两个女孩儿也僵住了。"你们所有人立刻下楼去！"

"你**真的**抓了她，"我脱口而出，"埃莉·怀特！你绑架了她！"

斯巴克斯先生朝我皱眉，好像我说了什么蠢话似的。"不要诽谤我，我从来没有伤害过孩子。"

"**可我弟弟还是个孩子！**"我姐姐大喊，听起来既愤怒又害怕，"你不要伤害他！"

"他已经超过十二岁了，"斯巴克斯说，仿佛这样他的行为就是合理的，"我没有绑架那个可怜的孩子。我不会那样做的。如果你们乖乖听我的话，我保证你们什么事儿都没有。所以现在，**快点儿给我进去**。否则我现在就会杀死你们其中一个。"

他吓到我了。

我希望妈妈会破门而入，把枪夺走，然后揍他一顿，但我想她甚至可能都不知道我们遇到了麻烦。我可以大喊救命，可我担心那样会让情况变得更糟。于是我放低音量。"妈妈会来找我们的，"我告诉兰妮，"没事儿，照他说的做。"

我的姐姐没有反驳我。这还是第一次，但是我并不享受这种感觉。她带着薇走向书架后的入口。

"大人说话小孩儿别插嘴，"斯巴克斯说，"得有人教你得体的举止。

不过我相信你有前途，只要摆脱你妈妈的影响。"

　　我现在很害怕，非常害怕。我眼都不眨地看着他，说："如果你敢伤害我妈妈或姐姐，我就杀了你。我可以做到，我知道怎么做，我爸爸教过我。"

　　这话听起来还不错，有震慑的作用。自从我知道可以吓走学校的一些恶霸后，我就一直练习这些话。但斯巴克斯先生并没有被我吓到。他摇摇头，像是我说了一些蠢话。他按了一下书桌上的遥控器，我听到办公室的门打开的声音，有那么一刻我以为他要让我和妈妈说话……随后他抓住我的手腕，把我拖到书架后的入口处。我大喊着，想要往回走。然而他比我高大，比我强壮，他把我推到入口里，再抓住一个把手，身后的书架就关上了。我听到"咔嗒"一声，我不知道应该如何把门打开。我想如果妈妈走进办公室，她完全不会知道发生了什么，不会。此外，如果斯巴克斯先生有枪的话，帕尔夫人肯定也有。

　　兰妮肯定也在这里面——但我看不见她。这里面空间很小，有楼梯通往下方。我看不见她，下面一片漆黑。"兰妮！"我喊道，她没有回应我。我试着挣脱，可失败了。斯巴克斯用手锁住我的喉咙，直到我蹲下来，大口喘着气。我脖子很痛，真的很痛。他一直抓着我的喉咙，一路推着我前进。我踉跄着走下几级台阶，又下了几级台阶。

　　他还是一直推着我走。"我现在要放开你。"走到楼梯中央时，他说。我差点儿无法呼吸，也没有再挣扎反抗。"你最好乖乖听话，否则你姐姐不会有好下场。"

　　在我喉咙上的手松开了，但他又抓住我的肩膀，依旧推着我一步一步往下走。"我妈妈会来找我们的，"我告诉他，"她会找到我们的！"我几乎说不出话来，我的嗓子疼得厉害，浑身颤抖。

　　"我可不认为帕尔夫人会让她那样做，"斯巴克斯先生说，"小心台阶，路的尽头有点儿黑。我改天一定要把那个灯泡修好才行。三，二，一……我们到了。"

　　终于有灯光了，很亮，很刺眼。

我们在一个山洞里。意识到这一点的那一秒钟，我感觉自己好像要窒息了，因为兰妮和我以前曾作为囚犯被关进过地下室里。一瞬间，我感到四周的墙在向我逼近，这里真的太黑了，**我想我的妈妈**。我十分想她，以至于我都想尖叫了。我厌恶这种感觉，我讨厌妈妈一个人在上面，帕尔夫人可能会杀了她。我讨厌斯巴克斯这个笑面虎，他的那双眼睛丑陋而猥琐。

我看到兰妮和薇靠着墙挤作一团，看到她们的那一刹那，我立马冲进姐姐怀里。她一手搂过我，让我站到她身后。我看到她找到了一件武器，是一块石头。虽然不大，却很锋利。

"那是什么？"兰妮问，朝洞穴的另一端点点头。那端的尽头是一扇锁着的铁门，最上方有一扇窗户，旁边是一扇更大的黑色窗户，看起来是一栋房子，只不过被涂成了黑色。斯巴克斯停在原地，笑得更灿烂了，"这里就是你们的新家了，姑娘们。"他手里拿着遥控器，按下一个按钮。

黑色窗户的另外一边是一扇金属百叶窗，它缓缓升起。我看到另一个房间，房里有三张床，但只有两个女人。窗户上升时，她们两个都站起身，直勾勾地盯着前方。她们身穿白色裙子，双手被绑，头发长长的。

我认得她们，因为我在网络上见过她们。她们是在猎狼河失踪的女人。一头金发，看起来一脸病容的是塔拉·道斯，她年轻一点儿；另一个女人是桑德拉·克莱格曼，她年纪稍大。

少了一个，贝芬妮·沃德里普。我想起我们在河边发现的那具恶心的尸体，一想到她在网页上的照片，我就想吐。尸体是她，一定是她。"你杀了她，"我对斯巴克斯先生说，"贝芬妮。"

"不，我没有杀她。"他说，出于某些原因我相信了他，他像是受到了冒犯，"我把我的女孩儿们照顾得很好。贝芬妮只是得了很严重的病，我也无法帮她了。"

"你把她扔掉了，把她当成垃圾那样扔掉了！"

"我只是把她交给上帝，让大自然净化她而已，"他说，"等你长大，你就会知道女人有多么肮脏了，我会教你的。"

"就像你教她们那样？"看到窗户另一边的女人们一动也不动，我强忍呕吐的冲动，她们害怕得连气都不敢喘一下。他要把我姐姐和薇也抓进去，却还没有说要对我做什么，这让我感到害怕。"你要杀了我吗？"我问，宁愿现在就知道答案。

"当然不会！我不会让你和她们待在一起的，那一点儿也不合适。我会教你怎样对她们负责任，做她们的父亲。"他说。他的手机振动起来，他拿出它来查看信息。把手机放回去时，他一脸阴郁。"和女孩儿们待在这里，我马上回来。"

他将遥控器对准窗户，百叶窗落了下来。我可以想象得到那两个女人害怕地倒下，跌坐在床的情景，或许她们还会哭。她们恐惧极了。从她们的脸色看得出来，她们一直都在担惊受怕。

斯巴克斯先生是个魔鬼，我从来没有见过他这一面，就像我从来没有见过爸爸的那一面一样，我讨厌这样，我憎恨自己不能发现他们的这一面。魔鬼不应该看起来跟常人一样。如果他碰我姐姐……**不，不行，不能让他那样做。妈妈也不会让他得逞的。**

我一直盯着黑色的窗户，却忽然听到了脚步声。我转过身，发现斯巴克斯先生已经上楼梯上到了一半，他走得很快。**妈妈！**我转身跑向台阶，兰妮也冲了过去，我跑得比她快，但是当我们上楼梯上到一半时，书架又关上，锁也扣上了。

"等一下，"兰妮拽住我，"我们不能就这样逃出去。我们要制订一个计划，肯定还有别的办法。"

"但是妈妈……"

"帮我到处看看！"她的声音在颤抖。我看向她时，她正在哭，可我看到了她泪水下的坚强。那是当妈妈与人们战斗，为我们战斗时脸上会出现的表情。"快点儿！"

听到锁开的声音时，我们才下了一半楼梯。兰妮僵住了，我也是。我们转头去看身后的情况。斯巴克斯先生正拖着妈妈下楼梯，他一只手拽着她的手腕，将她拖下来。妈妈整个人平躺在台阶上，身后留下一道血迹。我从没看到过她受这样的伤。她一动也不动，**一动不动。**

我发出一声尖叫，挣脱了兰妮，冲上楼梯向斯巴克斯而去，我姐姐紧跟着我。斯巴克斯看起来不知所措，就像是一个受到惊吓的老男人一样。但那只是他的面具，就像我爸爸的话语一样，就像他的笑一样。

斯巴克斯狠狠地踢了我一脚，我撞到墙壁上，有那么一瞬间我甚至都不能起身。我在台阶上踉跄了一下，却忽然看到了妈妈的眼皮在动。兰妮还在与斯巴克斯搏斗。"妈妈！"我的声音嘶哑，但我又喊了一遍，"**妈妈！我们有麻烦了！**"

妈妈的眼睛猛地睁开，有那么一秒钟，她眼神迷离，不知道发生了什么。但很快，她就看到了我，眼中的困惑一扫而光。"把你的臭手从我孩子身上拿开！"她冲斯巴克斯喊道。她一个转身，依旧仰面朝天，从后面踢了斯巴克斯先生一脚。如果是我，我一定会踢他的屁股。而她朝他两腿中间狠狠地踢了一脚，就像想要射门得分一样。

他痛得大叫，放开了兰妮，跌跌撞撞地走下两级台阶。他踩了个空，整个人从台阶上滑了下去，最后跌倒在最底层的混凝土地板上，身体滚了两三英尺才停下来，脸朝地面，一动也不动。枪从他手中跌落，弹到地板上。薇跑过去把枪捡起，颤抖着将枪对准斯巴克斯。

"别！"兰妮用沙哑的声音大声喊着，"薇，不要开枪！"

"我不会的，"薇说，"尽管他的下场就该如此。"她听上去很坚强，但是她看似快要哭了。"他本应该帮我的。"

我跑到姐姐身旁。她握住我的手，斯巴克斯先生之前抓住了她的喉咙，她现在在咳嗽。我知道那种灼烧般的痛苦感觉如何。

"妈妈？"我向妈妈伸出另一只手，她抓住我的手，站了起来。她摇晃了一下，但当她站稳拥我们入怀时，我感到她立马又变得强壮起来。就在这短短的一刻，一切事情又重回常态，都恢复了正常。不过她的拥抱只维持了一两秒钟，随后她放开我们，走下台阶。她停下来，将手指放在斯巴克斯先生的脖子上。"他还活着，"她说，"帮我用他的皮带把他绑起来。"

我阻止了她，说："不需要那样做。"我拿走他的手机和钥匙，还从他的口袋里掏出遥控器，上面有四个按钮。我记得左下角的是控制百叶窗的；而在楼上的时候，他按了左上角的按钮，锁住了办公室的门把手。肯定还有一个按钮是书架的开关——应该是右上角的那个。那只剩下右下角的按钮了。我将遥控器对准门口，按下按钮。

一阵嘈杂的声音响起，铁门打开了半英寸。

兰妮弯腰跑进去，把门开得更大，里面的光线照在混凝土地板上。"嘿，"她对里面的两个女人说，"来吧。你们现在安全了，可以出来了。"她回头看看妈妈。"我们可以将他关到里面，对吧，康纳？"

"对，"我说，"让他待在里面。"**让他就那样死去**，我心里想着，但是我没有说出口。我想象着他在里面饿死，瘫倒在床，尸体腐烂成白骨，最后化成尘土的过程。

兰妮又朝房间里看了看，我按下窗户开关，这样我就能看到她看到的东西。

那两个女人站在原地，双手被绑了起来。塔拉正在哭，没有动。而桑德拉才是那个崩溃的人，她跌倒在地，大口喘着气，又站起来走过去牵起塔拉的手。"不！"塔拉喊，"不，不可以，我们不可以这样，他会惩罚我们的！"她看上去怕得要死，一直推开桑德拉，回到自己的床边。

妈妈看到了一切。从她的脸色、眼神和挺直的腰背中，我看到了那种神情。我看到了她对躺在地上的男人的蔑视。我们曾相信这个男人可以保证我们的安全。她拽住他的手腕，他像条死鱼一样一动不动，任凭妈妈把他拖进那些女人、他的俘虏所在的房间。

看到他无助地倒下的那一刻，一切都变了。塔拉尖叫起来，她的声音让人感到心疼，没人知道那一声尖叫包含了多少恐惧，她的情感终于在这一刻得以释放，转换为愤怒。她可以逃脱了。我以为她会向门跑去，但是她停下脚步，开始踢斯巴克斯，踢得很用力，踢了一脚又一脚，直到桑德拉拉住她，她才停脚。

她们走出来，塔拉就像被人撞了一样跟跟跄跄。她沿着粗糙的墙蹲了下去，我听到她的白裙子因为钩住了一块尖石而撕裂的声音。

妈妈转身走出房间。斯巴克斯先生开始恢复意识，但他的速度没有她快，也许他没有那么多受伤的经验。妈妈一出来，我立马按下按钮。"砰"的一声，大门重重地关上了。

妈妈从薇手中拿过枪，薇松了一口气，走到我旁边，用手臂搂着我。

斯巴克斯先生起身，冲向大门。我们可以听到他拍门的声音，然后他又走向窗户，不停地用拳头拍打着窗户。"砰砰砰。"

"那就是我们听到的声音，"妈妈说，"不是坏了的洗衣机，是她们两个，她们想让我们知道她们在这里，她们希望得到救援。"

我点点头，按下左下角的按钮。百叶窗缓缓下降，我们再也看不到斯巴克斯先生了，就像他从未存在过一样，除了那"砰砰"的响声。就算他在尖叫，我们也听不见。

薇·克罗克特扶着塔拉上楼，但是妈妈叫她停下。"还不能上楼，"她说，"你们先在这里等着，等我回来告诉你们安全了再上去。"她转过身，伸手拿走遥控器。"这个是什么的开关？"

"右上角是控制书架的，"我告诉她，"左上角是办公室门。你要去对付帕尔夫人吗？"

"嗯。"说完，她紧紧地拥抱着我，我觉得我的肋骨都要断了。不过我痛并快乐着，因为我很爱她。然后她又抱了抱我姐姐。"我爱你，我为你感到无比自豪。**待在这儿。**"妈妈犹豫了一下，把枪递给姐姐，"你知道怎么开枪。必要时请保护他们，亲爱的。"

"如果你没有回来怎么办？"薇问妈妈，"如果是**她**来了怎么办？"

"这可是我妈妈，"兰妮说，"我妈妈会回来的。"她的语气很坚定。

妈妈上楼时，桑德拉·克莱格曼向我们走来。她看上去还是一脸惊恐，但是已经镇定了不少。"把斯巴克斯的手机给我，"她说，我把手机递给她，"我可以帮忙。"

手机有密码，她看了一下，随后按下一串数字。她一定是无数次看过他解锁，密码对了。手机解锁了。

"你要做什么？"我问她。

"给她姐姐发信息，"她颤抖地笑着，"我喜欢发短信。我以前很喜欢发表情包。大家现在还发那些吗？"

"嗯，现在表情包更多了。不过我不知道**他**会不会用。"

"不，他不用的。"她看起来比照片上瘦，像是几乎吃不上饭，我都能看到她手腕上的骨头。她输入了文字，然后把手机还给我。上面写着："晚餐时间。"

我抬头看她，她耸耸肩。"如果她端着餐盘，就意味着她不能拿步枪，"她说，"他每晚都会这样发信息，但前提是我们听他的话，只有这样我们才能吃上饭。"我看向兰妮和薇，她们正听着桑德拉说话。"那……如果你们不按照他说的去做呢？"我问道。

"那我们就没饭吃，"塔拉说，"我快饿死了才明白这一点，现在我可以正常吃上三餐了。"她的声音听起来疲惫极了，像是醉酒的状态，"外面还有冰激凌吗？"

"有，"薇说，她坐到塔拉旁边，"我们到时会吃上的。"

我按下"发送"键。塔拉把手搭在薇的肩膀上，我希望桑德拉是对的。因为如果不是，如果那条信息露出什么破绽，妈妈将会陷入非常糟糕的境地。

第十八章

山姆

车祸过后，我花了一阵子才清醒过来。我向车后跑去，才想起费尔韦瑟死了，被我抛在后面的道路上。挡风玻璃上全是子弹孔。

枪手还在外面。

我跌跌撞撞地冲向车子，猛地拉开麦克那边的车门，抓住他。我们手挽手，我用力一拉。他很重，整个人一动也不动，趴在座位上。我知道现在这样做很危险，不过这辆车挡住了枪手的视线。

或许现在追杀我们的人只有一两个，很可能只有一个。至少在那栋房子里，原先的绑架团伙已经失去了三个同伴。我试着回忆有多少辆黑色越野车在猎狼河徘徊，它们都很像，我也难以判断。我推断至少有三辆，每辆车也许有三到四个人。目前我们已发现了一辆车的人，他们大概不会派再多的人来对付费尔韦瑟。

麦克失血过多，浑身颤抖，比之前还严重。我把他靠在发烫的车身上，说："在这儿等我一下，兄弟。我马上回来。"

他嘟囔着，这副样子说明他是真的受伤了。我把他留在车旁，爬回车内。前排座位后面的锁坏了，一把泵动霰弹枪掉出来，里面至少装了六发子弹。我拿起枪，递给麦克。"待在这里，"我说，"掩护我。"

"我不能两者兼顾。"他说。但我没有听他说话。我的伤口痛起来。

刚刚的撞击让我浑身疼，我的某个部位可能骨折了。我暂时还不知道是哪里。管不了那么多了，我得行动起来，得找到敌人。我要消灭他。

离车祸现场几百米远时，我改变了计划，我意识到我没有考虑周详，疼痛感袭来，可我终于想清楚该怎么做了。我不应该到树林中去跟踪枪手，我要引他过来，甚至不用我去引诱他，他自己就会过来。除了碎裂的散热器冒出的蒸汽，他什么也看不到。他不知道我们是生是死，他要确认我们的情况。

我在一棵树附近趴下，静静观察着。每多过一秒钟，麦克的失血量就更多。我的肋骨肯定断了几根，我尽力轻声平稳地呼吸。应该没有肺穿孔，不然我麻烦就大了。

我听到麦克在轻轻地移动，接着我听到另一边也传来了脚步声，很轻。尽管他隐藏得很好，在这一片死寂中还是格外清晰。

在再次听到他的声音前，我看到了他。他穿着迷彩服，不是在旅馆附近埋伏我的那个男人穿的那种款式，他穿的是上等货色，像是私人定制的高档货。他应该是个受过专业训练的枪手，大概收费不低。他能在森林中敏捷地移动，静止时则能把自己很好地隐藏起来。我没有受过训练，我不是隐形的。不过比起麦克，我没有那么引人注目，麦克正在移动，流着血，是引他靠近我们的最佳诱饵。但是靠近是一个相对概念，我不知道这把枪的射程和火力，而且我输不起。我要再靠近一点儿。

我身手虽不算笨拙，也不算好。我靠近到枪手二十英尺以内，然后我的脚蹭到一根该死的树枝，再加上我的呼吸声，枪手注意到了我。他离麦克很近，正在瞄准麦克。不管了，我弯下身快速向前冲，将距离缩短到十英尺。没有时间瞄准了，枪手已经把枪对准了我。

麦克救了我，尽管他在射程之外，但他还是开了枪。那一枪打得刚刚好，吓了那个枪手一跳。他的那一枪本应要了我的命，结果却在我旁边的树上打出了一个洞。

我单膝跪地，手放在膝盖上，瞄准开枪。我不能瞄准他的身体，我不知道他在那套迷彩服下还穿着什么盔甲，所以我选了一个冒险的目标，瞄准他的右眼。

我的精神几乎崩溃。极度紧张、肋骨疼痛，也许还有别的原因，导致我没打中他的眼睛，但还是打中了他的喉咙。我的目的达到了，他摇晃着往后退，武器也掉落在地，滚下斜坡。我跌跌撞撞地追上他，打算再朝他开一枪，而他已经无心恋战。他用双手捂住脖子，浑身颤抖，试图阻止自己失血过多。打中他是个小小的奇迹，不过我不认为我打到了他的致命部位。

他是个身材瘦削的年轻亚洲小伙，尽管我很想对他恨之入骨，却做不到，因为此刻他看上去更像是一个惊慌失措的小孩儿。不管怎样，我还是把枪对准他，说："好好按住吧，你不会死的。"或许吧！

我听到警笛声，但不确定是从哪个方向传来的。如果是猎狼河警察，麦克和我就完蛋了，就像费尔韦瑟那样。而如果是县治安局和田纳西州调查局的人，我们就得救了。

"救我。"枪手气若游丝地说。

"你先告诉我，"我说，"原先绑走埃莉的是你们吗？"

他点点头，一脸惊恐。"救护车，"他说，血不断从他的指缝渗出，"救我。"

"你知道那个女孩儿在哪儿吗？"

"不知道，"他低声说，嘴唇微微发紫，"救命。"

我搜他的身，看还有没有其他武器。我找到了一把猎刀，质量上乘，他腰间的尼龙搭扣皮套里还有一把9毫米口径的手枪，我差点儿没发现。我拿走这些，扔给麦克。麦克挣扎着站了起来，睁开他那双大眼睛，盯着枪手看，"你按住脖子，不会死的。你叫什么名字？"

"赵柳。"他说。

麦克咯咯地笑了起来。"你是传说中的约翰·史密斯[1]吗？"他说，

---

[1] 约翰·史密斯（1580～1631年），早期英国殖民者、军人、探险家，在弗吉尼亚州建立了第一个永久英国殖民地。

"可我不这么认为。"他转过头，"那些警笛声是从哪里传过来的？"

"不是从猎狼河方向。"我说。

"你确定？"

赵柳的眼皮不断眨动，他晕过去了。双手从脖子上垂下，鲜血喷涌而出。

"该死，如果他有什么小动作，就开枪。"我蹲下来，按住他的伤口。我没有手机，但赵柳有。我一只手拿起他的手机拨号，打给县治安局。

我们都活着等到了执法人员的到来：先是两辆警车，紧接着又来了第三辆，还有一辆救护车跟在后面。费尔韦瑟呼叫的"10-34"出现了，他救了我们，我却让他死在路上。**该死，**这种负罪感比我断掉的肋骨更痛。

县治安局局长本人一个小时后才到达现场，同行的还有一车穿着带标志的防风夹克的田纳西州调查局的办案人员。此时，我的肋骨已经被医护人员包扎起来了，他们允许我坐到麦克旁边，靠着那辆失事的汽车。赵柳被抬上救护车，手被铐在轮床上。我筋疲力尽，却没有一个人回答我的问题，我要知道格温和孩子们的情况。我不断制造噪声，直到引起局长的注意。他走到我面前，他头上的斯泰森毡帽的阴影遮住了我，问道："你到底在搞什么鬼？"

"格温和孩子们，他们和赫克托·斯巴克斯在一起，"我告诉他，"在猎狼河镇。你要救他们出来。"

"现在还不行，得等我们抓到韦尔登和那个狗娘养的考尔才行。"

"你知道考尔？"

"费尔韦瑟对我说了他的疑虑。我们申请到了搜查考尔的围片区的搜查令。如果埃莉·怀特在那里，不管她是生是死，我们都要把那个可怜的孩子救出来，让她回到父母身边。"局长是个结实的老人，留着圣诞老人般的胡子，眼神像蛇一样锐利。说完，他一言不发地走开了。我和麦克两个人看着他离开。

麦克说："如果他被收买了，我们不可能活着离开这里。"

"他们不能收买每一个人。"

"这只是你的看法而已。"

· 267 ·

"轻松点儿，兄弟。你还得活着继续印刷假钞呢！"

"别逗我笑，"他叹了口气，"我觉得我对不起米兰达，我不喜欢她，但是如果可以的话，我会救她的。"

"我知道。"说着，我站起身。我浑身都疼，明天我的伤口就会变得青一块紫一块的。不过目前看来我的情况很稳定。"那不是你的错。"

"你要去哪儿？"

"找个人带我去猎狼河，"我告诉他，"我要确保格温和孩子们没事儿。"

我走了才不到几步，局长又朝我走来。他打量了我们几秒钟，然后说："跟我来。"

尽管身上还有伤口和瘀伤，麦克还是站了起来，"我们去哪儿？"像变魔术一样，我们从赵柳身上找到的武器全都不见了，我没有拿，麦克本人则成了一个行走的秘密武器库。

"考尔的围片区，"局长说，"然后我们再去接你的家人。"

考尔的围片区离我们翻车的地方不远，开车十分钟就到了。将考尔的住所描述成"围片区"十分准确。这里四面都是加固的混凝土砖墙，墙上方还有剃刀状的铁丝网和一些让人印象深刻的强光灯。不过大门已经被撞毁了，碎片散落一地。

"搞什么？"我说。

"我们的人来这里搜查，不料却陷入了一场混战。"局长说，语气严肃。

场面很混乱，门后有两辆猎狼河警车，警灯还在闪着，但是周围空无一人。局长的车开进去后，我看到了尸体。两辆车中间躺着两具警察的尸体。还有两辆着火的越野车，到处都是死人。墙边躺着一个身着破旧沙漠迷彩服的人，在这种林区，他的着装很傻。在围墙另一边，类似军营的地方则躺着四五个人。

"到底发生了什么？"我问。

"我们现在能猜到的就是，这些开着越野车的人在半小时前来到了这里，"局长回答，"随后发生了枪战，造成了大量伤亡。猎狼河警察不久后到达现场，一下车就被杀死了。我们在地下室里发现了考尔的妻子们和孩子们。"

"你刚刚说的**是妻子们**，对吗？"麦克问。

"是的，总之一言难尽。这里上演着某种乡下异教的末日狂欢，考尔是他们至高无上的先知。直到今天，他还在维持自己这个所谓的王国。"

"他死了吗？"麦克问。

"还没有找到他，不过这是场大屠杀。就目前掌握的线索来看，越野车上的男人是职业枪手。然而两方全死了，都身中数弹，血肉模糊，不知道谁是谁。"局长看看我们，"你们有线索吗？"

"越野车里的那些人很可能是最初的绑匪，"我说，"就是绑走埃莉·怀特的犯罪团伙，他们也许是被雇来干这事儿的，想夺回她。"

"或许是吧。我们还没有找到她的下落。"

"你和考尔的妻子们谈过了吗？"我问局长。

"她们什么也没说，只是站在那里，手被绑住了。太令人不安了。"

"所以你才带我们来这里？"我问。

局长叹了口气。"我想着你们会知道什么线索。一点儿头绪也没有吗？"

"没有。"我说。麦克也摇摇头。"那韦尔登警长呢？"

"被拘留了，"他说，"韦尔登说他把事情都交给考尔办了，他并不知道那个女孩儿被藏在哪儿。"他长长地叹了口气，"联邦调查局的伙计正开着直升机搜查，我想他们应该可以和田纳西州调查局的人从这里入手。我们就差这么一点儿就能找到那个孩子，太遗憾了。"

忽然，我想起了一些事情。"薇·克罗克特，"我说，"薇和我们说过汽车残骸被埋了起来，说不定他们也活埋了那个女孩儿。"

"你是说那种老派的绑匪做法，给她留一根通风管通气？"麦克考虑了一下这个可能性，"你搜查的最后一个地方是哪里？"

"麦克，你四处看看。你觉得能藏在哪里？"

"那些绑匪想时时刻刻监视她。他们是控制狂魔，将人质藏起来的同时也要监视她。她也许在房子下面，在重型装备下面，在……"他顿了顿，"他们有什么重型装备吗？"

"有，"局长说，指了指，"那边儿有一台挖掘机，就在垃圾堆旁边。"每一户乡下人家都有自己的垃圾堆。

我身体前倾。"打开这扇门！"

局长按下"解锁"按钮，我立马趴在地上。我意识到这是犯罪现场，而且我没有身穿制服，也没有戴上专用设备，可我仅有的念头是我们得争分夺秒，那个小女孩儿已经被关了很久很久。

垃圾堆可谓**巨大**。它更像是一个垃圾山脉。左边的山峰是白色垃圾袋堆成的，中间则是腐烂了的纸板箱堆。尽头是一堆生锈的垃圾。废金属、废零件，还有一辆二十世纪五十年代的轿车，连发动机都没有了，只剩下框架。

我看了看挖掘机，很脏，意料之中。除此之外没什么可疑之处。

不对，挖掘机的位置很可疑，停在了一个奇怪的地方，就在高耸的垃圾堆旁边。垃圾随时都可能砸落在车上。挖掘机可以停在很多地方，为什么偏偏要停在这里呢？

因为要挡住某些东西。

麦克蹒跚着走过来，局长扶着他。我抓住挖掘机的车身，爬了进去。钥匙没插在钥匙孔里，而是卡在车厢里的地毯下面了。我发动引擎，径直往后倒。这时，我看到有一根短短的聚氯乙烯管从底下冒出来。谢天谢地，我后退的时候没有转方向盘。管子只突出来大概两英尺，而且被涂成了与泥土相似的颜色。

局长从废料堆里拔出一根长长的钢筋，开始挖掘。向下挖了两英寸，他击中了一个东西。他敲了敲，是空心的。

"是木头，"麦克说，"是一扇门。"

我们开始踢走松散的泥土，寻找边缘。我们发现了两扇门，都是厚重的木头制成的。从掉漆的程度来看，它们似乎是从某处捡回来的谷仓门，要么这里就曾是地窖或是躲避龙卷风的避难所。

门上有一条厚重的链子和一把新锁，局长大喊着要断线钳，很快就有人拿着一套工具跑了过来。他剪开锁，把锁放到一边，动作谨慎，尽量避免用手指去碰。

"小心指纹。"我提醒麦克。他点点头。等局长把蓝色手套递给我们后，我们戴上，接着各抓住门的一边，然后用力拉。门重得不行，即使没有链条和锁，小孩儿也不可能推开。我感到我断掉的肋骨移位了，我咬牙忍住疼痛。疼痛在此刻是件好事儿，可以让我更有效率。

里面黑得像墨水池一样。局长有个重重的手电筒，他朝里面照了照，发现下面是几级破旧的木台阶，通往肮脏的地板，上面有一堆空的矿泉水瓶，还有被撕开的零食包装袋。

埃莉·怀特蜷缩在角落里。她身上脏兮兮的，原先漂亮的粉色裙子满是污泥，裙摆破烂不堪。她一动不动，我甚至无法确定她是否还有呼吸。她看上去瘦小脆弱，就像一束易折断的树枝。

麦克不顾伤痛，从台阶上一跃而下，将她抱起来。在麦克宽大的怀抱里她显得更娇小了。她的头靠在他的胸前。她扎起的辫子也散落开来，凌乱的头发缠在一起，随风飘动。双臂和双脚无力地摇晃着。

"她还活着吗？"局长问。我听出了他的担忧。麦克正要把孩子放下来的时候，我终于看到她动了。她用胳膊搂住了麦克的脖子。他靠在挖掘机旁，闭上双眼。"没事儿了，亲爱的。"他轻声对她说，"我们把你救出来了，我们把你救出来了。"

"感谢上帝，"局长感叹道，"这真是个奇迹，我们创造了奇迹。"

没有人试图把她从麦克身边带走，直到医护人员推着轮床赶过来。她才被抬上轮床，推上救护车，由方阵般的县治安局警车护送去了医院。我看向局长，"麦克也要去医院。"局长点点头，我说，"你答应过我的，现在我要去找我的家人。"

他叹叹气，把他的毡帽调整到一个更加舒服的角度，"没问题，这是我应做的。走吧！"

第十九章

格温

我按下遥控器，打开书架，将它从那个秘密入口处推开。我把书架当作我的盾牌。我不清楚帕尔夫人是否还拿着她的步枪守在办公室里，那把枪能穿过架子上的书籍把书架打出一个洞来，但这是我目前能找到的最佳掩护物。

她不在办公室里。我关上门，门锁发出"咔嗒"一声，锁住了。

这时候我才注意到书架上红色皮质封面的藏书。没什么特别的，都是一些能在任何律师事务所里找到的法律书籍，具体地说是《刑事实践与程序》第一卷至第十一卷，还有《田纳西州法院规则》第一卷的第一到第三册。

这些书都是1982年出版的，出版日期烫了金，和赫克托·斯巴克斯这栋房子里的其他物品一样，全是赝品。这儿只不过是一座博物馆，展览着他父亲过去的辉煌。显然，一个真正的律师会藏有更新的法律书籍。赫克托不是真正的律师，难怪他需要我帮助他处理薇的案子。

我无法想象这里曾经发生的事情有多么扭曲，居然创造出了那个被我们关在自己地牢里的怪物，还有一直帮助他，听命于他的女人，**莎莉丝特·帕尔夫人**。说实话，我完全不知道她是谁，还有她为什么会牵涉其中。我甚至无法想象她究竟遭遇了什么才会参与这种阴谋。

米兰达就是把我想象成了帕尔夫人这种人：一个心甘情愿帮助男人伤害女人的帮凶。这也意味着帕尔夫人是个极度危险的人。

一打开办公室的门，我就听到帕尔夫人的脚步声，她尖尖的高跟鞋轻叩着硬木地板，发出的声音很是刺耳。她将这个家打理得整齐、干净、完美。而所有这些外表只不过是一个面具，一个掩盖着腐烂的一切的外壳。

我悄悄溜出办公室，来到走廊。我不记得地板是否会嘎吱作响。我需要想起来，但是突然之间我什么都搞不清楚了。我只能拔出枪，紧紧握着。我意识到如果帕尔夫人躲在角落伏击我的话，这并不能充当我的盾牌。成败的关键在于谁能获得足够的反应时间，而且即使是我获得主动权，她中枪倒下时依然可以扣下扳机，杀死我。

地板没发出声音。我小心翼翼地在上面走着，任何动静也没弄出来。我检查了一遍会客室，空无一人。通往二楼的楼梯上也一样。

帕尔夫人的脚步声是从房子另一边传过来的。我就是孩子们和这个女人还有那个关在地下室牢笼中的男人之间的唯一一屏障。如果我倒下，就再也没有人能保护我的孩子们。康纳……斯巴克斯会杀掉我儿子的，康纳对他来说已经没有利用价值。他还会采取完全不同的方式杀掉我的女儿，以他认为更刺激的方式去折磨她、扭曲她、毁掉她。她余生会活在那个地下室里，直至死亡，还有同样脆弱的薇，她的安危现在也是我的责任，以及我们刚刚才解救出来的两个极其痛苦的女人。我不能输，绝不可以。

我穿过餐厅时，帕尔夫人在低声哼着歌。餐桌足以容纳十几个人同时用餐，表面闪闪发光，橱柜里的瓷器一尘不染，被摆放得井然有序。餐桌中心摆着一束新鲜的花，看起来像是今天早上才从花园里摘下来的，空气中弥漫着浓浓的栀子花香，弄得我的鼻子隐隐发痒。脚下的地毯很柔软，走在上面一点儿声响都没有。

她在厨房，真是倒霉。厨房里到处都是致命的武器。她正站在炉子旁煮东西，她可以把锅里的食物泼向我，刀架上还有各式各样的刀子，一些钝器则挂在独立式中央柜台上方的架子上，比如厚重的平底锅。

厨房里弥漫着刚切好的洋葱味，还有烤肉的味道，和早些时候我们到这儿时的味道一模一样，不过现在要更浓烈些。

她背对着我，看起来就像是 20 世纪 50 年代的典型家庭主妇：发型被精心打理过，脖子上戴着闪闪发光的珍珠项链，围裙的背后绑着完美的蝴蝶结。

我潜入厨房。地板响了。

她身体一僵，我看不见她的手，我能看到的就是她的步枪放在离她十英尺远的角落里。我把枪抵住她的后背。"结束了，"我告诉她，"那些女人都被救出来了。"

"我弟弟在哪里？"帕尔夫人问。

她弟弟，难怪。我不禁思考她是否结过婚，或者说，如果她结过，她的丈夫在婚礼后还能活多久。

"你不必这样帮他，"我告诉她，"我改变了。你也可以。不管你经历了什么，**你可以改变**。"

"你根本不知道我经历了什么。"帕尔夫人的肩膀向后移动，我能想象她抬起下巴的样子。她转过身来，动作很慢，所以我没有开枪。她举起右手，转向那个方向。

她用左手朝我扔了一把刀。我开了枪，同时也试着躲开她的刀。她的反应速度和能力一看就是经过训练的。她没有惊慌失措，而是精确地瞄准我的方位，甚至在我移动时，她也能迅速调整位置。

刀插中了我的右手臂上方，我感到它击中我的骨头，卡在中间。与痛苦相比，我更多的是震惊，她成功地加大了我开枪的难度。不管怎样，我还是尝试了。我射偏了，手臂传来的疼痛让我的手指一阵痉挛。我的枪掉了。

愚蠢，愚蠢，愚蠢！

我没有呆在原地，而是马上反应过来冲向步枪。她几乎和我一样快，但是她的鞋子在闪闪发亮的地板上打滑了，我的鞋子不打滑。我碰到了枪，本能地用右手抓起来。然而随着痛苦不断加剧，我的手指一阵抽筋儿，步枪也重重地掉落在地。

她接住了枪。我扑过去，使出全身的力气，试图拽着枪把她拽倒。她努力站稳，不过最后还是跪倒在地，发出一声尖叫，让我背脊发凉。她就像是从坟墓里爬出来的女妖，张牙舞爪地爬向我。

我左手一拳打在她的脸上。她向后倒退，我赶紧踢开步枪，骑到她身上。她结实又强壮，但是我的肌肉更强壮。在她成功把我甩下去，挣扎着爬起来之前，我又打了她两拳。

我以为她会去捡枪，她却没去。相反，她朝我进来的那扇门跑去，捡起我掉在地上的那把手枪。她没有停下来朝我开枪，而是一直跑着，我捡起步枪检查，两发子弹，足够了。可我要如何开枪又是另一个棘手的问题。我知道我不应该把刀拔出来，以防划破大血管，刀刃至少不会让我大出血。但无论如何我都无法在手臂上插着一把刀的情况下做到单手拿着步枪精准射击。

我把枪放到料理台上，一手抓住刀，深吸一口气，然后直接拔了出来。我感到刀刃一下子离开了骨头，"啪"的一声，冲击力强到几乎连我的膝盖都要断了。我努力保持清醒，把刀扔进水槽。温热的血顺着我的手臂流下。如果不包扎好伤口，我会死的，但是我得追上帕尔夫人。如果她跑到地下室……

我随手抓起一块抹布，将它塞到伤口里，我感到一阵眩晕，不过几秒钟后我的肾上腺素又开始飙升，代替了眩晕感。我再次抓起步枪，随后我听到走廊木地板上她的脚步声，她跑向了她弟弟的办公室。

我不需要抓住她，我只需要阻止她。

我拿出遥控器，按下按钮，锁上办公室的门。随后我将遥控器放好，再次拿起步枪，我听到她无力又沮丧的尖叫声。我试着动了动我的右手，我的手指有反应了——不算理想，它们颤抖着，很脆弱，但会慢慢恢复知觉的。一定会的。

我去追她，却跑得不够快。我穿过餐厅时，帕尔夫人已经到了楼梯顶端，正拼命地冲向房子左边。我跟着她。如果能瞄准，我就能射中她。我要打倒她，**我一定可以的**。

当我爬到楼梯顶时，她已经不见了。我面前是一条狭长的走廊，两边各有一扇门，很危险。我迈出一步，地板就嘎吱作响，她也能听到。

我深吸一口气然后跑起来，跑过了两扇关着的门。

她开枪射穿了左边那扇，在木头上留下了三个参差不齐的洞，碎片飞溅到地板上。我停下脚步，尽可能地贴着墙走，慢慢往后退。随后，我蹲下身子，对着门把手开了一枪，闯进房间。我的天，开枪的后坐力差点儿让我跌倒在地，我再次感到一阵眩晕，整个世界都天旋地转起来。

厨房抹布已被浸湿，不断有血滴下来。我又塞紧了一点儿，然后站起身。朦胧中，我看到了一间粉橙色的卧室，是那种十二岁的女孩儿会喜欢的房间。房间里塞满了各种各样的玩偶，墙上挂着陈旧的麦当娜海报。我举着枪扫视房间，没有看到她。**她不在这里。**

也许在衣柜里，或者在床底下，也可能在门后面。

我检查了门后，没人。她也不在床底，否则她一定会朝我的脚开一枪。我猛地向前，用力一推，整张床都向前滑。床底下的确什么也没有，就连一只满是灰尘的兔子玩偶也没有。

那她一定是躲在衣柜里。

我不想这样做，不想。但是我别无选择。不是她死，就是我亡。她一定会想办法找到另一把步枪。也许她另有一个遥控器，可以打开办公室，抓住我的孩子。我要阻止这个女人。她曾经是一个喜欢麦当娜和毛绒玩具熊的女孩儿，可已经不重要了。不再重要。

我深呼吸，重新积聚力量，猛地拉开衣柜门。

这不是一个衣柜，而是通往隔壁房间的暗道。那是一间男孩儿的卧室，与这间卧室一样，被时间尘封了。卧室门敞开，通向走廊。她故意引我进来，然后悄悄逃跑了，我错过了她。

我留意到男生卧室双人床角落的一副脚镣，它们垂下来，轻轻摆动着，上面沾满了陈旧的血迹。我转过身，身后还有一张漂亮的小床，床柱上也挂着脚镣。

这里发生了什么？ 我不知道，也无法想象。

我检查了床底，什么也没有。

这间卧室还有一个挂满儿童衣服的衣柜。女孩儿的衣服挂在一边，男孩儿的衣服挂在另外一边，都是些旧款式，看样子是三十年前的……不过还有另一部分。那里的衣服要新一点儿，整齐地挂在衣架上。一条牛仔裤、一件无袖背心、一件法兰绒衬衣和一条卡其色短裤。是被绑架的女人的衣服，帕尔夫人给薇拿的衣服就是这里的。真是讽刺。

我关上衣柜时，她差点儿就偷袭成功了。我看到人影闪动，便快速躲闪，她射中了我头顶的木板。我想还击，但我知道这是在浪费子弹。她扣动扳机时就已经在准备逃跑了。我听到她的鞋子走在走廊地板上的声音，然后是一阵低沉的"砰砰"声。她正走下铺着地毯的楼梯。

我紧跟她身后，她在下楼，她一定有办法进入地下室。走到一半时，我看到她推开办公室的门。我瞄准她，开了枪，却没有打中。

开枪的后坐力让我往后退了几步，我用来塞住伤口的抹布飞了出去，这次我没有那种眩晕的感觉了，但头还是不清醒的。我挣扎着再次爬起。我没有子弹了。我扔下枪，跌跌撞撞走完剩下的阶梯，转弯，看到她把办公室门打开了。

她在书架那儿，手里拿着遥控器。

我从赫克托·斯巴克斯的书桌上抓起一把开信刀，插到她的背上。开信刀直插了进去，刀尖滴着血，从她的胸前露了出来。她发出一声尖叫，遥控器掉落在地，她转身用枪瞄准我。我别无选择，只能试着徒手抢过枪。我们扭打在一起。我听到书架"咔嗒"打开的声音。不，不。她现在有机会救她的弟弟了。如果我不把枪从她手上夺过来，我的孩子们就没有活下去的可能。眩晕感很强，我昏昏沉沉，动作极其缓慢，脑袋轻飘飘的。然而一想到我女儿戴着脚铐，躺在那张床上的样子，我就使出全身的最后一丝力气，猛地将帕尔夫人的手臂弯起来……就在她开枪的那一瞬间。

子弹径直穿过她的下巴，穿出头骨。她的嘴张得大大的，身体突然在我怀里颤抖起来，整个人的重量都压在我身上。我直视她的眼睛，有那么一秒钟，我看到了她眼中的困惑和恐惧，就像一个孩子。

"对不起。"我和她说，并不是因为我杀了她，而是可怜。不知道她经历了什么才变成这样。

我抱不住她了，她的身子倒了下去，我也是。我知道我应该站起身，应该立即起身。但是我身下有一摊厚厚的、温热的血迹，浸湿了昂贵的东方地毯。我不知道是我的血还是帕尔夫人的血。或许已经不重要了。

"妈妈？"

有人扶我躺下。我感到一阵疼痛，剧烈到足以让我睁开眼睛。"啊！"

"绑紧点儿！"是我儿子的声音。

"我知道。"是兰妮的声音，我的伤口似乎更痛了。"抱歉，妈妈，可我们要帮你止血。"真的很痛，我挣扎着想让他们停止。"让她躺下！"更多双手放在我身上。我抬头。

我看到了山姆，他神情严峻、冷静，康纳站在他旁边。他们两个扶着我，兰妮将一块厚而大的布扯成的布条拉紧。我才发现她用自己的衬衣给我做了绷带，现在她只穿着一件运动胸罩。**把衣服穿上**，我想告诉她，因为我不想有任何人缺少防护，不要在这里，不要在这个地方。

还有一个穿着警服的男人，他戴着大大的帽子在他们身后来回踱步。他正在打电话。

"别说话，"山姆把手放在我的脸上，"格温，救护车马上就到。孩子们没事儿，大家都没事儿。"

我想他应该在说谎，但是我已经不在意了。我晕过去了。

尾 声

格温

四个月后

我在一张硬邦邦的椅子上不安地移动着身体, 面对着不会眨眼的镜头。不过这次不是《豪伊 · 哈姆林秀》。

这是一台摄像机, 没开机, 只是和其他设备一起放在架子上。这是工作装备。如果我能通过这次面试, 我希望能加入这个行业。

"我的开场白常常是'向我介绍一下你自己'。"坐我对面的圆脸女人说。她的皮肤是古铜色的, 我一下子就想到她应该喜欢户外活动。她懒得去染黑她那灰白的头发, 是个实在人, "但是你似乎不必介绍自己了, 因为, 说实话, 我从来没有看到过一个不是演员的普通人的名字在谷歌上出现这么多结果。不过程序还是要走的: 给我介绍一下你自己吧, 格温。我想知道你的想法。"

"这是我最不想谈论的事情。"我告诉 J. B. 哈尔。她告诉我她名字里的"J"并没有任何意义, "B"代表的是芭芭拉。她讨厌"芭芭拉"这个名字。"我的想法没有那么复杂, 我只想要我的家人在一起, 保护他们不受伤害。"

"这是最基本的东西, "她说, "可后来导致了各种各样的悲剧, 不是吗?"

"在我身上吗？是的。"

"我很佩服你所做的一切，"哈尔说，"不仅仅是生还下来，尽管那也很了不起。我说的是你在这个过程中揭露出的丑闻。不是所有人都有那种直觉或者说动力的，令人印象深刻。"

"并不是我一个人的功劳。"我告诉她。

"我知道，是你们一家人齐心协力的结果，对吗？"

"或多或少吧！"说出来很伤人，因为我想回答"是的"。我希望山姆成为我的家人，我需要他，或许有一天我们会成为真正的家人，但我们之间的伤口需要时间和爱去治疗。在那之前，我们不会结婚。我们仍在一起，但不能说已经冰释前嫌了。还没有。

"在这个行业，直觉和奉献精神就是一切，"她告诉我，"其他都是可以学习的。你已经修完了大部分课程，对吗？"她说的是要获得私家侦探执照所必需的副学士学位。

"完成百分之七十五了，"我告诉她，"这个季度结束前我就可以取得学位。到那时，我既可以自己开创公司，也可以加入其他公司。"

"那你为什么选择我的公司？"

"因为怀特夫妇推荐了你。"我告诉她。埃莉的父母非常感激我救了他们的女儿，即使我什么忙都没有帮上。哈尔女士那时候和他们一起待在休息室里，那天的节目录制现场惨不忍睹。也是从同一天起，一切都开始分崩离析。她聪明、冷静、有能力，我喜欢她。我希望她也可以喜欢我，这是一种新鲜的感觉。

"没想到他们会推荐我，"她说，"因为我在那起案子上毫无贡献，倒是你和你的朋友凯德先生帮了大忙。"

"他们喜欢你，"我说，"而且在谷歌上搜索你的名字有很多正面的结果，所以……"

她笑了，我喜欢她的笑声，低沉而刺耳，让我想起了米兰达。但是我从来没有听过她的笑声，她一点儿幽默感也没有。J.B. 哈尔和她有相似的地方，不过为人更磊落、阳光。或许这才是我在这里的原因，试图向一个去世的人赔罪，尽管我很确定米兰达仍然很乐意把我拽入地狱。天啊，我得多看看心理医生。

我们在诺克斯维尔的一所高层办公楼里——可能是诺克斯维尔最高的，大约有二十七层。我们坐在玻璃墙的办公室里，外头 J.B. 哈尔的雇员忙得很，至少有十几个人在打电话，他们行色匆匆，有的正在用电脑。我知道还有比这多两倍的人在更外面工作。这是一个好地方，有好的工作氛围。

"和我说说猎狼河的异教团体吧，"她说，"总之，把你知道的都说说吧！"

"得从六十年代说起，"我告诉她，"考尔的祖父开了一间教堂。一开始有很多人加入，还有一些人离开了。那些留下来的人组成了异教团体。考尔的祖父自称是那片土地的神。他开始……训练人们。"

"训练女人，"J.B. 哈尔说，"教她们成为男人的完美仆人。他的目标是净化她们的原罪。"她一脸厌恶，"我只是引用他们在房子里发现的文字。"

"有一些女人逃跑了，还有一些死掉了。但是留下来的女人已经足够多了，那里的女孩儿从小被灌输那种——我不想说信念。她们被异教团体抚养长大。"我再次感到摄像机的注视，即使我清楚地知道它没有开机。"赫克托·斯巴克斯的爸爸是其中一员，他训练了他的儿子和女儿，尽管他们两个在他死后脱离了异教团体。"

"在他姐姐的帮助下，赫克托开始绑架妇女，假装自己在拯救她们，至少他自己是这么认为的，"哈尔点点头，"让人毛骨悚然。"

"是的，"我说，"的确，一切都是那么骇人。"

"报纸没有刊登你的名字。"

"我试过了，也找人帮过忙。"但事实证明，没有人想要报道一个连环杀手的臭名昭著的前妻破解了一桩大案，因此联邦调查局、田纳西州调查局对外宣称破案是殉职的费尔韦瑟警长的功劳。我对此意见不大，山姆也是。

"那……凯德先生的指控呢？"

"为了进行辩诉交易，韦尔登警长供认是他想要杀害山姆和我的儿子。"我告诉她。即使是现在，提到这件事儿仍然会让我血脉偾张、双手颤抖，"指控撤销了，谢天谢地。"

"那太好了，我了解到关于梅尔文·罗亚的纪录片也停拍了。"

我放松了一点点。"米兰达的执念随着她的去世消散。清理完她的遗产要花上数年，因此他们没有资金继续进行拍摄。"

J.B. 哈尔往后坐，打量着我。她眼神柔和，在思考着什么。

"我真的很想得到这份工作，J.B. 哈尔。"我脱口而出。尽管是实话，但我希望我的渴望没有表现得那么明显。

"你一定能胜任这份工作，"她说道，"你确定你想待在这儿吗，待在静湖？我可以在这里给你找个办公室，你可以在镇里找一栋房子。"**她要给我这份工作**，天啊！不知为何，我不知道该怎么迎接这一刻。我十分想要这份工作，以至于我都没有想过如果我得到之后应该做些什么。

山姆没有接受他梦想中的工作，我也不能。如果我决心让我们的关系好转，我就不能接受她这个提议，"我觉得关键在于我是否可以远程工作。"

"如果你愿意的话。我手下的大多数调查员都是在家工作，还有些要提着设备在外边跑。你在这里看到的都是喜欢坐班的当地员工，看个人选择。"她顿了几秒钟，继续说，"你的背景很特殊。我很清楚你可以给我们带来一些……名声，好的和坏的。人们跟踪你，希望你受伤、死去，那是我们不需要的麻烦。不过事实上，我的大部分员工都没有真正面临过危险，即使是那些执法部门出身的人也从来没有经历过一场真正的枪战。可你经历过，这是很珍贵的。总会有一些案子与日常文书工作无关——比如埃莉的绑架案，或是赫克托的地下室里那些被绑架的女人。那些案子需要洞察力与创造力，我想你具备这些特质。我只是担心你继续待在静湖会招来麻烦。我看了警方的报告，你在当地和附近的居民有一些矛盾。"

"我们确实有一些矛盾，"我告诉她，"但是我向孩子们承诺过，我们不会逃跑。他们在这里有稳定的生活，有真正的朋友，有一个真正的家。

我现在不能夺走那一切。"

"你应该知道你得为他们而战吧！"

我勉强笑了笑。"我想你应该知道，那对我来说已经是家常便饭了。"

如果她刚才是想像母亲一样关心我的话，她现在也放弃了。"你的右手最近怎么样？"

我伸出双手，它们很平稳，没有颤抖。我握紧拳头，动作的连贯让人信服。手上的疼痛并不代表我不能假装我的右手没事儿。

"太棒了，"她说，"接下来我们要谈谈医疗保险和福利等重要问题，不过我得先问问你：你认为我们应如何处理聘用你所带来的压力？"

她是认真的，她是真的要给我这份工作。我现在无比激动。这种感觉……很奇怪，这份开心是普通人会感到的开心吗？我还不习惯这种感觉，不习惯我家人以外的一切事物。

然而这还是我的快乐，**属于我的快乐**。它是珍贵的，就像是我不曾知道我也需要一缕自由的空气。

"利用我的争议，"我告诉她，"你知道，总会有人讨厌我，我也没有办法。'失落的天使'小组——那个由梅尔文受害者家属建立的小组……"**山姆建立的小组**，这仍然很伤人，但这种熟悉的痛苦对我来说已经很遥远了，"'失落的天使'小组一直会认为我是帮凶，阴谋论者无处不在。不过我最近发现，我们每个人的过去都可以是炼狱。我想用我的经历帮助人们。我希望你可以帮我做到这一点。"

她笑了，缓缓点点头。我想她喜欢这个答案。我也是。

后　记

音乐陪伴了我的创作过程。它们能营造出一种氛围，有助于定义角色，推动故事情节发展。如果你也喜欢聆听不同的音乐，喜欢多元的风格，我为你推荐以下这些歌曲……如果可以的话，请购买这些歌曲。艺术家不仅仅需要曝光度，他们需要真正的赞助！

·《虎年》——迈尔斯·肯尼迪

Year of the Tiger Myles Kennedy

·《我自有一套》——保罗·奥滕

I Get It My Way Paul Otten

·《怒河》——帽子乐队

The Angry River The Hat

·《邪雨》——灰狼一族合唱团

Wicked Rain Los Lobos

·《你如何去爱》——陨落乐队

How Did You Love Shinedown

·《黑暗情愫》——莱昂纳德·科恩

You Want It Darker Leonard Cohen

·《拯救自己》——疯狂班哲明

Save Yourself Breaking Benjamin

· 《紫禁城》——曼森艾尔

Violet City Mansionair

· 《我觉得我已经溺亡》——双脚

I Feel Like I'm Drowning Two Feet

· 《魔鬼》——陨落乐队

Devil Shinedown

· 《行尸走肉》——恶狼乐队

Zombie Bad Wolves

· 《轻装上阵》——莱昂纳德·科恩

Traveling Light Leonard Cohen

· 《奇迹》——圣堂乐队

Miracle CHVRCHES

· 《金光闪闪》——巴恩斯·考特尼

Glitter & Gold Barns Courtney

· 《白旗》——主教布里格

White Flag Bishop Briggs

· 《黑暗国度》——多米尼克·马什、保罗·米罗

Dark Country Dominic Marsh & Paul Miro

· 《模仿者》——比莉·艾利什

Copycat Billie Eilish

· 《蓝黑》——五指死拳

Blue on Black Five Finger Death Punch

· 《血 // 水》——格朗森

Blood // Water grandson

· 《危险境地》——皇家豪华乐队

Dangerous Royal Deluxe

· 《不可阻挡》——得分乐队

Unstoppable The Score

· 《起义》——极限音乐

Rise Up Extreme Music

· 《肇事逃逸》——洛洛

Hit and Run LOLO

· 《危险境地》（左边男孩儿混音版）——大数据

Dangerous（*Left Boy remix*）Big Data

· 《交火》——斯蒂芬

Crossfire Stephen

· 《交火Ⅱ》（伴.泰利巴·奎力，基拉·格雷厄姆）——斯蒂芬

Crossfire, Pt. II（feat. Talib Kweli & KillaGraham）Stephen

· 《交火Ⅲ》（伴.萨巴，瑞尔·勒纳尔，欧密斯，J.P.弗洛伊德）——斯蒂芬

Crossfire, Pt. III（feat. Saba, Ravyn Lenae, The O' Mys, & J.P. Floyd）Stephen

· 《自讨苦处》——乔·波纳马沙

Self-Inflicted Wound Joe Bonamassa

· 《终止》——多明

Closure Dommin